Peter Brannath

Seebacher

Teufel in Menschengestalt

Kriminalroman

Schillinger Verlag · Freiburg im Breisgau

1. Auflage 2005 · ISBN 3-89155-306-4
Gesamtherstellung: Schillinger Verlag Freiburg

1

Er stand zwischen seinen Eltern am Straßenrand und hatte Angst vor diesen fürchterlichen, herumspringenden Hexen. Die Umzugswagen mit den lustigen Figuren dagegen, die gefielen ihm um so mehr. Eben kam wieder eine Gruppe von Hexen an ihnen vorbei, und er drückte sich unwillkürlich an seinen Vater. Als der schützend und beruhigend den Arm um das Kind legte, fuhr die Mutter ihren Mann böse an: „Los, schieb den Jungen nach vorne! Er muss endlich kapieren, dass er nicht so ein Hosenscheißer sein darf!“ Doch der Vater machte keine Anstalten seinen Sohn loszulassen, geschweige denn ihn von sich wegzuschieben, und dann waren die Hexen auch schon vorbei. Der kleine Rolf löste sich wieder aus dem schützenden Arm und trat von alleine einen Schritt vor.

Nach einer kurzen Unterbrechung des Faschingsumzuges kamen jetzt mit viel Hallo, Musik, Konfettikanonen und durch die Luft fliegenden Bonbons die ersten Wagen um die Ecke. Selbst die Traktoren, die die Wagen zogen, waren verkleidet. Im Moment bestand keine Gefahr, denn weit und breit waren keine Hexen zu sehen, und so wagte sich der Bub jetzt ganz auf die Straße hinaus um Bonbons aufzufangen und von der Straße einzusammeln.

Plötzlich fingen die Leute an zu lachen und der Junge drehte sich zu seinen Eltern um. Beide waren sie wie erstarrt und sahen gebannt zur Straße. Irgendwie spürte das Kind, dass etwas nicht stimmte, und rannte schnell zu seinem Vater. Der strich ihm mit der Hand übers Gesicht ohne ihn anzusehen, drehte sich plötzlich um und verschwand, ohne einen Blick oder ein Wort, in der höhnisch lachenden Menge. Die Mutter beugte sich zu ihrem Sohn herab, ihre Augen funkelten böse. Ihr rotglänzendes Gesicht ganz nahe vor seinem zischte sie: „Wenn aus dir auch so ein Waschlappen wird, dann schlage ich dich tot! Das kannst du mir glauben." Das Hohngelächter der Umstehenden war so laut, dass nur er diese Worte hören konnte.

Wie immer an dieser Stelle erwachte Rolf schweißgebadet und brauchte eine ganze Weile, bis ihm klar wurde, wo er sich befand. Er war im Urlaub in einer Hütte im Bregenzerwald und lag im Liegestuhl. Langsam verflog das Unbehagen, das ihn jedes Mal ergriff, wenn er diesen Traum hatte. Er sah sich intensiv um, denn das brachte ihn in bessere Stimmung. Irgendwann in einem Managementseminar hatte er gelernt: Wenn man sich in gute Stimmung bringen will, muss man an etwas Positives denken, irgendein Erfolgserlebnis, etwas Schönes. Man bekommt ganz automatisch bessere Laune, und die trüben Gedanken verflüchtigen sich. Aber dieses „Zustandsmanagement", wie es in dem Seminar genannt wurde, konnte auch in umgekehrter Richtung eingesetzt werden. Manchmal erwischte er sich selbst dabei, wie er mit seinen düsteren Gedanken um irgendwelche Ärgernisse kreiste und sich in seine schlechte Laune hineinsteigerte um sie dann an anderen auszulassen. Aber hier war er im Urlaub, er fühlte sich wohl und er wollte diese Zeit genießen. Also besah er sich die alte Holzhütte, den Brunnentrog, einen der Länge nach aufgeschnittenen und dann ausgehöhlten Baumstamm. Er stand vor der Hütte und immerfort plätscherte eiskaltes klares Wasser aus der Leitung in den Trog. Rolf sog den würzigen Geruch der Wiesen, der Tannenwälder und des Kuhstalls im hinteren Teil der Hütte ein und sah hinauf zu dem schroffen felsigen Bergkamm, der das Tal nach Süden hin wie eine riesige graue Mauer abschloss. Er machte sich das Licht und die herrliche Luft bewusst – und freute sich über dieses einzigartige Fleckchen Erde.

Sie kamen seit über zehn Jahren hierher nach Argen. Seine Frau Gudrun hatte anfänglich versucht ihn zu anderen Urlaubszielen zu überreden, aber sie hatte bald - in ihrem eigenen Interesse - damit aufgehört. Er musste unwillkürlich lächeln, wenn er daran dachte, wie sehr sie ihn fürchtete. Er hatte sie nicht oft schlagen müssen - sie begriff sehr schnell. Nicht zuletzt deshalb liebte er sie so. Sie war eine fürsorgliche Frau, unheimlich fleißig und gutwillig. Manchmal nervte sie ihn mit ihrer übertriebenen Ängstlichkeit. Er verstand das einfach nicht. Und alles, was er nicht verstand oder für nicht gut hielt, musste geändert werden. Sofort! Gudrun hatte das zwischenzeitlich recht gut verstanden und hin und wieder bemerkte er, dass sie im Ansatz anfing zu denken wie er. Wenn ihr zu Hause in Freiburg zum Beispiel die schöne nichtsnutzige Frau eines Bekannten am Telefon wieder erzählte, wie müde sie sei und dass sie den Haushalt heute liegen lassen und sich ausruhen müsse, dann regte sich Gudrun furchtbar auf. Der Mann kam abends von der Arbeit nach Hause, kochte sich und seiner Familie - sie hatten vier Kinder - das Abendessen und räumte dann auch noch den ganzen Saustall auf. Das löste bei Gudrun Aggressionen aus, was Rolf sehr wohl registrierte. Sie entwickelte sich gut, auch wenn sie natürlich noch weit von der Ebene entfernt war, auf der er sich bewegte. Für ihn war das Urteil über Leute wie dieses Ehepaar längst gefällt: Sie waren nicht lebenswert! Die Nachbarin, weil sie faul und dumm war, und ihr Mann, weil er das mit seiner einfältigen Gutmütigkeit auch noch unterstützte! Dieser Hanswurst rannte schon, wenn sie nur ein bisschen mit ihrem - zugegebenermaßen hübschen - Arsch wackelte.

„Der Kerl hat nicht verstanden, wie man sich durchsetzt! Ja, die Araber machen's richtig! Dort hat der Mann das Sagen. Solche Waschlappen gibt's bei denen nicht. Und genau das ist der Grund dafür, dass diese Kultur sich eines schönen Tages über die des Abendlandes erheben wird. Die Strukturen dort sind klar und vernünftig, die haben eine Zukunft und lassen sie sich nicht von ihren geifernden Weibern versauen!", hatte er die Zustände in der Familie ihres Bekannten einmal kommentiert.

Aber all diese ärgerlichen Gedanken langweilten ihn im Grunde und hier in der Natur gelang es ihm, Gott sei Dank, sie zu verdrängen. Er hing in seinem Liegestuhl auf der Wiese neben der Hütte, bräunte, las oder schlief und genoss die Ruhe. Die Schindeln, mit denen das Dach und die Außenwände der Hütte verkleidet waren, verströmten, von den Sonnenstrahlen aufgeheizt, einen wunderbaren, warmen Holzgeruch.

Die Wiesels waren jetzt schon den dritten Tag hier und hatten sich auch sehr gut erholt. Gudrun machte mit ihrem Sohn David schöne Wanderungen oder spielte mit ihm vorne im Gebirgsbach. Sie gab sich so viel Mühe mit dem Jungen, dass Rolf sich manchmal wünschte, seine Mutter hätte auch so viel Zeit für ihn gehabt. In solchen Momenten war er richtig stolz auf seine Frau, die trotz der vielen Zeit, die sie in das Kind steckte, alles - Haushalt, Termine, Garten und sogar kleine Reparaturarbeiten im Haus - voll im Griff hatte. Sie war ein richtiges Arbeitstier und schrubbte oft bis spät in die Nacht, obwohl er ihr doch schon längst gesagt hatte, sie könne jetzt aufhören und sich zu ihm aufs Sofa setzen. Aber so war sie eben, und diese Energie imponierte ihm.

Gudrun hatte in den letzten zwei, drei Jahren auch Gefallen am Hüttenurlaub gefunden. Denn mit einem Kind in den Süden zu fahren, in diese Knallhitze irgendwo am Mittelmeer, das war kein Vergnügen. Hier war es angenehm warm, aber nicht zu heiß, am Abend und morgens sogar erfrischend kühl. Gudrun war es ebenfalls gelungen, sich von der Arbeit zu Hause gut zu erholen, und auch der Geburtstagsstress war mittlerweile vergessen. Ihr Sohn David war am Freitag neun Jahre alt geworden und sie hatten sein Wiegenfest noch zu Hause gefeiert. Dann, gleich am Samstag, waren sie in die Berge gefahren, denn Rolf wollte keine Sekunde seines wertvollen Urlaubs zu Hause verplempern. Gudrun hatte zwar schon viel vorbereitet, aber wenn man in Hüttenurlaub fährt, muss man wirklich an alles denken. Also packte sie nach dem Kindergeburtstag noch bis nach zwei Uhr nachts und fiel dann wie tot ins Bett. Am nächsten Morgen war sie wieder als Erste wach, holte frische Brötchen und deckte ihren Männern einen perfekten Frühstückstisch auf dem Balkon. Mit frischen Blumen aus dem Garten, frisch gepresstem Orangensaft, warmen Brötchen, dampfendem Kaffee und allem, was die Herzen ihrer Lieben höher schlagen ließ, empfing sie die beiden. Die setzten sich wortlos an den Tisch. David war, wie sein Vater, ein Morgenmuffel. Doch nach den ersten Bissen kam Leben in den Jungen. Rolf, immer noch ziemlich verpennt, wies ihn, mit strafendem Blick aus dunklen, fast schwarzen Augen zu seiner Frau hinüber, streng zurecht, worauf der Junge sofort verstummte und Gudruns Blicke ängstlich zwischen den beiden hin- und herwanderten. Die Abfahrt verzögerte sich, was Rolfs Laune nicht gerade verbesserte. Sie wusste doch nicht erst seit gestern, dass sie in Urlaub fahren würden! Warum funktionierte auf dieser Welt nichts, wenn er nicht ständig Druck ausübte? Sie spürte seine Gedanken sofort und schaltete den Turbo ein. Mit zwanzig Minuten Verspätung fuhren sie los und Rolf war wieder deutlich besser gelaunt, als sie in Basel die Schweizer Grenze passierten. Am Abend hatte Gudrun in atemberaubendem Tempo alles in der Hütte eingeräumt und auf dem Holzfeuer ein warmes Abendessen gezaubert. Es schmeckte köstlich, und nach dem Essen machten sie noch einen kleinen Spaziergang durch das Vorsäss Argen, das aus ungefähr einem Dutzend Hütten bestand. Der Urlaub hatte begonnen.

Jetzt lag er träge in seinem Liegestuhl und dachte darüber nach, wie schnell die Zeit verging. Er hatte viel geschlafen und war sehr ruhig und entspannt. Er hatte sich bis jetzt nicht ein Mal aufregen müssen. Gudrun hatte immer alles ganz schnell erledigt, ihm jeden Wunsch von den Augen abgelesen und das Kind von ihm ferngehalten. Das war Entspannung pur. Sie war einfach ein Engel. Rund um die Uhr! Er war jetzt so weit wieder fit, dass er sich vornahm, nachher, nach dem Kaffee, zum ersten Mal „in die Pilze" zu gehen. Pilze sammeln war eine seiner Lieblingsbeschäftigungen hier in den Bergen und manchmal auch zu Hause im Schwarzwald. Er konzentrierte sich auf die in dieser Gegend sehr verbreiteten Steinpilze und Pfifferlinge. Im Laufe der Jahre hatte er einige Stellen entdeckt, an denen kein Mensch vor ihm, zumindest nicht im selben Jahr, auch nur einen einzigen Pilz gesammelt hatte. Er hütete diese Stellen wie seinen Augapfel und ließ die kleinen Pilze immer stehen, damit sie sich weiter verbreiten konnten. Diese Regel hielt er strikt ein, er wollte sich ja nicht seine eigenen Pilzstellen kaputt machen. Gudrun hatte schon Himbeeren gesammelt und die ersten Gläser Marmelade gekocht. Die ganze Hütte roch köstlich und der Kaffee und die frischen Brötchen aus dem Tal mit der Marmelade waren ein wahrer Genuss. Die Brötchen werden in dieser Gegend zusammen an einem Stück gebacken - immer vier Stück - und heißen Schilde. Nachdem er einen halben Schild dick mit Butter von der Alpe und viel Himbeermarmelade verdrückt hatte, zog er in bester Laune los. Er ging zunächst einen kleinen Waldweg entlang, den David sehr liebte. Er war schmal, kurvig und bot ständig neue Sehenswürdigkeiten. An einigen Stellen sah man die schönsten Fliegenpilze am Wegesrand und manchmal, wenn es geregnet hatte, sogar schwarze Bergsalamander. Das sind putzige Urtiere im Miniformat, die sich im Zeitlupentempo bewegen. Nach einer Viertelstunde kam Rolf aus dem Wald heraus und bog links ab, auf einen noch schmaleren Fußweg, der sich den steil ansteigenden sonnenbeschienenen Wiesenhang hinaufschlängelte. Eine weitere Viertelstunde später stand er schwitzend und schnaufend oben am großen Fahrweg, von wo er sich quer durch den Wald auf der anderen Seite wieder bergabwärts schlug. Nach ein paar Minuten hatte er seine erste Pilzstelle erreicht und sie war immer noch unberührt. Eine wahre Pracht! Auf wenigen Quadratmetern standen mindestens zwei Kilo Pfifferlinge, die nur darauf warteten, von ihm geholt zu werden. Er nahm den Rucksack ab und fing an zu sammeln. Vorsichtig drehte er die Pilze heraus, sodass der unterirdische Teil nicht verletzt wurde. Die kleinen ließ er stehen, was ihm bei der Fülle an großen Pilzen auch nicht schwer fiel. In kaum zehn Minuten hatte er so viel gesammelt, dass er eigentlich hätte zurückgehen können. Aber er beschloss noch die zweite Stelle ein Stück weiter unten aufzusuchen und dann über den großen Weg außen um den Berg herum zurück zur Hütte zu gehen. Die zweite Stelle brachte ihm noch einmal mindestens ein Kilo Pfifferlinge.

Mit seiner reichen Beute ging er weiter bergab zum Waldrand, wo er wieder auf den großen Fahrweg stoßen würde, der an der Alpe vorbei zu seiner Hütte führte. Er wollte gerade auf den Weg hinaustreten, als er eine Bewegung am gegenüberliegenden Waldrand wahrnahm. Eine riesige Gestalt ging da unter den Bäumen. Es war Alfons, ein Senn, ein paar Jahre älter als Rolf. Der Senn war jedes Jahr hier auf der Alpe und, wie Rolf, ein leidenschaftlicher Pilzsammler. Rolf war schon lange klar, dass Alfons einige gute Pilzstellen kennen musste, denn wenn er auf der Alpe Milch oder Butter kaufte, sah er immer neidvoll auf die Berge von Pfifferlingen und Steinpilzen in der Küche. Alfons war sehr stolz darauf und zeigte die Pilze jedem, der vorbeikam. Aber wenn man ihn darauf ansprach, wo es denn so viele schöne Pilze gebe, versteinerte sein sonnengegerbtes Gesicht sofort zu einer geheimnisvollen Miene und er wurde sehr einsilbig. Er war überhaupt ein richtiger Kauz, wie viele, die in dieser wilden Einsamkeit lebten. Alfons trug eine zusammengeknüllte Stofftasche in der Hand, was darauf hindeutete, dass er loszog um Pilze zu sammeln. Rolf fuhr zurück und wartete hinter einem Baum versteckt, bis Alfons im Wald verschwunden war. Er grinste gemein. „Jetzt habe ich dich! Die Angeberei mit deinen Pilzen hat bald ein Ende!“, sagte er leise vor sich hin. Dann trat er aus der Deckung und eilte hinterher. Er war angespannt und rannte beinahe um schnell wieder den Schutz der Bäume zu erreichen. Dort verlangsamte er den Schritt, achtete genau darauf, wo er hintrat, und folgte Alfons in sicherem Abstand. Es machte ihm richtig Spaß. Das war wie früher, als er mit seinen Freunden Cowboy und Indianer gespielt hatte. Er schlich hinter dem Senn her, den er zeitweise nur hören, aber nicht sehen konnte.

Als er über einen umgestürzten morschen Baum kletterte, erblickte er Alfons wieder. Er ging in das vor ihnen liegende kleine Fichtenwäldchen. Rolf wäre nie auf die Idee gekommen, dass es hier Pilze geben könnte. Er sah Alfons, der sich ständig bückte und Pfifferlinge einsteckte. Das erkannte er an der leuchtend gelben Farbe der Pilze. Die Stelle musste wirklich sehr ergiebig sein, denn die Tasche des Senn war in kürzester Zeit voll. Plötzlich bemerkte Rolf, dass Alfons genau auf ihn zukam. Offensichtlich war er fertig und wollte das Wäldchen auf dem gleichen Wege wieder verlassen. Rasch ließ Rolf sich eine steile Böschung hinabrutschen und versteckte sich hinter einer großen Tanne. Der andere hatte ihn nicht gesehen, er war mit raschen Schritten an ihm vorübergegangen.

Rolf grinste erneut. Wieder mal einer, der meinte, er sei schlauer als Rolf Wiesel! Aber dem würde er es zeigen. Dieser blöde, eingebildete Kuhhirt würde ihm so schnell keine Pilzberge mehr in seiner Küche präsentieren! Er kroch vorsichtig wieder die Böschung hinauf und besah sich den Platz. Er war besser als seine drei besten Stellen zusammen. Hier konnte er in wenigen Minuten wenigstens fünf bis sechs Kilo

Pilze sammeln ohne sich nach den etwas schwerer zugänglichen Exemplaren bücken zu müssen. Und das, obwohl Alfons schon eine ganze Tasche Pfifferlinge abtransportiert hatte. Überwältigt von dieser Fülle setzte er seinen Rucksack ab und fing an den Platz systematisch zu plündern. Er ließ auch die kleinen Pilze nicht aus, obwohl er genau wusste, dass erfahrene Sammler die jungen Exemplare stehen lassen. Aber Alfons sollte in nächster Zeit keine fette Beute mehr in diesem Wäldchen machen! Nach einer Stunde war die Pilzstelle kahl gesammelt. Mit verheerender Gründlichkeit geplündert! Es würde einige Jahre dauern, bis hier wieder solche Mengen wachsen würden.

Er war immer stolz gewesen auf seine Gründlichkeit und nichts konnte ihn so in Rage bringen wie unsaubere Arbeit. Seine Kollegen in der Firma bekamen das immer wieder zu spüren und konnten ein Lied davon singen. Aber das waren alles auch nur verkappte Kuhhirten! Seine fehlerlose Gründlichkeit und sein schonungsloses Aufdecken unhaltbarer Zustände waren bei den Kollegen gefürchtet. Er freute sich diebisch, wenn er wieder einmal jemanden vor der Geschäftsleitung bloßstellen konnte. Am liebsten zeigte er den anderen, wie man's richtig machte, und dass er der einzige Mann in der Firma war, der wirklich durchblickte.

Den ganzen Heimweg über lag ein schadenfrohes Grinsen auf seinem Gesicht. Er hielt sich, so gut es ging, in Deckung, nur ein kurzes Stück musste er auf dem Fahrweg gehen, bevor er sich wieder in den Schutz der Bäume begeben konnte. Er war schmächtig, nicht sehr groß und hatte Angst davor, von Alfons entdeckt zu werden, obwohl er sich das selbst niemals eingestanden hätte. So gegen zwanzig Uhr war er wieder in der Hütte, völlig erschlagen, aber hochzufrieden. Gudrun staunte nicht schlecht, als sie die Unmengen an Pilzen sah. Insgeheim war sie froh, dass Rolf das Putzen, Trocknen und die Zubereitung der Pilze immer selbst übernahm. Er traute ihr das nicht zu, und diese Pilze hier zu verarbeiten, das würde Stunden brauchen. Zum ersten Mal spielte Rolf nach dem Abendessen gut gelaunt mit David, während Gudrun abspülte und die Küche aufräumte.

Am nächsten Morgen setzte sich Rolf draußen vor der Hütte in den „Schopf", einen schmalen balkonartigen Streifen vor der Eingangstür, und putzte Pfifferlinge. Sie hatten einen Tisch und Stühle hinausgestellt, sodass man dort sitzen und sich mit vorbeikommenden Wanderern unterhalten konnte. Bei schönem Wetter war der Schopf mit seiner halbhohen Balustrade ein sehr beliebter Aufenthaltsort für die ganze Familie. Hier konnte man lesen, schaukeln, Essen vorbereiten und ganz nebenbei die klare frische Bergluft, das Plätschern des Brunnenwassers und die wärmenden Sonnenstrahlen genießen. Rolf war den ganzen Vormittag mit den Pfifferlingen beschäftigt, hatte um zwölf Uhr noch nicht einmal die Hälfte geschafft, bekam langsam Hunger und entsprechend miese Laune.

Gudrun kam erst gegen halb eins mit David vom Bach zurück. Sie hatte dort –wie schon die ersten Tage – den ganzen Vormittag mit ihm gespielt. Da sie heute Morgen ihre Uhr vergessen hatte, kamen sie eine halbe Stunde später zur Hütte als gewöhnlich. Gudrun und David betraten lachend den Schopf, doch Gudruns Gesicht gefror zu einer ängstlichen Maske, als sie Rolf in die Augen sah. In seinem Blick war ständig ein depressiver Zug, der, wenn er sich mit Wut zu vermischen anfing, bei ihr die reine Panik auslöste. Sie nahm David sofort mit hinein in die Hütte ohne ein Wort an ihren Mann zu richten und fing in verzweifelter Hast an zu kochen. Jetzt musste schnell etwas zu essen auf den Tisch kommen, damit Rolf sich nicht in seine Wut hineinsteigerte. Ihr war klar, dass sie alle Hände voll damit zu tun haben würde, den ersten Hüttenkrach in diesem Urlaub zu vermeiden.

Der uralte Herd in der Küche wurde noch mit Holz angeheizt. Schnell hackte sie mit dem Beil einige Holzscheite in ganz dünne Streifen, damit das Feuer rasch anging und gleich genügend Hitze abgab. Sie schnitt in atemberaubender Geschwindigkeit Zwiebeln und dann passierte das Missgeschick: Sie rutschte ab und schnitt sich in den linken Zeigefinger. Der Schnitt war ziemlich tief und blutete stark. Sie erschrak sehr und schrie auf, worauf Rolf und David in die Küche gestürzt kamen. David weinte: „Arme Mama! Tut's sehr weh?", während Rolf sie anfuhr: „Erst zu spät heimkommen und sich dann noch beim Zwiebelschneiden blöd anstellen! Du lernst es nie! Dir gehört eigentlich …" Er kam nicht weiter, denn David war so entrüstet, dass er alle Angst vor seinem Vater vergaß und rief: „Aber Papa, sie wollte sich doch nur beeilen, damit du nicht böse bist!" Der Junge wusste natürlich aus leidvoller Erfahrung, dass sein Vater, wenn er Hunger hatte, sehr, sehr böse und unberechenbar werden konnte.

Wenn Rolf etwas gar nicht ertragen konnte, dann waren das vorlaute und freche Kinder. Er fuhr herum, und bevor Gudrun etwas dagegen tun konnte, hatte er seinem Sohn mit voller Wucht mitten ins Gesicht geschlagen, sodass dieser quer durch die Küche fegte. Der Junge fing an zu brüllen und seine Mutter stürzte zu ihm hinüber. Am Boden sitzend hielt sie das weinende Kind im Arm und streckte die blutige Hand abwehrend in die Höhe. Sie sah ängstlich zu Rolf auf und flehte ihn an: „Bitte, hör auf und geh noch einmal hinaus. Ich kümmere mich um alles hier und in einer Viertelstunde gibt's Essen!"

Wutschnaubend stampfte er hinaus.

Das Essen verlief schweigend. Gudrun und der Junge sagten keinen Ton und Rolf war immer noch wütend. Bei Gudrun regte sich ein Widerwillen, den sie in letzter Zeit immer öfter bemerkt hatte. Nur, so stark und trotzig wie jetzt hatte sie ihn noch nie in sich aufsteigen gespürt. Lag das an der Bergluft? Oder einfach daran, dass sie auch etwas ausgeruhter und deshalb mutiger war? Sie konnte es sich nicht recht erklären, und während sie ihren Mann aus den Augenwinkeln beobachtete, wurde ihr plötzlich klar, dass sie ihn hasste, dass ihr Leben eine Hölle war und sie, wenn sie kein Kind hätte, schon längst auf und davon wäre oder sich umgebracht hätte. Nach dem Essen räumte sie schweigend den Tisch ab, spülte das Geschirr und verschwand dann ohne ein weiteres Wort an ihren Mann zu richten mit dem Jungen an der Hand in Richtung Bach. Sie musste jetzt nachdenken. So konnte das nicht weitergehen.

Rolf setzte sich wieder in den Schopf und putzte weiter an seinen Pilzen herum. Aber die Lust daran schien ihm vergangen zu sein. Seine Laune hatte sich keineswegs gebessert, sie wurde im Gegenteil von Minute zu Minute schlechter und die Stirn zog sich immer mehr in düstere Falten. Etwas bohrte tief in seinem Innersten. Er hatte gespürt, dass sich bei Gudrun eine unliebsame Veränderung vollzog. Sie war nur im Ansatz da gewesen, aber er hatte sie sofort ausgemacht. Er hatte gespürt, dass sich heute etwas verändert hatte, und ihm war klar, dass er schnell ein Exempel statuieren musste, bevor sich etwas entwickeln konnte, über das er keine Kontrolle mehr hatte.

Gudrun hatte die Uhr jetzt zwar dabei, machte aber keinerlei Anstalten zur Hütte zurückzugehen, als es drei Uhr - Kaffeezeit - war.

„Der soll sich seinen Kaffee doch selbst machen, wenn er einen will. Mir gefällt's hier. David spielt und der Bach rauscht so laut, dass man ungestört nachdenken kann“, überlegte sie und ein kleines schadenfrohes Lächeln spielte um ihre Lippen. Erst gegen halb sechs brachen sie auf und gingen langsam in Richtung Haus. David hatte Hunger. Als sie sich der Hütte näherten, wurde ihr doch wieder mulmig, aber Gudrun hatte sich alles gut überlegt und ihr Entschluss stand fest: „Ich lass' mich nicht mehr von ihm tyrannisieren. Im schlimmsten Fall packe ich mein Zeug und fahre heim!“

Rolf saß immer noch an den Pilzen und drehte sich nicht einmal nach ihnen um, als sie den Schopf betraten. David hatte den Streit längst vergessen, lief zu ihm hin und fragte:

„Hallo, Papa. Bist du bald mit den Pilzen fertig?“

Er brummte nur etwas Unverständliches und sah nicht von seiner Arbeit auf.

Gudrun setzte den Jungen an den Tisch in der Stube, weit genug entfernt von seinem Vater, gab ihm Malbuch und Stifte und fing sofort damit an, das Abendessen zuzubereiten. Sie hatte immer noch kein Wort mit ihrem Mann gewechselt.

Um halb sieben war alles bereit und sie rief Rolf zum Essen herein. Der kam - stumm wie ein Fisch - setzte sich an den Tisch und sah zu seinem Sohn hinüber. Plötzlich bemerkte er die von den Farbstiften bunt verschmierten Hände und brüllte seine Frau an: „Sind wir hier eigentlich im Schweinestall, oder wie ist das?! Schau dir mal die Hände von dem Jungen an!“

Sie schrak zusammen und erwiderte völlig verängstigt: „Entschuldigung, das habe ich total vergessen.“ Der Junge war durch das unvermittelt losbrechende Gebrüll so erschrocken, dass er anfing zu weinen. Sein Vater beugte sich quer über den Tisch zu ihm hin und schrie ihm ins Gesicht: „Ich hau dir gleich eine runter, dann weißt du wenigstens, warum du flennst!“

Der Junge heulte jetzt noch lauter und noch verängstigter, was den Vater völlig in Rage brachte. Er schlug dem Jungen an den Kopf, sodass er seitlich vom Stuhl fiel. Er prallte hart auf den Boden und schlug den Arm dabei so unglücklich gegen die Kante der Eckbank, dass er knapp über dem Handgelenk brach. Ein stechender Schmerz durchfuhr seinen Unterarm und David brüllte wie am Spieß. Der Vater, jetzt völlig außer sich, kam um den Tisch herum und versetzte ihm noch einen Tritt. Gudrun hatte sofort gesehen, dass ihr Kind verletzt war, und tat nun etwas, an das sie auch später noch ungläubig zurückdachte. In verzweifelter Wut umklammerte sie das lange Brotmesser auf dem Tisch und stieß es dem nach vorne stürmenden Rolf entgegen. Er konnte gerade noch rechtzeitig in der Bewegung innehalten, sodass ihn die Messerspitze nur leicht anritzte.

Fassungslos sah er seine Frau an, die mit starrem Blick und eiskalter Stimme zischte: „Hör sofort auf, sonst steche ich dich ab wie ein Schwein!“ Sie erschrak selbst über ihre brutalen Worte. Er erbleichte, musterte sie noch einen Moment lang forschend, drehte sich dann ruckartig um und verschwand wortlos in der Schlafkammer. Er hatte die Tür hinter sich geschlossen und sie starrte noch eine Sekunde lang darauf. Dann beugte sie sich hastig zu ihrem Sohn. „David, wo tut's weh?“

Der Junge antwortete in klagendem Ton: „Hier am Arm, das tut so weh!“

Sie sah sich den Arm an und erkannte als gelernte Krankenschwester sofort, dass er gebrochen war. Vorsichtig setzte sie das Kind auf den Stuhl und ging in die Schlafkammer um den Autoschlüssel zu holen. Rolf saß auf dem Stuhl am Fenster und schaute hinaus. In seinem Gehirn hämmerte es wieder und wieder: „Wenn aus dir auch so ein Waschlappen wird, dann schlage ich dich tot!“

„Wo ist der Autoschlüssel?“, fuhr sie ihn an.

„Warum, was willst du …?“, kam es völlig verunsichert und abwesend zurück.

„Du hast David den Arm gebrochen, ich muss sofort mit ihm ins Krankenhaus!“, fauchte sie.

„Soll ich mit …?“

„Du bist jetzt so ziemlich das letzte, was ich brauchen kann! Lass mich in Ruhe, ich mach das schon!“ Sie war ihm in barschem Ton über den Mund gefahren, hatte den Schlüssel vom Tisch genommen und war, ohne ihn weiter zu beachten oder seine Reaktion abzuwarten, schon wieder nach draußen verschwunden.

Rolf blieb gedankenversunken am Fenster sitzen - starrte hinaus. Er nahm nicht einmal das Motorengeräusch des wegfahrenden Autos wahr. Das einzige, was er hörte, war der Satz seiner Mutter: „Wenn aus dir auch so ein Waschlappen wird ...“

2

Es war schon kurz nach zweiundzwanzig Uhr, als Gudrun den Wagen vor der Hütte abstellte. Der Junge schlief auf dem Rücksitz, den Arm in Gips. Elle und Speiche waren gebrochen.

Die Hütte war dunkel und die Fensterläden noch nicht geschlossen. Sie wunderte sich, denn wenn Rolf noch auf war, hätte man Licht sehen müssen. Oder, wenn er schon schlief, hätte er normalerweise die Läden geschlossen. Gudrun fragte sich, ob er vielleicht immer noch reglos auf dem Stuhl am Fenster saß, denn als sie aus der Schlafkammer ging, hatte sie so ein komisches Gefühl gehabt. Der Anblick ihres Mannes, der wie ein Häufchen Elend zur Salzsäule erstarrt dasaß und hinausstarrte, hatte sie irgendwie beunruhigt. Es hatte etwas Unheimliches in der Situation gelegen.

Schnell wischte Gudrun den Gedanken beiseite, hob den Jungen vorsichtig aus dem Auto und trug ihn in die Hütte. Im Schopf streifte sie mit den Füßen die Stiefel ab, denn es war Gesetz, die Hütte nicht mit Schuhen zu betreten. Als sie in die stockdunkle Stube kam, wäre sie beinahe mit dem Kind auf dem Arm der Länge nach hingestürzt, denn mitten im Zimmer lag ein Stuhl. Sie legte David auf das Sofa in der Ecke, der Junge wimmerte leise im Schlaf. Dann tastete sie auf dem Regal nach den Streichhölzern und der Petroleumlampe. Vorsichtig ging sie damit zum Tisch. Es fehlte nicht viel und Gudrun wäre über einen weiteren am Boden liegenden Stuhl gefallen. Froh, endlich auf der Bank zu sitzen, zündete sie das Streichholz an, hob den Glaszylinder und hielt das Streichholz an den Docht, der sofort anfing zu brennen.

Erst als die Höhe des Dochtes eingestellt und der Glaszylinder wieder aufgesetzt war, ließ sie den Blick durch die Stube schweifen. Sie erschrak ein wenig, war aber mehr noch verwundert, denn in dem Zimmer sah es aus wie auf einem Schlachtfeld. Am Boden lagen zwei Stühle, Kleider, Bücher und allerlei Kram, der zum großen Teil auf der vorderen Hälfte der Bank gelegen hatte. Auch die Spiele, der Fotoapparat und das Kofferradio, die auf der Kommode neben der Türe gelegen hatten, waren auf dem ganzen Teppich verstreut.

Gudrun stand auf und ging in die hintere Kammer. Das Bild, das sich ihr hier bot, war nicht besser: Der Stuhl, auf dem Rolf gesessen hatte lag mitten im Zimmer, die Betten waren verrückt und auf dem Boden lag Bettzeug herum. Rolf aber war nicht da. Mechanisch stellte sie den Stuhl vor ihren Füßen auf und ging hinaus in die Küche. Die ganzen gesäuberten Pilze, die zum Trocknen auf der Ablage in der Küche gelegen hatten, waren auf dem Boden verstreut. Einige waren zerquetscht und es roch intensiv nach Pfifferlingen. Gudrun hastete zur Toilette, die in Richtung Kuhstall lag - nichts! Im oberen Geschoss war Rolf auch nicht. Hier oben war alles normal, nichts beschädigt oder umgestoßen. Der verängstigten Frau wurde ganz heiß. Hatte Rolf in einem Wutanfall die unteren Räume verwüstet und war dann hinausgegangen? Sie eilte in den Schopf vor der Hütte, aber auch hier war niemand. Auch außerhalb der Hütte war nichts zu sehen und so sah sie zu guter Letzt noch im Kuhstall nach. Aber ihr Mann war und blieb verschwunden.

Ihr wurde jetzt unheimlich und sie überlegte, was sie denn tun konnte. Es war Rolf zuzutrauen, dass er einfach abgehauen war, aber die heruntergerissenen Gegenstände passten nicht ins Bild. Außerdem entdeckte sie auf der hölzernen Türschwelle zur Stube schwarze Streifen, die ganz klar von Stiefeln herrührten. Von ihrer Familie ging niemand mit Stiefeln in die Hütte, das war so sicher wie das Amen in der Kirche. Vielleicht war ein Fremder in der Hütte gewesen und hatte Rolf überfallen? Je länger sie darüber nachdachte, desto seltsamer kam ihr die ganze Geschichte vor und sie beschloss mit dem Handy die Vermieter der Hütte, eine Bauernfamilie im Tal, anzurufen.

„Frau Moosberger? Hier spricht Gudrun Wiesel. Ich bin oben bei der Hütte. Entschuldigung, dass ich Sie so spät noch anrufe, aber mein Mann ist verschwunden und in der Hütte sieht es furchtbar aus. Ich weiß nicht, ob ihm irgendetwas zugestoßen ist. War er zufällig heute Abend bei Ihnen?"

„Nein, ich habe ihn seit vorgestern nicht mehr gesehen. Waren Sie denn nicht in der Hütte?"

„Nein, ich war mit David im Krankenhaus, er hat den Arm gebrochen."

„Oh je!"

„Er schläft jetzt auf der Couch in der Stube. Frau Moosberger, könnten Sie bitte die Polizei für mich anrufen und sie zur Hütte hochschicken? Irgendetwas stimmt hier nicht."

„Selbstverständlich. Ich werde meinen Mann zusammen mit der Streife zu Ihnen hineinschicken." Die heimische Bevölkerung sprach immer davon, in den Argen „hinein" zu gehen. Niemand sagte „hinauf", obwohl das Dorf ungefähr vierzig Gehminuten weiter unten im Tal lag.

Gudrun beendete das Gespräch. Etwas ruhiger ging sie in die Hütte und trug den Jungen ins obere Stockwerk in die zweite Schlafkammer, denn sie wollte nicht, dass er aufwachte, wenn die Polizei kam. Dann ging sie zum Brunnen und erfrischte sich ein wenig, da sie von dem Schrecken und der ganzen Anstrengung völlig verschwitzt war. Später setzte sie sich, eingehüllt in einen dicken Wollpullover, auf die Bank im Schopf und wartete auf die Polizei. Es wurde nachts zwar empfindlich kalt, aber das brauchte Gudrun jetzt um wieder einen klaren Kopf zu bekommen.

Man konnte die Motorengeräusche hören, lange bevor die hin- und herschwenkenden Lichtfinger der Scheinwerfer zwischen den Bäumen zu sehen waren. Der Wagen hielt vor der Hütte und Herr Moosberger und zwei Beamte in Uniform stiegen aus. Gudrun öffnete die kleine Tür vom Schopf zum Weg hin und begrüßte die Ankömmlinge flüsternd: „Guten Abend. Ich bitte Sie leise zu sprechen, mein Sohn liegt oben und schläft. Ich musste mit ihm ins Krankenhaus fahren, er hat den Arm gebrochen.“

Die Beamten und der Besitzer kamen in die Stube.

„Ich bin Postenkommandant Penzberger und das ist mein Kollege Rastl“, stellte sich einer der beiden Beamten vor.

Gudrun nickte ihnen zu.

„Also, Frau Wiesel, jetzt erzählen Sie mal. Was ist genau passiert?“

„David, unser Sohn, hat sich heute am frühen Abend den Arm gebrochen, daraufhin habe ich ihn mit dem Auto ins Krankenhaus im Tal unten gefahren. Mein Mann blieb hier, und als ich ungefähr drei Stunden später mit dem Jungen zurückkam, war er verschwunden.“

„Um wie viel Uhr war das?“

„So kurz nach zehn.“

„Vielleicht ist er oben im Edelweiß und trinkt ein Bier?“, fragte Moosberger, der Besitzer.

„Unmöglich! Er hasst es, wie da oben die Wanderer abgefüllt werden. Und die Betrunkenen, die vor unserer Hütte ständig Rabatz machen, gehen ihm furchtbar auf die Nerven. Außerdem stand die Tür sperrangelweit offen, als ich zurückkam, und die Stühle, Sie sehen es ja, liegen kreuz und quer in der Stube herum. Ich bin mir sicher, dass er überfallen wurde. Vielleicht liegt er draußen irgendwo verletzt im Wald?“

„Wäre es vielleicht möglich, dass er einen über den Durst ....?“ Der Polizist konnte seine Frage nicht beenden.

„Mein Mann trinkt hier auf der Hütte zum Abendessen ein Bier, das ist alles. Mehr hat er auch heute nicht getrunken!“ Trotz der rasch gegebenen Antwort überlegte Gudrun im Hinterkopf, ob ihr Mann vielleicht seinen Ärger doch mit etwas zu viel Bier hinuntergespült hatte.

Der Beamte sah ihr an, dass sie die Möglichkeit selbst überdachte, und schlug vor:

„Am besten, wir sehen einfach nach, damit wir zunächst mal alle Unsicherheiten aus dem Weg räumen können.“ Er wandte sich zu seinem Kollegen: „Sepp, geh mal bitte kurz hinauf zum Edelweiß und frag nach, ob ihn jemand gesehen hat.“ Und zu Gudrun: „Frau Wiesel, haben Sie außer Bier sonst noch Alkohol in der Hütte?“

„Nein, mein Mann trinkt nur Bier und ich überhaupt keinen Alkohol.“

„Und wo steht das Bier?“

„Im Keller.“ Sie ging vor um mit einer Petroleumlampe den Weg in den Keller zu leuchten. Dort stand ein Kasten Egger Bier, in dem vier Flaschen fehlten.

„Wir sind seit Samstag hier, das können Sie genau an den fehlenden Flaschen abzählen.“

„Gut, das können wir also ausschließen“, antwortete Penzberger.

Sie gingen wieder nach oben, wo Gudrun die Gaslampe anzündete. Sie gab sehr viel helleres Licht. Trotzdem holte der Polizist aus dem Wagen noch eine starke Taschenlampe und machte sich daran, die Hütte systematisch nach Spuren zu durchsuchen. Außer den umgestoßenen Stühlen und den herumliegenden Gegenständen entdeckte er nichts Auffälliges. Plötzlich fiel Gudrun ein:

„Ach ja! Hier ist der Beweis, dass ein Fremder in der Hütte war!“

Moosberger und Penzberger sahen sie fragend an. Sie zeigte auf die Türschwelle und sagte: „Das sind Streifen von schwarzen Schuhsohlen. Von uns hat noch nie jemand die Hütte mit Schuhen betreten, das ist absolut verboten! Sehen Sie die Stallschuhe aus Holz hier vor der Tür! Die benutzen wir, wenn wir mit dem Eimer Wasser am Brunnen holen. Wir gehen in Socken hinaus, schlüpfen in die Schuhe, und wenn wir zurückkommen, lassen wir sie hier stehen."

Die beiden anderen sahen sich an und kamen näher.

„Ja, das sind typische Streifen von Stiefelsohlen", bestätigte Moosberger.

„Die könnten aber auch von mir, Herrn Moosberger oder meinem Kollegen stammen", stellte Penzberger fest.

„Nein, die sind mir nämlich schon aufgefallen, als Sie noch gar nicht da waren."

„Und von Ihrem Mann stammen sie auch nicht?"

„Nein, da bin ich mir hundertprozentig sicher."

„Das ist allerdings seltsam." Der Polizist sah nachdenklich auf die schwarzen Streifen hinab. Dann ging er hinaus, holte einen Fotoapparat und fing an alles zu fotografieren. Zuerst lichtete er die schwarzen Streifen auf der Schwelle ab, ging dann in die hintere kleine Schlafstube, die Wohnstube und zuletzt in die Küche, wo allerlei Geschirr, Besteck, Gewürze und die Pilze auf dem Boden lagen. Außerdem fotografierte er die übrigen Örtlichkeiten in der Hütte, auch wenn sie dort nichts Verdächtiges entdeckt hatten.

Zwischenzeitlich war der Kollege Rastl von der Edelweißhütte zurückgekommen. Da hatte man Wiesel nicht gesehen. Penzberger überlegte:

„Wenn er überfallen wurde, ist es möglich, dass er irgendwo da draußen liegt. Vielleicht hat er die Hütte selbst verlassen, aber die Wahrscheinlichkeit, dass ein Fremder hier drin war, ist doch recht groß. Wir müssen ihn suchen und brauchen Hunde!" Ohne eine Reaktion abzuwarten ging er hinaus zum Wagen und angelte sich den Funkhörer heraus.

Kurz darauf kam er zurück: „In einer halben Stunde sind

sie da. Wir können ja solange die nähere Umgebung der Hütte mit Lampen absuchen."

Gudrun nahm eine warme Jacke und eine starke Taschenlampe, dann gingen sie hinaus. Sie fanden aber nichts und auch die spätere Suche mit den Hunden brachte sie nicht weiter. Rolf Wiesel war spurlos verschwunden!

Nachdem die Polizisten und Herr Moosberger gegen vier Uhr morgens weggefahren waren, fiel Gudrun ins Bett wie ein gefällter Baum. Ihr tat alles weh, sie hatte das Gefühl, als hätte sie eine schwere Grippe. Die Gelenke, der ganze Rükken, der Kopf, alles drückte oder brannte. Und trotzdem konnte sie nicht schlafen, ihr Kopf war in hellem Aufruhr. Erst gegen sechs Uhr fiel sie in einen erlösenden, bleiernen Schlaf, aus dem sie um halb zehn von dem aufwachenden David gerissen wurde.

„Mama, wo ist Papa?", war seine erste Frage.

„Ich weiß es nicht, mein Schatz. Als wir gestern zurückkamen, war er nicht mehr da."

„Meinst du, er ist uns noch böse wegen gestern?"

„Ich weiß es nicht."

Den Tag verbrachten sie in der Nähe der Hütte, Gudrun wollte da sein, falls Rolf zurückkommen sollte. Aber er kam nicht. Für David war das Fehlen des Vaters nicht besonders ungewöhnlich, er war es ja gewohnt, den ganzen Tag mit seiner Mutter alleine zu sein. Gudrun war sich ihrer Gefühle nicht ganz sicher. Einerseits war sie wie befreit, es war als hätte man ihr eine Last von den Schultern genommen, andererseits fürchtete sie sich vor dem, was vielleicht passiert war. Oder fürchtete sie sich davor, dass ihr Mann wieder zurückkam? Jedenfalls war das befreite Gefühl tagsüber dominierend, nur als der Abend hereinbrach, machte sich mehr und mehr diese ängstliche innere Unruhe breit. Sie sah sich immer wieder um, aber da war niemand. Als ihr Kind schlafend im Bett lag, setzte sich Gudrun in die Stube. Obwohl sie alle Türen und Läden verriegelt hatte, war sie unfähig irgendetwas zu tun oder zu lesen. Sie starrte nur vor sich hin und lauschte verängstigt auf jedes Geräusch. Plötzlich kippte ihr Kopf nach vorn, denn sie war völlig erschöpft. Durch den Ruck erwacht, schrak sie zusammen, erhob sich und wankte zu ihrem Bett, wo sie in einen unruhigen Schlaf fiel.

Am nächsten Morgen, als sie die Fensterläden mit quietschendem Geräusch öffnete und ein strahlend blauer Himmel sie anlachte, ging es ihr deutlich besser und nach einem schönen, harmonischen Frühstück mit ihrem Sohn beschloss sie die Sachen zu packen und nach Hause zu fahren. Sie fürchtete sich davor, noch einen Abend alleine in der Stube zu sitzen und wie ein gehetztes Tier auf jedes Geräusch zu lauschen. Und es gab jede Menge Geräusche in so einer Berghütte.

Um zwei Uhr nachmittags hatte sie das ganze Gepäck im Auto verstaut, die Hütte geputzt und schloss die Eingangstür mit dem großen alten Schlüssel ab. Sie fuhr hinab ins Tal, wo sie bei den Vermietern den Schlüssel abgab und die Miete bezahlte. Anschließend ging sie noch bei der Polizeiwache vorbei um sich abzumelden. Postenkommandant Penzberger hatte gerade Dienst.

„Und Sie sind sicher, dass Sie nicht mehr hier bleiben möchten?“

„Ja, ganz sicher. Die Abende alleine in der Hütte mit dem schlafenden Kind, das halte ich nicht aus. Da fühle ich mich zu Hause in meinen eigenen vier Wänden viel wohler.“

„Das kann ich gut verstehen. Also, wenn Ihr Mann sich nicht meldet, gehen Sie in Freiburg zur Polizei und geben eine Vermisstenanzeige auf. Sie können den Kollegen dort meine Karte geben.“ Er reichte ihr ein Visitenkärtchen. „Die können dann gerne bei mir anrufen.“

„Gut, danke. Wenn ich nur wüsste, wo er steckt.“ Sie sah ihn fragend an, doch auch Penzberger hob nur mit hilflosem Blick die Schultern.

Dann fuhr sie los. Sie drückte eine Kinderkassette in den

Rekorder, sodass David nicht langweilig wurde, aber schon nach einer halben Stunde war er eingeschlafen. Gegen sechs Uhr abends wachte er auf und war schlecht gelaunt. Sie hielt an einer Raststätte in der Schweiz an und aß eine Kleinigkeit mit dem Jungen. Danach bekam er noch ein Eis, während sie sich eine Tasse Kaffee genehmigte. Um halb neun waren sie dann endlich in Freiburg, wo David sofort in sein Zimmer stürmte und seine Ritter zum Spielen auspackte.

Am nächsten Tag, es war Freitag, brachte sie das Kind bei einer befreundeten Familie unter. Sie hatten einen Jungen in Davids Alter, der sich riesig darüber freute, dass sein bester Freund vorzeitig aus den Ferien zurückgekommen war. So konnte Gudrun in Ruhe Besorgungen machen und fand wieder in einen halbwegs normalen Rhythmus, soweit das in ihrer Situation möglich war. Ihr Mann war verschwunden und ihre Überlegungen kreisten immer wieder um die Frage, warum ihr das nichts ausmachte. Sie fühlte weder Trauer noch Einsamkeit. Zur Trauer fehlte offensichtlich die Liebe zu ihrem Mann – und einsam? Einsam fühlte sie sich nicht, sie hatte ja David.

Trotzdem würde sie heute zur Polizei gehen und eine Vermisstenanzeige aufgeben, denn sie hatte immer noch nichts von Rolf gehört. Irgendwie hatte sie gar keine Lust dazu und ihre Gedanken gerieten erneut in Bahnen, die sie sich ein paar Tage zuvor noch nicht hätte vorstellen können. Sie fing bereits damit an, sich ein Leben ohne ihren Mann vorzustellen und einzurichten. Ein schönes Leben, ohne Kummer, Sorgen und Angst …

3

Rolf erwachte aus einem Zustand, der mehr Bewusstlosigkeit als Schlaf gewesen war. Er spürte, dass sich jemand im Raum befand, obwohl er nichts sehen konnte. Ihm war furchtbar kalt und er konnte sich nicht bewegen, denn er war auf dem Rücken liegend auf einer Pritsche festgebunden. Nach einer Weile wurde ihm klar, dass er sich in einem Keller befinden musste, denn es roch feucht, war dunkel und kalt. Er hatte unsäglichen Durst. So ein schreckliches Gefühl hatte er bisher noch nicht gekannt.

Plötzlich roch er es buchstäblich, dass jemand in der Nähe war. Es war ein starker Geruch. Eine Mischung aus Schweiß, verqualmten Kleidern und anderen Gerüchen, die Rolf nicht zuordnen konnte. Da er außerstande war sich umzudrehen, fragte er schwach in die Dunkelheit hinein: „Wer ist da? Kann ich etwas zu trinken bekommen?"

In seinem Gesichtsfeld tauchte nun eine Gestalt auf. Er konnte ihre Umrisse in der Dunkelheit nur schemenhaft erkennen.

„Hallo Rolf, wie geht es dir?" Diese Stimme hatte er schon irgendwo gehört.

„Ich habe wahnsinnige Kopfschmerzen und noch mehr Durst. Wie lange bin ich schon hier? Wo bin ich?", gab er verstört zurück. Er wusste überhaupt nicht, was hier vor sich ging, aber er spürte eine Bedrohung, die ihm Angst machte.

„Na, das sind ja ziemlich viele Fragen auf einmal! Jetzt gebe ich dir erst einmal einen Schluck Wasser."

Die Gestalt verschwand wieder aus Rolfs Blickfeld und plötzlich wurde es sehr hell in dem Raum. Rolf kniff die Augen vor Schmerz zusammen. Der andere hatte die Türe geöffnet und war nach draußen verschwunden. Rolf hörte ihn eine Treppe hochsteigen.

Nach einer Weile kam der Mann wieder zurück, und da Rolf sich zwischenzeitlich an die neuen Lichtverhältnisse hatte gewöhnen können, erkannte er ihn jetzt. Entrüstung, aber auch Angst schwangen in seiner Stimme, als er fragte:

„Was habe ich getan, warum hältst du mich hier fest?"

„Jetzt trink erst mal einen Schluck", entgegnete der andere, indem er vorsichtig Rolfs Kopf anhob und ihm einen Becher mit Wasser an den Mund hielt. Rolf trank das Wasser in gierigen Schlucken. Noch nie hatte er etwas so Köstliches getrunken wie dieses frische kalte Wasser! Als er ausgetrunken hatte, legte er den Kopf wieder auf die Pritsche und fühlte hinter dem Wasser her, das durch seinen Bauch floss. Er hätte exakt sagen können, wo sich die Flüssigkeit gerade befand, so genau spürte er das Vordringen des kalten Wassers. Plötzlich verkrampfte sich sein Magen und ein Schmerz durchzuckte Rolf. Für einen kurzen Moment geriet er in Panik, denn er glaubte, der Kerl hätte ihm Gift gegeben. Aber schnell beruhigte er sich wieder, denn ihm wurde klar, dass der Mann ihn schon längst hätte töten können, wenn er das gewollt hätte. Er entspannte sich wieder und lag ganz ruhig da. Nach einer Weile, er wusste nicht ob zwischenzeitlich Sekunden oder Minuten vergangen waren, fragte er noch einmal nach Wasser, worauf der Mann einen Krug nahm und den Becher erneut füllte. Danach ging es Rolf schon bedeutend besser und er fragte wieder:

„Warum werde ich hier in diesem Loch festgehalten?"

„Du kommst bald raus. Hast du Hunger?“

„Ich weiß nicht ...“. Rolf musste erst überlegen, dann sagte er: „Ja, ich glaube schon.“

Als der Mann wieder mit einem Tablett zurückkam, auf dem zwei Gläser, eine Flasche und ein Teller standen, stieg Rolf der köstliche Duft von heißem Fleischkäse in die Nase. Ihm lief das Wasser in Strömen im Munde zusammen. Große Hände banden ihn los, halfen ihm auf und stützten Rolf, bis er mit zittrigen Knien bei dem Stuhl am Tisch angekommen war. Offensichtlich fürchtete der andere nicht, dass ihm sein Gefangener Ärger machen könnte, denn er legte ihm keine Fesseln mehr an. Das war auch nicht notwendig, denn Rolf war ein ausgetrocknetes Wrack, dem es jetzt nur um die Befriedigung von Hunger und Durst ging.

Zuerst nahm der Mann die Flasche und goss in jedes der Gläser einen kräftigen Schluck ein, reichte Rolf eines davon und prostete ihm aufmunternd zu:

„Das ist ein sehr guter Rotwein, der wird dich wieder aufbauen. Aber trink langsam, du musst erst ein wenig essen.“

Sie nahmen einen kleinen Schluck und Rolf dachte zum zweiten Mal, dass er noch nie so etwas Köstliches getrunken hatte. Daraufhin setzte ihm sein Wächter den Teller vor. Rolf sah das große Stück Fleischkäse und den Berg Kartoffelsalat. Er betrachtete alles eine Weile ungläubig, bevor er anfing, es in sich hineinzuschlingen.

„Langsam, langsam“, bremste ihn sein Gegenüber, „sonst verdirbst du dir den Magen!“

Rolf zwang sich langsamer zu essen, nahm das Weinglas und trank noch einen Schluck. Eine Welle der Dankbarkeit durchflutete ihn und er sah den anderen mit vor Rührung glänzenden Augen an: „Du weißt gar nicht, wie dankbar ich dir für all das bin. Ich glaube, ich bin dem Tod gerade noch mal von der Schippe gesprungen.“

„Ja, das glaube ich auch“, sagte der Mann lächelnd, aber seine Augen lächelten nicht.

Dann erkundigte er sich freundlich: „Schmeckt dir der Wein?“

4

Die Schreibtische waren zu einem Dreieck zusammengestellt. An einem Platz saß Kommissar Norbert Steiff, ihm gegenüber Kommissar Daniele Dicasa. Ihr Chef, Hauptkommissar Seebacher, war, wie jedes Jahr, mit seiner Frau und den beiden Töchtern in die Provence gefahren. Die Kommissare freuten sich schon auf Seebacher, der in gut einer Woche zurückkommen würde, denn irgendwie fehlte etwas, wenn er nicht da war. Er hatte die Angewohnheit laut zu denken, redete viel mit seinen Leuten und brachte einfach Schwung in den Laden.

Angeödet führten Norbert und Daniele Routinearbeiten aus, da sich seit über einer Woche nichts Bemerkenswertes ereignet hatte. Um so mehr freuten sie sich, als sie von der Pforte aus angerufen und gebeten wurden eine Frau unten abzuholen, die eine Vermisstenanzeige aufgeben wollte. Norbert ging hinab und kam mit einer attraktiven blonden Enddreißigerin zurück. Daniele erhob sich, begrüßte sie und bot ihr einen Stuhl an. Nachdem sich alle gesetzt hatten, begann Norbert:

„Sie möchten also eine Vermisstenanzeige aufgeben. Um wen handelt es sich bei der vermissten Person?“

„Um meinen Mann. Wir waren im Bregenzerwald im Urlaub auf einer Berghütte. Vorgestern musste ich mit unserem kleinen Sohn ins Tal hinunterfahren. Er hatte den Arm gebrochen und ich war mit ihm im Krankenhaus. Als ich spät abends wieder zu der Hütte kam, war Rolf verschwunden. In der Wohnstube, der Schlafkammer und auch in der Küche lag überall Zeug auf dem Boden herum. Umgestoßene Stühle, Spiele, Bücher, Bettzeug, in der Küche Geschirr und Lebensmittel. Es sah so aus, als ob ein Kampf stattgefunden hätte."

„Was haben Sie dann gemacht?"

„Ich habe mit dem Handy den Vermieter angerufen und der kam wenig später mit zwei Polizisten zu uns herauf. Als sie die Hütte sahen, die herumliegenden Gegenstände und die Streifen auf der Türschwelle, ließen sie weitere Polizisten mit Suchhunden kommen, aber auch die fanden meinen Mann nicht. Und so zogen sie dann um vier Uhr morgens wieder ab."

„Was waren das für Streifen auf der Türschwelle?", wollte Daniele wissen.

„Schwarze Streifen von Stiefelsohlen."

„Und was war daran so ungewöhnlich?"

„Um die Hütte sauber zu halten betreten wir sie nur in Socken oder Hausschuhen. Am Ende des Urlaubs reinigen wir immer zusammen die Hütte und in den rohen Bodendielen setzt sich der Dreck so fest hinein, dass wir bald beschlossen lieber nicht mit Straßenschuhen hineinzugehen."

Norbert folgerte: „Dann rührten diese Streifen Ihrer Meinung nach also von den Schuhen eines Eindringlings?"

„Genau. Und auch der Polizist hielt es für sehr wahrscheinlich. Er hat mehrere Fotos in der Hütte und Nahaufnahmen von den Streifen gemacht."

„Was passierte, bevor Sie die Hütte mit Ihrem Sohn verließen um ins Krankenhaus zu fahren?", wechselte Daniele plötzlich die Richtung.

Sie funkelte ihn eine Millisekunde lang an und entgegnete dann: „Was meinen Sie damit?"

„Ich meine damit: Was war passiert? Wie hat sich Ihr Sohn den Arm gebrochen? Warum ist Ihr Mann nicht mit ins Tal gefahren? Hatten Sie Streit, dass Ihr Mann Sie nicht begleiten wollte?“ Daniele fiel wieder einmal mit der Tür ins Haus und überschüttete die Frau regelrecht mit all diesen heiklen Fragen. Er war einfach nicht der Geschickteste, wenn es darum ging, Informationen aus einer Person herauszubekommen. Allzu oft ging sein italienisches Temperament mit ihm durch. Er war zwar in Freiburg geboren und aufgewachsen, aber das Blut italienischer Eltern floss in seinen Adern und geriet extrem schnell in Wallung. Seine Freundin Uli hatte Norbert deshalb schon öfter ihr Leid geklagt.

Die Frau sah starr an ihm vorbei zum Fenster hinaus und sagte kühl: „Der Junge ist gestürzt und hat sich dabei den Arm gebrochen. Ich bin gelernte Krankenschwester und in solchen Fällen ruhiger als mein Mann.“

„Hatten Sie Streit mit Ihrem Mann?“ Daniele ließ nicht locker.

„Nein“, log sie und sah vor sich auf den Boden.

„Wie ging es dann weiter?“, wollte Norbert wissen, nachdem er Daniele einen kurzen, aber scharfen Blick zugeworfen hatte.

„Ich blieb noch den darauf folgenden Tag, aber am Abend wurde es mir unheimlich in der einsamen Hütte. Ich hatte Angst und so habe ich dann am zweiten Tag nach Rolfs Verschwinden meine Sachen gepackt und bin mit David nach Freiburg gefahren. Das war gestern. Bevor ich losfuhr, war ich noch einmal auf der Polizeiwache. Postenkommandant Penzberger riet mir mich hier in Freiburg an die Polizei zu wenden, wenn mein Mann nicht auftauchen sollte. Außerdem gab er mir seine Karte für Sie. Sie können ihn jederzeit anrufen, hat er gesagt.“

Sie griff in die Tasche und legte ein Visitenkärtchen vor Norbert auf die Schreibtischplatte. Daniele schenkte sie überhaupt keine Beachtung mehr.

Norbert sah sich die Karte kurz an: „Gibt es irgendjemanden, der etwas gegen Ihren Mann haben könnte? Hat er Feinde?“

„Ich glaube, in seiner Firma ist er nicht sehr beliebt.“

„Wieso nicht?“

„Ich weiß es nicht genau. Das ist eher eine Gefühlssache, er redet nicht viel über seine Arbeit, aber was er mir erzählt hat, gab mir immer das Gefühl, dass er kein sehr gutes Verhältnis zu seinen Kollegen hat.“

„Wo arbeitet er?“

„Bei der Firma Logotec in Müllheim. Er ist verantwortlich für Planung und Projektmanagement, aber fragen Sie mich bitte nicht, was das konkret bedeutet. Davon verstehe ich rein gar nichts.“

„Was hat er für eine Ausbildung?“

„Er hat eine Lehre als Bäcker gemacht, dann aber auf Bürokaufmann umgesattelt und sich später langsam hochgearbeitet.“

„Okay, dann werde ich jetzt Ihre Daten aufnehmen.“

Er griff nach der Maus und öffnete ein Formular auf dem Bildschirm.

Nach zwanzig Minuten waren alle wichtigen Informationen erfasst und die Kommissare entließen Frau Wiesel.

„Wenn Sie irgendetwas von Ihrem Mann hören oder wenn Ihnen noch etwas Wichtiges einfällt, rufen Sie uns bitte gleich an“, verabschiedete sie Norbert und reichte ihr ein Kärtchen.

Als Gudrun Wiesel die Tür hinter sich geschlossen hatte, erhob sich Daniele und ging hinüber zur Kaffeemaschine. „Seltsame Geschichte“, murmelte er. „Ich hatte nicht gerade das Gefühl, dass sich die Frau große Sorgen um ihren Mann macht.“

So ging's mir auch“, erwiderte Norbert. „Ich schlage vor, wir warten noch ein paar Tage ab, und wenn der Mann dann nicht zurück ist, schauen wir uns das mal genauer an.“

5

„Guten Tag, mein Name ist Steiff und das ist mein Kollege Dicasa. Wir haben einen Termin mit der Geschäftsführerin, Frau Künzel“, stellte sich Norbert bei der Empfangsdame im Eingangsbereich der Firma Logotec vor.

Es war Mittwoch und seit dem Besuch von Gudrun Wiesel am vergangenen Freitag gab es keine Neuigkeiten über den Verbleib von Rolf Wiesel. Kein Lebenszeichen, keine Spur.

„Wenn Sie solange Platz nehmen möchten?“, antwortete die unpersönlich freundlich lächelnde Dame und zeigte auf eine topmoderne Sitzecke im Hintergrund. „Ich gebe Frau Künzel Bescheid.“

Langsam trotteten die beiden Beamten in Richtung Sitzekke, während die Frau das Telefon ergriff.

„Viel Geschmack, aber ein schlechter“, raunte Norbert Daniele zu, nachdem er sich ein wenig umgesehen hatte. Nach gut fünf Minuten wurden sie von einem jungen Mann abgeholt, der sie in den ersten Stock des Bürotraktes führte. Als sie das großzügige, aber völlig verqualmte Büro der Geschäftsführerin betraten, kam Frau Künzel um den Schreibtisch herum gerauscht und begrüßte sie überschwänglich wie alte Bekannte, die sie seit Jahren nicht mehr gesehen hatte. Der junge Mann verließ unbeachtet das Büro und die Managerin wies den Polizisten einen Platz in ihrer Sitzecke an, die noch moderner war als die unten beim Eingang. Sie setzten sich und die beiden Kommissare musterten die Frau. Sie trug eine rote Bluse, gefüllt von prallen Brüsten, einen schwarzen Rock, schwarze Nylons und rote Schuhe. Der Lippenstift stand der Knalligkeit der Bluse in nichts nach und Brauen und Wimpern waren in einem bläulich schimmernden Schwarz nachgezogen, das in erster Linie unecht, künstlich aussah. Irgendwie war bei der Frau von allem etwas zu viel.

Norbert begann: „Frau Künzel, wir haben Sie um einen Termin gebeten, weil wir mit Ihnen über Herrn Wiesel sprechen möchten. Er war mit seiner Familie im Urlaub im Bregenzerwald und ist letzten Donnerstag spurlos verschwunden. Einige Anzeichen deuten auf eine Gewalttat hin, aber im Moment ist es für uns noch ein Rätsel, was genau vorgefallen ist."

Frau Künzel war geschockt: „Sie meinen, er wurde ermordet? In Argen?"

„Sie wissen, wo er im Urlaub war?", staunte Norbert.

„Natürlich. Wir haben in Schönau, das ist das Dorf unten im Tal, ein firmeneigenes Ferienhaus, in dem unsere Mitarbeiter sehr günstig Urlaub machen können. Früher war Wiesel ein, zwei Mal da, hat dann aber die Hütte entdeckt und ging dann nur noch dorthin."

„Ist im Moment auch jemand in dem Ferienhaus im Tal?" Daniele schaltete sofort.

„Ja, das Haus ist den ganzen Sommer hindurch besetzt mit Mitarbeitern und deren Familien."

„Das muss ja irgendwie geplant und reserviert werden, gibt es da eine Art Belegungsplan", wollte Norbert wissen.

„Ja, das macht Frau Huber, vorne am Empfang. Ich lasse Ihnen den Plan ausdrucken. Aber meinen Sie wirklich, er wurde ermordet?"

„Nein, nein! Im Moment gehen wir nur von einer Entführung aus. Er könnte aber auch aus freiem Willen verschwunden sein. Das hat es alles schon gegeben. Wir haben bisher keine Spur von ihm und beginnen mit der Suche in seinem Umfeld, also auch in seiner Firma."

„Verstehe. Na dann schießen Sie mal los. Was möchten Sie denn wissen?"

„Was ist genau seine Funktion in Ihrem Unternehmen?" Daniele hatte sich eingeschaltet und Frau Künzel lächelte ihn an. Sie war ungefähr Mitte fünfzig und hatte ganz offensichtlich eine Schwäche für gut aussehende Männer, das registrierten die beiden Polizisten sofort und einmütig ohne sich darüber verständigt zu haben. Nicht einmal einen Blick hatten sie ausgetauscht. Und beide, Daniele wie Norbert, gehörten zu der Sorte Mann, nach der sich eine Frau schon mal umdrehte. Sie waren auffallende Persönlichkeiten, unterschiedlich zwar wie Tag und Nacht, aber jeder auf seine Art ein Prachtexemplar. Daniele, fünfunddreißig Jahre, mittelgroß, schwarzhaarig und unverkennbar Sohn italienischer Eltern, war durchtrainiert und hatte kein Gramm Fett auf den Knochen. Norbert war eher der Typ für die Frau mit einem Hang zu großen Männern im interessanten Alter von Anfang vierzig. Knapp zwei Meter groß, einhundertzehn Kilo, massige Arme und Beine, schwarzer Schnauzbart, schulterlanges, tiefschwarzes welliges Haar und Augen, bei denen in jedem Kitschroman der Ausdruck „smaragdgrün" herhalten müsste. Seine tiefe Stimme strahlte eine Ruhe aus, die unweigerlich auf seine Zuhörer überging. Ein angenehm ruhiger Koloss, der aber keineswegs fett wirkte und der mit seinen intensiv grünen Augen durchaus auch Eindruck auf den zweiten und dritten Blick machte.

„Nun, wie soll ich es sagen", begann Frau Künzel, „er ist ein sehr wichtiger Mann in unserer Firma. Er überwacht alle laufenden Projekte im Bereich Ablauforganisation. Das heißt, er hat das Ohr ganz nah an der Produktion und der Logistik. Außerdem versteht er – als einer der wenigen in der Firma – sehr viel von unserem EDV-System."

„Was produzieren Sie eigentlich genau?“, wollte Norbert wissen.

„Wir stellen Minibohrmaschinen für Heimwerker her. Unsere Kunden sind Baumärkte und kleinere Werkzeuggeschäfte in ganz Europa.“

„Und diese Projekte? Wie muss man sich das als Laie vorstellen? Was genau sind die Aufgaben von Herrn Wiesel und was sind das für Projekte?“

„Ich werde Ihnen ein Beispiel geben. Vor drei Monaten haben wir ein großes Projekt abgeschlossen, bei dem es um Kundenreklamationen ging. Das Projekt hatte seinen Anfang genommen, als wir in einer Geschäftsleitungssitzung, bei der Herr Wiesel anwesend war, über die immensen Qualitätskosten sprachen. Eigentlich sind das Nicht-Qualitätskosten, die dadurch entstehen, dass unsere Kunden reklamieren und wir Unmengen an Waren als kostenlosen Ersatz ausliefern. Die Wogen schlugen schnell hoch, denn der Verkaufsleiter nutzte die Gelegenheit sofort um sich über die seiner Meinung nach schlechte Qualität unserer Waren zu beklagen. Das brachte wiederum den technischen Leiter auf die Palme. Er rechnete dem Verkaufsleiter vor, wie viele der so genannten Reklamationen nie zurückkommen, weshalb wir nicht einmal überprüfen können, ob die Reklamation überhaupt berechtigt ist, und klagte, dass keiner im Verkauf sich darum schere, wenn unsere Kunden uns offensichtlich an der Nase herumführen.“

„Klingt ja alles sehr menschlich“, stellte Daniele trocken fest.

„Oh ja, da haben Sie recht.“ sagte Frau Künzel lachend.

„Und was haben Sie dann unternommen?“, fragte Norbert gespannt. Es interessierte ihn wirklich, wie man so ein Problem lösen konnte.

„Der technische Leiter und der Verkaufsleiter stritten so lange weiter, bis Wiesel der Kragen platzte. Man sieht es, wenn er sich aufregt, dann bekommt er rote Streifen am Hals. Er fuhr den beiden ins Wort und wies darauf hin, dass sie als Geschäftsleitungsmitglieder doch eigentlich nach Lösungen suchen müssten, anstatt aufeinander loszugehen und sich gegenseitig zu beschuldigen. Die beiden sahen ihn betreten an und ich fragte ihn, wie er die Sache angehen würde."

„Ist Herr Wiesel Mitglied der Geschäftsleitung?", warf Daniele ein.

Die Managerin sah ihn nur kurz an und antwortete: „Nein, wieso?"

Daniele ging auf ihre Frage nicht ein, sondern fuhr fort: „Was hat er dann konkret zur Lösung des Problems vorgeschlagen?"

„Er hatte, wie fast immer, die zündende Idee und erklärte in wenigen Sätzen, wie er das Ganze sah. Wissen Sie, manchmal frage ich mich, ob er sich die Lösungen zu vielen Problemen in aller Ruhe schon längst ausgedacht hat und nur noch darauf wartet, seine Vorschläge zu einem strategisch günstigen Zeitpunkt zu platzieren."

„Sie meinen, er ist sich der Schwierigkeiten bewusst und hält mit der Lösung hinterm Berg?", hakte Daniele in seiner unnachahmlichen Direktheit nach.

„So habe ich mir das noch nie überlegt. Aber es ist schon so, dass er seine Ideen immer dann anbringt, wenn er selbst am meisten Kapital daraus schlagen kann. Er präsentierte uns ein komplett ausgedachtes System, das überprüft, welcher Kunde kostenlosen Ersatz erhalten, die defekte Ware aber nicht zurückgeschickt hat. Oder, wenn der Kunde das Material zurückschickt, ob der Defekt ein Herstellerproblem ist oder beispielsweise ein Transportschaden vorliegt. Er konnte damals bereits alle Verantwortlichkeiten zuordnen. Das ging sogar so weit, dass er mir sagte, was die Geschäftsleitung für Kennzahlen benötigen würde, um ihre Kontrollaufgabe vernünftig erfüllen zu können. Nach zwanzig Minuten hatte er uns den kompletten Prozess, genau so wie er jetzt realisiert wird, dargelegt."

„Der Mann scheint ja wirklich überdurchschnittliche Qualitäten zu besitzen“, kommentierte Daniele, indem er Frau Künzel sinnierend ansah.

„Oh ja. Selbst der Verkaufsleiter und der technische Leiter hielten das für eine sehr gute Idee und wir gaben Herrn Wiesel sofort unsere Zustimmung die Situation mit den entsprechenden Leuten zu analysieren und einen Kostenvoranschlag für die notwendige Programmierung einzuholen.“

„Würden Sie sagen, dass Herr Wiesel in Ihrer Firma eine Machtposition hat?“, fuhr Daniele fort.

„Eigentlich hat er nur wenig Entscheidungsbefugnis, aber er hat, wie gesagt, immer eine gute Idee, wie man ein Problem anpacken könnte. Wiesel nimmt sich Kompetenzen, indem er Aufgaben angeht, an die sich kein anderer rantraut. Außerdem ist er sehr wortgewandt und deshalb ein gefürchteter Mann.“

„Fürchten Sie ihn auch?“ Danieles Frontalfragen kamen jetzt im Minutentakt.

Frau Künzel lachte kurz auf. Nach einem schnellen, gehetzten Blick in Richtung Tür entgegnete sie: „Na hören Sie mal! Diese Firma gehört mir. Ich habe hier niemanden zu fürchten. Ich bin geschäftsführende Inhaberin und ich bediene mich seiner im Bedarfsfall, aber damit hat sich's!“ Das war ein wenig zu leidenschaftlich und zu empört gekommen.

„Hat er Feinde in der Firma?“, lenkte Norbert sie sofort auf ein anderes Thema, nachdem er Daniele einen kritischen Blick zugeworfen hatte.

„Es gibt sicher den einen oder anderen, der ihn nicht leiden kann, aber die Leute, mit denen er gar nicht klar kam, sind nicht mehr bei uns.“

„Wo sind sie?“ Norberts Blick hatte Daniele offensichtlich nicht gebremst, er fragte munter weiter.

„Nun, das waren sehr schlechte Leute, die der Firma nichts brachten und nur einen Haufen Geld kosteten. Wir haben sie entlassen.“

„Auf Betreiben von Herrn Wiesel?“, wollte Norbert wissen.

„Entlassen habe ich sie, aber es stimmt, Herr Wiesel gab mir die notwendigen Informationen, um diese Entscheidungen überhaupt treffen zu können.“

„Können wir die Adressen dieser Mitarbeiter bekommen? Wir würden uns gerne einmal mit ihnen unterhalten.“

Frau Künzel sah Norbert nicht direkt an. „Der eine wohnt in Günterstal und der andere, Werner Michel, wohnt in Haslach. In einem dieser schrecklichen Hochhäuser.“ Der nächste Satz fiel ihr sichtlich schwer: „Seine Frau hat sich ungefähr ein Jahr nach der Kündigung das Leben genommen. Sie hat es anscheinend nicht verkraftet, dass sie ihr Haus nicht mehr halten konnten, und sich mit Schlafmitteln umgebracht.“

„Tragische Sache“, kommentierte Norbert nur.

„Woher wissen Sie das alles so genau? Sie hatten doch sicher keinen so engen Kontakt mehr zu ihm, nachdem Sie ihn rausgeschmissen haben?“, legte Daniele den Finger mitten in die Wunde.

„Es gibt genug Leute in der Firma, die Herrn Michel sehr gut kennen“, antwortete sie, verschränkte die Arme vor der üppigen Brust und sah ihn trotzig an.

„Wie alt war er, als sie ihn entließen?“ Norbert hatte dauernd das Gefühl abwiegeln zu müssen.

„Er war Anfang Fünfzig.“

„Und der andere? Was ist aus dem geworden?“

„Der hat in Freiburg wieder eine Stelle als Einkaufsleiter gefunden. Bei welcher Firma, das weiß ich allerdings nicht. Sein Name ist Heinrich Vogt. Ich werde Ihnen die Adressen der beiden heraussuchen lassen.“

„Ja bitte.“ Norbert hatte die Diskussion wieder auf eine sachliche Ebene gebracht und hoffte Daniele würde jetzt erst mal die Klappe halten, als dieser auch schon fragte: „Gibt es in der Firma Kollegen, die engen Kontakt zu Herrn Wiesel haben? Ich meine Leute, die ihn über das Berufliche hinaus auch privat gut kennen?“

„Ja, in der Planungsabteilung arbeitet ein junger Ingenieur, der ihn auch privat gut kennt. Er heißt Martin Holder.“

„Wäre es möglich, dass wir uns kurz mit ihm unterhalten?“ Jetzt setzte Daniele sogar sein gewinnendes Lächeln auf, bei dem selbst jüngere Frauen nervös wurden, und prompt erhellten sich Frau Künzels Gesichtszüge wieder. Sie flötete: „Ja natürlich, ich lasse Sie in ein kleines Besprechungszimmer führen, wo sie in Ruhe mit ihm reden können. Und die Unterlagen, über die wir gesprochen haben, liegen dann anschließend für Sie am Empfang bereit.“

Sie erhob sich. Daniele und Norbert taten es ihr gleich. Frau Künzel führte sie in einen kleinen Raum, der sich direkt gegenüber von ihrem Büro befand.

„Nehmen Sie bitte Platz, ich lasse Ihnen Herrn Holder schicken.“

„Vielen Dank, dass Sie sich für uns Zeit genommen haben“, bedankte sich Norbert mit freundlichem Lächeln und schüttelte ihr die Hand.

„Keine Ursache. Und wenn Sie noch weitere Fragen haben, rufen Sie einfach an“, antwortete sie, während sie auch Danieles Hand schüttelte. Sie ließ die beiden zurück und verschwand in ihrem Büro.

Nach wenigen Minuten kam ein Mann, um die Dreißig, mit braunem, wuscheligem Haar und dicker Brille herein.

„Guten Tag. Martin Holder, mein Name.“

Norbert erhob sich und streckte ihm die Hand entgegen: „Kommissar Steiff, Kriminalpolizei Freiburg, und das ist mein Kollege Kommissar Dicasa.“

Holder gab auch Daniele die Hand und setzte sich: „Das ist ja eine Überraschung! Mit Kommissaren von der Kripo habe ich mich auch noch nie unterhalten. Was kann ich denn für Sie tun?“

„Wir sind hier wegen Rolf Wiesel. Er ist im Urlaub spurlos

verschwunden und wir versuchen ihn ausfindig zu machen", erklärte Norbert.

„Im Bregenzerwald verschwunden? Wie kann man da verschwinden?"

Offensichtlich war alle Welt über Wiesels Urlaubsort informiert.

„Er bewohnte mit seiner Familie eine Hütte, und als seine Frau abends mit dem Kind aus dem Dorf zurückkam, war er verschwunden. Im Moment ist nicht klar, ob er aus freiem Willen verschwunden oder ob ihm etwas zugestoßen ist. Wie gut kennen Sie Herrn Wiesel?" Norbert verwandte nur wenig Zeit auf Erklärungen und kam sofort zur Sache.

„Ich kenne ihn schon sehr lange. Wir spielen im selben Verein Schach. Als ich mit dem Studium fertig war, hat er mich angerufen und gefragt, ob ich nicht bei ihm in der Firma anfangen wolle. Und nun bin ich schon acht Jahre hier."

„Wie würden Sie ihn beschreiben? Was ist er für ein Typ?"

Holder presste die Lippen aufeinander, überlegte eine Weile und sagte dann: „Er ist sehr engagiert. Was er anpackt, macht er richtig."

„Hat er Feinde?" Daniele machte auch bei Holder keine Umschweife.

„Woher soll ich das wissen? Ich jedenfalls komme gut mit ihm aus."

„Herr Holder, wir möchten Herrn Wiesel nichts Schlechtes. Wir versuchen so viel wie möglich über ihn herauszufinden. Vielleicht ist er ja entführt worden und der Entführer ist in seinem Umfeld zu suchen. Sagen Sie uns offen, was Sie denken und wissen. Sie können sicher sein, dass dieses Gespräch unter uns bleibt", renkte Norbert die Situation wieder ein. „Noch mal zurück zu Wiesels Charakter. Was ist er für ein Typ?"

Holder sah Daniele an, und als dieser ihm aufmunternd zunickte, begann er zunächst zögernd: „Nun, das ist nicht ganz einfach zu erklären. Zum einen ist er hochintelligent.

Egal worum es sich handelt, er begreift sehr schnell, wo die kritischen Punkte liegen, und stellt ständig unangenehme Fragen, bei denen jeder Gefahr läuft sich zu blamieren."

„Wie hoch steht er in der Hierarchie der Firma?", schaltete sich Daniele wieder ein.

„Er zählt zum mittleren Management, steht also eine Stufe unter den Geschäftsleitungsmitgliedern. Trotzdem sind seine Fragen - behalten Sie das aber bitte für sich - bis hinauf zur Geschäftsführerin sehr gefürchtet. Er weiß, dass er Recht hat und den anderen weit voraus ist, und nimmt deshalb auch kein Blatt vor den Mund. Ich denke, da herrscht so eine Art Hassliebe, denn unsere Chefin ist oft sehr hilflos und lässt ihn schalten und walten, weil sie natürlich spürt, dass es unternehmerisch interessant ist, was er vorschlägt und macht, auch wenn teilweise knallharte Entscheidungen dabei herauskommen."

„Was meinen Sie mit ‚knallharte Entscheidungen'?", hakte Daniele nach.

„Also, wenn ein Mitarbeiter nicht hundertprozentigen Einsatz bringt oder nicht genau die Eigenschaften hat, die an einer bestimmten Stelle notwendig sind, erkennt Rolf das als einer der Ersten. Dann nimmt er solche Leute ins Visier und es kann sich nur noch um Monate handeln, bis die betreffende Person entlassen wird."

„Dafür, dass Sie ihn schon so lange kennen und dass er Sie in die Firma gebracht hat, urteilen Sie aber ziemlich hart über ihn", stellte Daniele fest.

„Da verstehen Sie mich falsch. Ich verurteile Rolf nicht. Ich beurteile ihn nicht einmal. Wissen Sie, wir reden oft miteinander beim Mittagessen und ich sagte mir bisher eigentlich immer, dass ich ihm in der Sache recht geben muss, nur wollte ich solche Entscheidungen niemals treffen müssen. Das sind alles menschliche Schicksale, die man da beeinflusst, und zwar negativ beeinflusst. Wie gesagt, ich beurteile es nicht, für mich bedeutet das alles nur eines: Ich möchte keine Führungsposition in der Firma übernehmen. Ich weiß, dass ich gut bin in meinen Job, und fühle mich deshalb auch sicher und wohl. Aber da gehöre ich eher zur Minderheit in diesem Laden."

„Wie denkt Herr Wiesel über die Geschäftsführung?"

„Wenn man mit ihm über dieses Thema spricht, kommen zwei, drei kurze Bemerkungen zu den Qualitäten unserer Chefin und dann eine ausführliche Erläuterung und Analyse der aktuellsten Fehlentscheidungen."

„Also würde sein Urteil nicht besonders gut ausfallen, wenn er eines abzugeben hätte?", wollte Daniele wissen.

„Ich glaube nicht. Die Nachteile überwiegen sicher zu stark in seiner Beurteilung. Was übrigens nicht nur für unsere Chefin, sondern höchst wahrscheinlich für den überwiegenden Teil der Menschheit der Fall ist."

„Gilt das auch für Sie?"

Holder sah Daniele kurz an: „Eigentlich mache ich mir da keine Illusionen. Er hat sicher auch an mir das eine oder andere auszusetzen, auch wenn er es war, der mich in die Firma geholt hat."

„Kennen Sie auch seine Frau und seinen Sohn?", fuhr Norbert fort.

„Ja, natürlich. Gudrun ist eine sehr nette und tüchtige Frau. Manchmal würde ich es ihr aber wünschen, dass sie Rolf mehr bremst. Er ist ein sehr dominanter Typ und ich glaube, dass sie darunter zu leiden hat. Ihr Sohn David ist ein aufgeweckter Junge, der allerdings sehr an seiner Mutter hängt. Sie ist sein Ein und Alles. Der Vater spielt da eher eine untergeordnete Rolle. Das liegt natürlich auch daran, dass Rolf den ganzen Tag bei der Arbeit ist und oft erst spät nach Hause kommt. Er ist ein echtes Arbeitstier."

„Würden Sie die Ehe als glücklich bezeichnen?"

„Ich glaube, Rolf hat, was er wollte: eine Frau, die den Haushalt, die Kindererziehung und das Soziale zu Hause völlig selbstständig managt, und einen Sohn, der gesund und anscheinend auch sehr intelligent ist. Er selbst hat einen guten Job und ich glaube, er ist zufrieden mit sich und seinem Leben."

„Und seine Frau? Ist sie glücklich?" Die Frage kam natürlich von Daniele.

Das Unbehagen stand Holder ins Gesicht geschrieben: „Einerseits geht es ihr sicher auch sehr gut. Finanziell stehen die Wiesels gut da. Ihr Sohn liebt sie abgöttisch und sie ihn auch. Außerdem wohnen sie in einer der schönsten Wohngegenden in Freiburg. Sie haben ein kleines Häuschen am Lorettoberg. Da ist es so schön, da würde so mancher gerne seinen Urlaub verbringen. Andererseits ...", er starrte vor sich hin und sprach weiter ohne aufzublicken, „... andererseits leidet sie schon unter Rolfs hohen Ansprüchen und seiner ständigen Unzufriedenheit. Sie strampelt sich ab um ihm immer alles recht zu machen. Sie liest ihm jeden Wunsch von den Augen ab. Ehrlich gesagt glaube ich, dass sie Angst vor ihm hat."

„Halten Sie es für möglich, dass sie sich eines Tages von Rolf Wiesel trennen könnte?" Ausnahmsweise begab sich jetzt einmal Norbert auf dünnes Eis und erntete prompt einen anerkennenden Blick seines Kollegen.

„Nein, das glaube ich nicht. Sie hängt so sehr an allem. Für sie wäre es sicher unvorstellbar, alles hinzuwerfen und mit David auszuziehen. Andererseits – wenn sie einen liebevollen Mann kennen lernen würde ....?" Er sah Norbert mit nachdenklichem Blick an. Doch dann schüttelte er den Kopf. „Nein, sie würde sich nie auf die Suche nach einem anderen Mann machen. Und wenn jemand sich nicht ganz bewusst auf die Suche macht, dann findet er auch niemanden. Das müsste schon ein riesiger Zufall sein."

„Alles schon da gewesen", meinte Daniele lakonisch.

„Was meinen Sie? Woher kommt dieses ständige Unter-Druck-Setzen bei Herrn Wiesel? War er schon immer so oder kam das erst im Laufe seines beruflichen Lebens?", wollte Norbert wissen.

„Ich kenne ihn schon sehr lange; er war eigentlich schon immer eher der unangenehme Typ. Aber da fragen Sie am besten seine Mutter."

Daniele und Norbert sahen sich an: „Wissen Sie, wo sie wohnt?"

„Ja klar, sie lebt im St. Anna Altersheim in Freiburg. Rolf besucht sie regelmäßig einmal die Woche."

Als sie über den Parkplatz gingen, sagte Norbert: „Hör mal, Daniele, halt dich in Zukunft bitte besser im Zaum, wenn wir Zeugen vernehmen. Du hast zwar recht, wenn du Frau Künzel indirekt vorwirfst, sie habe Werner Michel rausgeschmissen, aber wir wollen Informationen von ihr und da muss man sich einfach etwas diplomatischer verhalten."

„Schon klar, aber ich kann Leute einfach nicht ausstehen, die über das Schicksal anderer entscheiden, als wäre das alles nur ein Planspiel. Außerdem hat es mich genervt, wie die uns mit den Augen ausgezogen hat."

„Ja ja, ich weiß, da bist du einfach ein bisschen altmodisch, nicht wahr?", lachte Norbert. Er mochte seinen zehn Jahre jüngeren Kollegen und der hatte sich unter der zwar sanften, aber bestimmten Hand Seebachers, ihres Chefs, schon sehr beruhigt. Früher wäre Daniele so aggressiv geworden, dass Frau Künzel sie kurzerhand vor die Tür gesetzt hätte.

Norbert fuhr fort: „Hast du übrigens ihre Klamotten und das Make-up bemerkt? Wenn ich der bei ‚Was bin ich?' begegnen würde, würde ich sie eher als Puffmutter denn als Managerin einer Bohrmaschinenfirma einstufen."

„Bohrmaschine ist dann doch gar nicht so schlecht", führte Daniele den Gedanken weiter und fragte dann. „Was ist übrigens ‚Was bin ich?'?"

Norbert quittierte die Frage nur mit einem verächtlichen Verziehen der Mundwinkel und wechselte das Thema: „Was hältst du von unserem Besuch eben?"

„Die Unterhaltungen waren sehr interessant", erwiderte

Daniele. „Dieser Wiesel muss ja ein knallharter Hund sein. Und seiner Frau habe ich es gleich nicht abgenommen, als sie sagte, sie hätten an dem fraglichen Abend keinen Streit gehabt. Ich glaube eher, dass da ein handfester Familienkrach im Gang war – ein richtig schöner Hüttenzauber, sozusagen."

Als sie zum Wagen kamen, rief Daniele erschrocken aus: „Oh, Scheiße! Ich hab' das Licht brennen lassen."

Hastig schloss er auf und schaltete die Scheinwerfer aus. Dann setzte er sich hinein und versuchte den Motor zu starten, aber die Batterie war schon ziemlich leer und nach zwei drei müden Seufzern des Anlassers war endgültig Schluss. „Meinst du, du kannst mich anschieben?", fragte Daniele mit schuldbewusstem Augenaufschlag zu seinem deutlich größeren Kollegen.

„Als Jüngling hatte ich einen alten Käfer, bei dem der Magnetschalter vom Anlasser immer hängen blieb. War damals 'ne typische VW-Krankheit. Das Teil habe ich immer alleine angeschoben. Ich hab' die Zündung eingeschaltet, die Karre bei offener Fahrertür am vorderen Türholm angeschoben, und wenn sie schnell genug rollte, bin ich reingesprungen – Kupplung treten – zweiten Gang rein – Kupplung kommen lassen – und das Gerät lief! Muss ungefähr so ausgesehen haben wie ein Start beim Bobrennen. Also hock dich rein."

Daniele lächelte ihn dankbar an und setzte sich in den Wagen. Norbert stand hinter dem Auto, beide Hände abwartend auf den Kofferraumdeckel gelegt. Nach einigen Handgriffen schlug Daniele die Tür zu und öffnete sein Fenster. Dann rief er: „Alles klar! Mister Scott, Energie!!"

Norbert rollte mit den Augen und schob kopfschüttelnd das Auto an, als wäre es aus Pappe.

6

Am Donnerstagvormittag fuhren Norbert und Daniele ins St. Anna Altersheim. Wiesels Mutter war eine streng aussehende Frau mit stechenden eisgrauen Augen. Sie saß kerzengerade auf ihrem Stuhl wie ein in Stein gehauener Pharao und musterte die beiden Kommissare mit einem Blick, bei dem sich sowohl Norbert als auch Daniele irgendwie in ihre Kindertage zurückversetzt fühlten. Danieles Großmutter war in seiner Erinnerung dieser Frau sehr ähnlich und Norbert erinnerte sie an seine Klassenlehrerin in der Grundschule. Schon der Gedanke an sie löste bei Norbert ein unangenehmes Gefühl aus.

„Frau Wiesel, Sie haben sicher schon davon erfahren, dass ihr Sohn verschwunden ist“, eröffnete Norbert das Gespräch.

„Ja, meine Schwiegertochter hat mich angerufen. Sie sagte mir, ich solle mich bei ihr melden, wenn ich etwas von ihm höre.“

„Und, haben Sie etwas von ihm gehört?“, fragte Daniele.

„Nein. Er war noch einmal hier, bevor er in die Ferien fuhr, seitdem hatte ich keinen Kontakt mehr zu ihm.“

„Würde es Ihnen etwas ausmachen, mit uns über Ihren Sohn zu sprechen? Es besteht die Möglichkeit, dass er entführt wurde, und wir müssen uns von ihm und seiner Umgebung ein Bild machen.“

„Nein, natürlich nicht.“ Sie sah Norbert mit ihrem durchdringenden Eisblick an. „Sagen Sie einfach, was Sie wissen wollen.“

„Gut, vielen Dank. Was ist Ihr Sohn für ein Mensch? Wie würden Sie seinen Charakter beschreiben?“

„Er ist schon immer ein sehr aufgeweckter Junge gewesen, der allerdings lange Zeit Probleme hatte sich seinen Altersgenossen gegenüber durchzusetzen. Das wurde erst besser, nachdem sein Vater gestorben war.“

„Wie alt war der Junge, als sein Vater starb?“, schaltete Daniele sich wieder ein.

„Knapp fünf Jahre. Es war schon ein Schock für das arme Kind. Sein Vater hat sich ...“ Sie stockte kurz und fuhr dann fort: „Er hat sich umgebracht. Wir kamen vom Faschingsumzug nach Hause und da hing er in der offenen Scheune!“

Sie starrte die beiden Polizisten verbittert an. „Das muss doch ein Trauma für so ein Kind sein! Der Vater baumelt aufgeknüpft von der Scheunendecke herunter. Das werde ich meinem Mann nie verzeihen.“

„Wissen Sie, warum sich Ihr Mann das Leben genommen hat? War er krank oder gab es irgendwelche Umstände, die eine Verzweiflungstat hätten erklären können?“

Frau Wiesel sah zu Daniele hinüber, blickte ihm aber nicht in die Augen, sondern auf irgendeinen Punkt schräg hinter ihm: „Nein, er war nicht krank und einen konkreten Anlass gab es auch nicht - soviel ich weiß.“

Daniele merkte sofort, dass das gelogen war und legte gleich richtig los, denn sein Blut fing schon wieder an zu kochen: „Und nachdem sein Vater tot war, haben Sie den Jungen zu gesunder Härte erzogen, oder wie?“

Zum Erstaunen der beiden Polizisten reagierte sie fast ein wenig geschmeichelt, auf jeden Fall aber nicht verletzt. „Ja, danach konnte ich ihm viel beibringen. Mein Mann hatte mir immer dazwischengefunkt. Aber der Bub begriff sehr schnell und sah auch, was man mit der richtigen Einstellung zu seinen Mitmenschen und mit der richtigen Einschätzung der Persönlichkeit des anderen alles erreichen kann."

„Wie schätzt man jemanden denn richtig ein?" Frau Wiesel bemerkte Danieles provokativen Unterton gar nicht und fuhr voll Enthusiasmus mit leuchtenden Augen fort: „Zuerst war er wie sein Vater. Er war viel zu höflich und zuvorkommend, fast unterwürfig. Ein richtiger Stiefellecker! Als Erstes habe ich meinem Sohn beigebracht, dass die Menschen nichts taugen und dass er mit seiner Intelligenz und einer gesunden Einstellung den anderen sehr viel voraus hat. Es hat eine ganze Weile gedauert, aber als er das verstanden hatte und damit anfing, diese Erkenntnis umzusetzen, merkte er schnell, dass man es nur so zu etwas bringen kann. Man muss das Schwache in jedem Menschen erkennen, nur dann kann man ihm überlegen sein. Und nun sehen Sie mal, was aus ihm geworden ist. Wissen Sie, wie viel mein Junge im Monat verdient?"

„Nein", gab Norbert zurück.

Sie wollte etwas sagen, überlegte es sich dann aber anders und fuhr fort: „Na ja, das gehört wahrscheinlich auch nicht hierher."

Daniele bohrte weiter: „Und seiner eigenen Familie gegenüber – wie verhält er sich da? Gilt diese ‚gesunde Einstellung' auch zu Hause oder nur draußen, in der Welt?"

„Das ist eine Lebensphilosophie. Die hat man oder man hat sie nicht. Aber wenn man sie hat – und davon können Sie bei meinem Sohn ausgehen – dann gilt sie für alle Lebensbereiche. Man kann doch nicht beim Verlassen des Hauses Einstellung und Ansichten wechseln wie ein Hemd! Nein, in seiner Familie herrschen ebenfalls klare Fronten. Es kann nur einer das Sagen haben und meine Schwiegertochter hat das kapiert, das können Sie mir glauben. Ich denke, da musste mein Junge schon ein paar Mal hinlangen. Mein Enkel scheint mir auch so ein verweichlichter Kerl zu werden. Wenn ich mich nur mehr um ihn kümmern könnte. Aber ich sehe ihn nicht oft, und wenn er mal kommt, dann immer mit seiner

Mutter, hinter der er sich versteckt halten kann." Bei diesen Worten funkelten ihre kalten Augen so böse, dass sich Norbert und Daniele gleichzeitig wie auf Kommando erhoben um sich zu verabschieden.

Im Wagen starrte Daniele eine ganze Zeit stumm zum Fenster hinaus, was sonst gar nicht seine Art war.

„Was ist los mit dir?", wollte Norbert wissen. Er hatte immer wieder den Blick von der Straße gewandt und seinen Kollegen forschend von der Seite angesehen, aber der schien völlig weggetreten zu sein.

„Weißt du, ich kenne da einen fürchterlichen Spruch, den ich bisher immer für übertrieben gehalten habe." Wieder sah er stumm zum Fenster hinaus.

„Und was ist das für ein Spruch?", fragte Norbert, nachdem Daniele keinerlei Anstalten machte weiter zu sprechen.

„Kinder werden als Prinzen geboren und von uns zu Fröschen erzogen."

Jetzt war es an Norbert, stumm auf die Straße zu blicken, bis er nach einer Weile murmelte: „Ja, da ist was dran ..."

„Die Alte spinnt doch komplett! Oder?"

„Wenn der Kerl die Ansichten und Lebensweisheiten seiner Mutter nur zu fünfzig Prozent übernommen hat, dann werden wir meiner Meinung nach auf ein ganzes Heer von Verdächtigen stoßen", stellte Norbert frustriert fest.

„Ja, eigentlich hätte der Typ in die Politik gehen müssen. Ich glaube, da wäre er ganz groß rausgekommen. Bin gespannt, was Bernd zu der Sache sagt, wenn er am Montag aus dem Urlaub zurückkommt."

7

Wieder erwachte Rolf, weil er spürte, dass sich jemand im Raum befand. „Hallo, wer ist da?“

„Na du hast ja gut geschlafen. Ich glaube, es wäre Zeit für ein schönes Abendessen. Hast du Hunger?“

Rolf erinnerte sich wieder. Er wurde hier in einem Keller festgehalten und wusste nicht einmal warum. Als er zum letzten Mal etwas zu essen bekommen hatte, musste er sich anschließend erst ausruhen. Dann aber, als er wieder klar denken konnte, hatte er beschlossen herauszufinden, was hier gespielt wurde.

„Warum hältst du mich fest? Das darfst du nicht! Ich hab‘ dir doch gar nichts getan!“

„Ich bin nur da, damit sich jemand um dich kümmert. Die Entscheidung dich hierher zu bringen habe nicht ich getroffen.“

„Wer hat es dann entschieden? Wieso werde ich gefangen gehalten? - Warum?!“ Rolf Wiesel weinte beinahe.

„Das kann ich dir nicht sagen. Du wirst es aber sicher noch früh genug erfahren. Hast du jetzt Hunger oder nicht?“

Rolf war verzweifelt, aber er spürte seinen unbändigen Hunger. „Ja, ich habe Hunger", sagte er kleinlaut. Aus dem verstockten Klotz würde er nicht mehr Informationen herausbringen.

Der andere verschwand ohne ein Wort und kam nach einer Viertelstunde wieder mit einem großen Tablett. Es gab ein riesiges Stück Rinderbraten und Knödel, die in einer herrlich duftenden Soße schwammen. In einer kleinen Schale daneben war grüner Salat aufgeschichtet, über den Wiesel sich zu allererst hermachte.

Nach gut einer Stunde und reichlich Rotwein war der Gefangene schon deutlich besserer Stimmung: „Möchtest du nicht einmal meine Frau zu dir in Kochkurs nehmen? Auf dem Gebiet könnte sie bestimmt noch was von dir lernen!"

„Deiner Frau kann man doch nichts mehr beibringen", entgegnete sein Gegenüber. „Der hast du bestimmt schon längst alles beigebracht, oder?"

Rolf grinste ihn dümmlich dreckig an und lallte: „Ja – der habe ich viel beigebracht. Die hat mittlerweile echt was drauf!"

„War sie am Anfang, als du sie kennengelernt hast, noch nicht so perfekt?"

„Quatsch! Kennst du jemanden, der perfekt ist? Ich nicht! Und am allerwenigsten Weiber! Etwas Unvollkommeneres als eine Frau gibt's nicht auf dieser Welt."

„Na, dann bist du sicher froh, dass du einen Sohn und keine Tochter hast, oder?"

„Ja klar. Obwohl mir vieles an ihm noch nicht gefällt. Er ist zu ängstlich, zu weich, zu schüchtern und will niemandem wehtun. Der will es immer allen recht machen. Er hat einfach zu viel von seiner Mutter geerbt."

„Gibt es überhaupt jemanden, der perfekt ist?"

„Sicher. Auf dieser Welt laufen viele perfekte Menschen – also Männer – rum. Mir ist allerdings noch nie einer begegnet. Es gibt wahnsinnig viele, die glauben, die Weisheit mit Löffeln gefressen zu haben. Bei uns in der Firma war mal einer, der meinte, er sei der totale Crack! Dem habe ich schnell gezeigt, was in seiner Abteilung alles schief läuft und was wirkliche Perfektion ist. Daraufhin wusste der Idiot nichts Besseres als mich zu seinem Hauptfeind zu erklären. Und das hat ihm das Genick gebrochen."

„Nein! Du hast ihn doch nicht etwa umgebracht?", wollte der andere wissen. Er hatte die Ellbogen auf den Tisch und das Kinn in die Hände gestützt. Seine Augen leuchteten.

„Nein, aber er wurde gefeuert. Und dann hat sich seine Frau das Leben genommen."

„Das heißt, sein Kampf gegen dich endete für seine Frau tödlich?"

„Ja – anscheinend hat sie die finanziellen Schwierigkeiten nach seiner Entlassung nicht verkraftet. Aber so ist das eben. Das Leben ist nun mal tödlich – für den einen früher und den anderen später." Grinsend hob er leicht die Hände und gab so ein Bild geheuchelten Bedauerns ab. In seinem Inneren spürte er diese unerbittliche Kälte aufsteigen und er hörte seine Mutter mit schriller Stimme rufen: „Selbstmörder sind Waschlappen!"

Der andere sah ihn lange an – sehr nachdenklich, aber Wiesel bemerkte es nicht. Er hatte sich richtig in Schwung geredet und der Wein tat ein Übriges. „Der Depp hat bis heute keinen Job mehr gefunden und er wird auch nichts mehr bekommen. Am besten wäre es, der würde sich auch gleich die Kugel geben. Solche Leute sind doch eigentlich gar nicht lebensfähig! Ich verstehe nicht, wie die im Zuge der Evolution durch das Sieb fallen konnten."

Plötzlich erhob sich sein Zuhörer und führte ihn hinüber zu der Pritsche, wo er ihn grob festband. Dann räumte er wortlos den Tisch ab, während Wiesel unaufhörlich weiter quasselte. Erst als die Tür mit einem lauten Krach ins Schloss fiel, verstummte Rolf erschreckt. Er war plötzlich nüchtern und fing nach einer Weile an zu wimmern: „Lass mich nicht allein! Lass mich endlich frei! Ich will raus! Ich muss aufs Klo! …"

Dann zerrte er wütend an seinen Fesseln und fing an zu toben und zu schreien, aber die präparierten Wände schluckten den Schall gnadenlos. Rolfs Schreie erstarben bald zu einem kläglichen Winseln, bis er erschöpft einschlief.

8

Sie hatten eben bei Basel die Grenze passiert und würden in knapp einer Stunde zu Hause in Freiburg sein. Die Kinder waren vor einer Weile eingeschlafen und so konnten sich Seebacher und seine Frau Sylvia endlich mal wieder ungestört unterhalten.

„Das war so ein schöner Urlaub! Ich frage mich, wo nur die Zeit geblieben ist. Wir waren drei Wochen weg!“, zog Sylvia - wie immer am Ende eines Urlaubes - traurig Bilanz.

„Mir geht's genauso. Die Wochen sind regelrecht verflogen. Einerseits schade, andererseits freue ich mich jetzt aber auch sehr auf daheim. Viel länger hätte ich es auf dem Campingplatz nicht mehr ausgehalten. Man hat halt doch mehr Komfort zu Hause als in unserem betagten Momo.“

Momo war ihr Mercedes 207. Ein uralter Transporter mit Hochdach und Eigenausbau zum Wohnmobil. „Ich kann es kaum erwarten, die provenzalische Tischdecke auf den Terrassentisch zu legen und heute Abend ein, zwei Gläschen Rosé aus dem Kanister zu zapfen, obwohl es zugegebenermaßen schon ein wenig stillos ist, so den Wein zu servieren. Aber offener Wein, direkt vom Hersteller schmeckt einfach besser und ist beinahe unanständig billig da unten.“

Gegen neunzehn Uhr waren sie zu Hause und luden noch

die wichtigsten Dinge aus dem Wohnmobil. Morgen war Sonntag, da konnte man in aller Ruhe den Rest ausladen.

Sie hatten sich schnell wieder eingelebt, nur eines befremdete sie sehr: Diesen Sommer war es in Freiburg noch heißer als in Südfrankreich. Sie hatten in ihrem Wohnmobil wegen der Hitze nicht immer gut geschlafen, aber daheim in ihrem kleinen Häuschen unter dem Dach konnte man es kaum mehr aushalten. Obwohl sie alle Fenster weit geöffnet hatten, kühlte es in der Nacht nur unmerklich ab. Am Sonntagmorgen nach dem Frühstück telefonierte Bernd erst einmal mit Norbert und Daniele. Er freute sich zu hören, dass während seiner Abwesenheit keine großen Probleme aufgetreten waren, und konnte so seinen letzten Ferientag auch genießen. Am Abend warf Seebacher den Grill in der hinteren Ecke des Gartens an, setzte sich mit einem Glas Amer auf die Steinbank vor dem Feuer und fühlte sich – wie immer an diesem Platz – sehr, sehr wohl.

Am Montagmorgen war er als erster im Büro und freute sich über die klimatisierten Räume. Seebacher wollte seinen Schreibtisch sichten, bevor der große Trubel losging. Das erwies sich aber als unnötig, denn Norbert und Daniele hatten ihm nur die Sachen liegen lassen, die sie selbst nicht erledigen konnten, und dann noch einen netten, überschaubaren Papierstapel, der nur dazu dalag, dass er sich auf den neuesten Stand bringen konnte. Als die beiden kurz nacheinander eintrafen, fanden sie folglich einen entspannten und bestgelaunten Chef vor, der sich wirklich freute seine beiden Kollegen wiederzusehen. Sie waren ihm in den Jahren ihrer Zusammenarbeit richtig ans Herz gewachsen.

„Es ist einfach ein schönes Gefühl, in den Urlaub zu fahren und alles in guten Händen zu wissen", lobte der Hauptkommissar seine beiden Kommissare. „Was war denn so los? Ist wirklich alles so gut gelaufen oder wolltet ihr mir am Telefon nur nicht den letzten Urlaubstag versauen?"

„Nein", antwortete Norbert. „Es gab tatsächlich keine besonderen Vorkommnisse - nur Routinefälle. Erzähl uns lieber ein bisschen von deinem Urlaub. Wie war's?"

„Also, wenn ich euch alles erzählen wollte, säßen wir heute Abend noch da. Aber eins in Kurzform: Bisher haben mich auf der Welt nur zwei Orte richtig berührt. Das eine war vor ein paar Jahren die ‚Baie des trépassés', eine Bucht in der Bretagne. Als wir da hinkamen, war ich ganz beklommen, das Herz wie eingeschnürt. Mir war die Stelle unheimlich und Sylvia, die überhaupt nicht gerne badet, wollte unbedingt genau dort schwimmen gehen. Zum Glück war's bewölkt und kühl und ich hatte genug Argumente ihr diese Schnapsidee auszureden. Mir wird's jetzt noch ganz anders, wenn ich daran denke. Der Ort heißt nicht umsonst „Baie des trépassés', also 'Bucht der Dahingeschiedenen'. Meine Frau hat mir bei der Gelegenheit auch gleich noch ein Referat über Sagenbildung gehalten."

„Hm, und der zweite Ort, der dich so beeindruckt, wo liegt der?"

„Ja, der zweite Ort ist etwas ganz anderes. Das ist der Pont du Gard, wo ich gerade herkomme. Ein riesiger Aquädukt in einer sagenhaft schönen Gegend. Das Bauwerk und das ganze Drumherum haben mich beeindruckt wie selten etwas in meinem Leben. Wenn man anfängt darüber nachzudenken, wie die Römer das vor zweitausend Jahren gebaut haben, mit den Mitteln, die ihnen zur Verfügung standen, dann kann man nur mit offenem Mund davor stehen und wie ein kleines Kind staunen. Dieser Ort hat genau das Gegenteil von dem Gefühl bewirkt, das ich in der ‚Baie des trépassés' hatte. Der Pont zieht mich magisch an und begeistert mich, während mir in der Bretagne gelinde gesagt unwohl war."

„Ah, jetzt verstehe ich auch, warum du jedes Jahr da hinfährst", warf Daniele ein. Seebacher blickte zu ihm hinüber. „Wenn ich da unten bin, setze ich mich abends irgendwo in der Nähe des Aquädukts an einer ruhigen Stelle auf einen Felsen und versuche alles aufzunehmen: den Geruch von

Rosmarin und Thymian, das orangegelbe Licht, den friedlich vorbeifließenden Gardon, das Zirpen der Grillen, die quakenden Frösche, den Gesang der Nachtigallen und dieses gigantische Bauwerk. Wie es das Tal überspannt ..." Er hörte auf zu sprechen und sah noch eine Weile verträumt zum Fenster hinaus, bis Daniele ihn wieder ins Büro zurückholte: „Dass die Römer genial waren, ist weder neu noch überraschend. Das waren nämlich die Vorfahren von uns Italienern."

„Oh, da fällt mir noch etwas Lustiges ein, das besonders Dir, Daniele, gefallen wird", antwortete Seebacher lachend. „Als wir in Genf nach Frankreich rüberfuhren, saß die kleine Sarah vorne auf dem Beifahrersitz. Sylvia und Lisa schliefen hinten. Wir fuhren also in Frankreich durch die erste Ortschaft und plötzlich fragt mich Sarah, ob wir jetzt wieder in Deutschland seien, und ich sage: ‚Nein, in Frankreich, warum?'. Sie antwortet: ‚Weil hier alles auf Deutsch geschrieben steht.' Ich frage sie, was sie denn für ein deutsches Wort gesehen hat, und wißt Ihr was sie mir antwortet?"

„Die anderen sah ihn ratlos an.

„‚Pizzeria'! Das Kind liest ‚Pizzeria' und meint es sei in Deutschland. Ich habe mich die ganze Fahrt lang darüber amüsiert."

Die beiden anderen lachten und Daniele freute sich tatsächlich sehr darüber, daß Sarah „Pizzeria" für ein deutsches Wort gehalten hatte.

Seebacher sah Daniele schmunzelnd an und kam dann in gewohnter Manier übergangslos auf das Geschäftliche zu sprechen: „Seid Ihr an etwas Interessantem dran?"

„Nun, das wissen wir noch nicht genau", erklärte Norbert. „Wir haben da einen Mann, Rolf Wiesel, der ist im Urlaub im Bregenzerwald verschwunden. Seine Frau fuhr zwei Tage später heim nach Freiburg und erstattete bei uns Vermisstenanzeige. Das ist jetzt zehn Tage her. Sie wohnten in einer Hütte in den Bergen und Frau Wiesel war mit ihrem Kind, einem neunjährigen Jungen, im Krankenhaus im Tal gewesen. Der Kleine hatte sich den Arm gebrochen und bekam einen Gips."

„Ich bin sicher, die Eltern hatten an dem Tag Streit gehabt", warf Daniele dazwischen.

„Wieso?", wandte sich Seebacher an ihn.

„Ich habe das gespürt, als wir mit der Frau sprachen. An dem Tag ist irgendetwas vorgefallen, da bin ich mir sicher."

Norbert fuhr unbeirrt mit seinem Bericht fort: „Als sie gegen zweiundzwanzig Uhr zurückkam, war ihr Mann verschwunden. In der Hütte fand man Spuren eines Kampfes. Sie rief die Polizei, die bis vier Uhr morgens mit Hunden nach dem Mann suchte, aber nichts fand. Nachdem Frau Wiesel bei uns gewesen ist, haben wir uns in seinem Umfeld ein wenig umgehört. Und eins kann ich dir sagen: Dieser Wiesel scheint ein richtig nettes Kerlchen zu sein. Daniele und ich, wir haben uns gleich gefragt, warum der nicht Politiker oder wenigstens Zöllner in einem unserer Nachbarstaaten geworden ist."

„So schlimm?" Seebacher verzog das Gesicht, als hätte er Zahnschmerzen.

„Ja. Und wenn du seine Mutter siehst, dann weißt du auch gleich, dass er das nicht gestohlen hat. Ein übles altes Weib mit eisig blauen Augen wie ein Husky. Bei der sieht jeder sofort, auch ohne Besen und Lebkuchenhaus, dass sie eine Hexe ist. Genaueres findest du in dem Bericht."

Daniele reichte Seebacher eine Mappe und fügte hinzu: „Die Vorarlberger Kollegen haben übrigens jede Menge Fotos in der Hütte gemacht. Ich habe am Freitag mit Postenkommandant Penzberger telefoniert. Er schickt uns seinen Bericht und die Bilder heute im Laufe des Tages per Email."

Nach einer halben Stunde hatte Seebacher die Mappe durchgelesen. „Na, da bin ich aber noch auf den Bericht von Penzberger gespannt. Anscheinend geht er davon aus, dass Wiesel das Ganze inszeniert hat. Der Kollege meint, er hätte die Hütte selbst durcheinander gewirbelt und sei dann verschwunden. Eine seltsame Geschichte - und die Theorie Penzbergers halte ich für unwahrscheinlich. Warum gerade im Urlaub und in einer so verlassenen Gegend? Wenn der abhauen wollte, hätte er das hier in Freiburg doch viel einfacher haben können. Er geht zum Bahnhof, lässt sich am Automat ein Ticket raus und tschüs. Wenn er das wirklich inszeniert hat, dann wollte er ein Verbrechen vortäuschen. Nur wozu das?"

„Oder es war wirklich ein Verbrechen und er wurde entführt", spann Norbert den Gedanken weiter. „Wenn die Entführer ihn mit einem Auto weggebracht haben, würde das auch erklären, warum die Hunde nichts gefunden haben."

„Dann stellt sich als nächstes die Frage nach dem Motiv", fuhr Seebacher fort. „Und die Liste derer, die eines hätten, ist unangenehm lang. Zuerst ist da Gudrun Wiesel selbst. Wenn Danieles Gefühl stimmt, müssen wir der Sache mit dem Streit auf jeden Fall nachgehen. Dann sind da noch die beiden Kollegen Heinrich Vogt und Werner Michel, an deren Entlassung er zumindest beteiligt war. Also schon drei potenzielle Verdächtige und ihr habt erst seine Mutter, seine Frau, seine Chefin und einen seiner Arbeitskollegen kennengelernt. Ich fürchte, wenn wir in der Nachbarschaft und unter den Freunden weitersuchen, finden wir noch mehr Leute, die ihn nicht besonders mögen."

Seebacher ging hinüber zum Fenster und schaute eine Weile über die Dächer hinüber zum Münsterturm. Dann murmelte er nachdenklich: „Ich glaube fast, der Mann hat eine ganz eigenwillige Auffassung von Recht und Unrecht und ist sich keinerlei Schuld bewusst. Der denkt vielleicht sogar, dass er alles richtig macht und dass der Großteil der Menschheit schief gewickelt ist."

Daniele widersprach: „Na, das sind ja wieder mal jede Menge Theorien. Du magst ja einen guten Riecher haben, aber in diesem Stadium sollten wir uns doch lieber an die Fakten halten."

„Natürlich halten wir uns an die Fakten. Das heißt aber

noch lange nicht, dass man den einen oder anderen Gedanken nicht weiterspinnen darf. Im Moment sammeln wir Daten und versuchen uns einen Reim darauf zu machen, wieso Wiesel verschwunden ist." Seebacher erhob sich. „Ich gehe jetzt mal rüber zum Chef."

„Großkopf? Den haben wir in den letzten drei Wochen Gott sei Dank nicht viel gesehen. Es muss irgendwie an dir liegen, dass der ständig hier auf der Matte steht. Wahrscheinlich mag er dich einfach", kommentierte Norbert grinsend. Seebacher winkte nur ab und verließ mit einem gekünstelten Lächeln das Büro.

„Na da sind Sie ja wieder!" Großkopf kam mit theatralisch erhobenen Armen auf Seebacher zu, sodass dieser ganz leicht den Kopf einzog und unmerklich zurückwich. „Jetzt wird's in der Tat wieder lebendiger hier! Wie war der Urlaub? Sind sie wieder gut zurück …? Haben Sie sich schon wieder …?"

Seebacher hatte während des Urlaubes doch tatsächlich die nervtötende Eigenheit seines Chefs, das Prädikat in seinen Sätzen zu unterschlagen, vergessen. Er spulte herunter: „Der Urlaub war schön, ich bin wieder zurück und eingelebt habe ich mich auch wieder."

„Na, das ist ja wunderbar. Und, ein interessanter Fall ...? Ich hatte gar keine Zeit in den letzten Tagen ... Sind die Kollegen Steiff und Dicasa zurecht ...?"

„Ja, sie hatten alles sehr gut im Griff. Hauptsächlich Routinefälle, nur bei einer Sache sind wir uns noch nicht sicher. Ein Mann aus Freiburg ist bei seinem Hüttenurlaub im Bregenzerwald auf mysteriöse Weise verschwunden. Spurlos. Im Moment haben wir keine Ahnung, wo er stecken könnte und ob er überhaupt noch am Leben ist. In der Hütte fand man Spuren, die auf einen Kampf hindeuten, könnte aber auch von dem Mann selbst inszeniert gewesen sein. Seine Frau hat eine Vermisstenanzeige aufgegeben und wir stehen noch ganz am Anfang der Ermittlungen."

„Das klingt ja so richtig nach Sommerloch! Aber das ist gut so. Nächste Woche geht Herr Steiff in Urlaub, oder?"

„Ja, er ist der nächste. Dicasa hat keine Kinder, der geht als letzter, wenn die Schulferien schon vorbei sind."

„Na dann, weiterhin gute Eingewöhnung", entließ ihn sein Chef mit einer Geste als wollte er ihm die Hand zum Kuss hinstrecken. Seebacher war im nächsten Augenblick durch die Tür verschwunden und atmete erstmal tief durch, als er wieder auf dem Flur stand. Dann trat er in sein eigenes Büro und war richtig erleichtert. Daniele und Norbert saßen an ihren Schreibtischen.

„Ach Jungs, es ist einfach schön, mit ganz normalen Menschen zusammen zu arbeiten!" Diese Worte kamen aus tiefster Seele.

Daniele grinste Norbert an: „Ein Weizen!"

„Was soll das heißen?", wollte Seebacher wissen.

„Nun, ich habe eben eine Wette gewonnen", erwiderte Daniele.

„Was für eine Wette?"

„Norbert war sich sicher, dass du völlig entnervt von Großkopf zurückkommst, und ich war der Meinung, dass du so kurz nach dem Urlaub die Sache noch etwas gelassener hinnehmen und trotzdem gut gelaunt hier auftauchen würdest – und ich habe gewonnen." Daniele war sehr mit sich zufrieden.

„Viel hat nicht gefehlt, dann hättest du Norbert ein Bier geschuldet", entgegnete Seebacher grimmig. „Wenn ich ihn eine Weile nicht mehr gesehen habe, kann ich mir immer gar nicht mehr vorstellen, dass es so etwas überhaupt gibt."

„Komm, ich habe dir eine schöne Ablenkung ausgedruckt. Penzberger hat uns den Bericht und die Bilder gemailt", lenkte Daniele die Aufmerksamkeit seines Chefs auf Wichtigeres. Er und Norbert kannten Seebacher sehr gut und sie wussten, wie man ihn wieder an sein schier unendliches Reservoir guter Laune anschließen konnte. Die beiden hatten die letzten

Wochen während seiner Abwesenheit viel über das „Phänomen Seebacher“ gesprochen und waren unter anderem zu dem Schluss gekommen, dass er mit seinem sonnigen Gemüt zu einer Gattung Mensch gehörte, die sie eigentlich schon für ausgestorben gehalten hatten und die unbedingt schützenswert war. Beide erinnerten sich wohl jetzt an ihre gemeinsame Feststellung, denn sie wechselten nur einen verschworen einmütigen Blick und kamen dann zu seinem Platz herüber.

„Den Bericht habe ich schon überflogen. Er enthält nichts, was uns Gudrun Wiesel nicht bereits erzählt hat“, erklärte Daniele, während er die Papiere auf Seebachers Tisch legte.

Norbert fragte: „Hast du noch was für uns? Es ist gleich Mittag und wir müssen um eins zu einer Zeugenvernehmung in Ebringen sein.“

Seebacher sah auf die Uhr und meinte: „Was? Schon Mittag? Nein, klar - geht nur. Ich sehe mir in Ruhe die Geschichte mal an.“ Und schon war er in dem Bericht versunken. Daniele und Norbert grinsten sich an und verkrümelten sich.

Seebacher las zuerst den Bericht und dann sah er sich die Bilder an. Um seinen Kollegen einen besseren Eindruck von der Gesamtsituation der Hütte zu geben, hatte Penzberger den eigentlichen Polizeifotos, die ja alle bei Nacht und mit Blitz gemacht worden waren, einige Außenansichten der Hütte bei strahlend blauem Himmel mitgeschickt. Seebacher sah sich das Gebäude genau an. Es war ein lang gezogener Holzbau mit Schindeln an den Wänden und auf dem Dach. Das Holz war von Regen und Sonne silbergrau geworden. Die linke Hälfte hatte nur ein großes Tor, das auf dem Bild geschlossen war, und einen ebenfalls geschlossenen Fensterladen. Die rechte Hälfte hatte viele Fensterläden, eine Eingangstür und eine Art Balkon, der einen schmalen ebenerdigen Vorraum bildete. Dieser Bereich wurde von einer ungefähr hüfthohen Türe nach außen hin abgeschlossen. Die Hütte lag in einer leicht abfallenden Wiese, direkt daneben führte ein Weg vorbei. Im Hintergrund sah man das dunkle Grün eines Tannenwaldes und weiter weg, auf der anderen Talseite, steil aufsteigende Wiesenhänge.

Als Seebacher das nächste Bild ansah, fing sein Herz an höher zu schlagen. Das erste Foto der Hütte war von oben, das zweite von schräg unten aufgenommen worden und man konnte in das Tal hinein sehen, in dem die Hütte lag. Vielleicht zwanzig Meter hinter dem Gebäude standen wieder Tannen und dahinter ein hoch aufragendes, hellgraues Felsmassiv vor strahlend blauem Himmel. Ein Postkartenbild, das bei jedem den Wunsch wecken musste, in diese Gegend zu fahren. Seebacher sah es verzückt an. „Nach dem etwas zu heißen Urlaub in der Provence und dieser Affenhitze hier in Freiburg wäre das jetzt die richtige Erfrischung", dachte er. Er roch förmlich die klare Luft und den Tannenwald. Diese Reinheit der Farben und der ganzen Atmosphäre, die von dem Bild ausging, berührte ihn derart, dass er das Foto gar nicht mehr aus der Hand legen wollte.

Dann steckte er es aber doch im Stapel nach hinten, sah sich die Innenaufnahmen der Hütte an, und mehr und mehr beschlich ihn ein ungutes Gefühl. Er sah die durcheinander liegenden Gegenstände in Wohn- und Schlafstube, das herumliegende Geschirr und die Pfifferlinge am Boden. Beim ersten Blick auf das Küchenbild zog es ihm im Brustkorb alles zusammen, ohne dass er hätte sagen können, warum. Ihm war ein wenig unheimlich zumute und so erhob er sich schnell und verließ das Büro. Alle seine Gedanken waren plötzlich düster und grau und er hatte das Gefühl, als ob eine große Klammer sein Hirn einzwängte. Er fand sich in der Kantine wieder und erblickte Daniele und Norbert, die gerade bei Nachtisch und Kaffee waren. Seebacher ging hinüber und setzte sich zu ihnen.

„Mensch, bin ich froh, dass ich euch noch treffe. Irgendwas an der Wieselgeschichte gefällt mir gar nicht. Ich habe mir die Bilder angesehen und weiß noch nicht, was es ist, aber ich sage euch, da stimmt was nicht! Ich will auf jeden Fall mit der Frau von Wiesel sprechen um genaue Informationen aus erster Hand zu bekommen."

Daniele und Norbert sahen ihn besorgt an. Ihre Sorge galt nicht Seebacher, sondern eher Wiesel, denn ihr Chef konnte es förmlich riechen, wenn etwas an einer Sache faul war.

Daniele stand auf und holte noch drei Tassen Kaffee.

„Heute Abend ist übrigens auf der foire aux vins in Colmar ein Patricia Kaas Konzert. Will jemand mit?" Seebacher hätte vor lauter Aufregung beinahe vergessen, seine Kollegen danach zu fragen.

„Ich kann leider nicht", entgegnete Norbert. „Urlaubsvorbereitungen und so ...". Seebacher sah zu Daniele und der sagte: „Warum nicht? Uli ist auf einem Lehrgang, da habe ich sowieso nichts vor."

„Okay, ich hole dich um halb acht heute Abend ab, das Konzert fängt um neun an."

Kurze Zeit später gingen Norbert und Daniele zum Wagen, um ihre Zeugenvernehmung zu erledigen, während Seebacher wieder ins Büro eilte, wo er Telefonnummer und Adresse von Frau Wiesel aus den Akten heraussuchte.

„Guten Tag, Frau Wiesel. Hier spricht Kommissar Seebacher." Wie üblich ließ er das „Haupt-" vor dem Kommissar weg. „Sie haben bei uns eine Vermisstenanzeige aufgegeben und ich würde mich gerne noch einmal mit Ihnen unterhalten. Hätten Sie heute Nachmittag Zeit?"

„Ja, ich bin heute zuhause. Aber ich kann Ihnen nur das erzählen, was ich schon Ihren Kollegen gesagt habe. Von meinem Mann habe ich nichts mehr gehört, seit er verschwunden ist."

„Ich wollte trotzdem gerne persönlich mit Ihnen sprechen, denn Sie sind unsere wichtigste Zeugin. Ich war letzte Woche noch im Urlaub, als Sie bei uns waren."

„Na gut, dann kommen Sie halt vorbei."

„Wann wäre es Ihnen recht?"

„Wann Sie wollen. Von mir aus gleich jetzt."

„Okay, dann fahre ich sofort los. Ich bin in einer Viertelstunde bei Ihnen."

Als Gudrun Wiesel die Haustüre öffnete, waren beide überrascht. Seebacher, weil er mit einem irgendwie farblosen, unscheinbaren Hausmütterchen gerechnet hatte, und sie, weil sie einen älteren Herrn, Modell Derrick, erwartet hatte. Sie sahen sich an und waren sich sofort sympathisch.

„Guten Tag, Herr Seebacher", sie streckte ihm die Hand entgegen, öffnete die Türe ganz und ließ ihn eintreten.

„Guten Tag, Frau Wiesel. Freut mich, Sie kennen zu lernen."

„Mich auch. Bitte gehen Sie vor. Hier geradeaus in die Küche. Ich wollte eben Kaffee machen." Sie wunderte sich selbst über die fast übertriebene Freundlichkeit in ihrer Stimme.

Er ging vor und sie folgte ihm auf dem Fuß. Durch die extreme Hitze hatte er, trotz Klimaanlage in Büro und Auto, ein wenig geschwitzt, was ihrer feinen Nase nicht entging. Und sie ertappte sich dabei, dass sie diesen Geruch sogar als angenehm und anziehend empfand. Außerdem roch der Mann nach Rasierschaum, ein Duft, den sie von ihrer Kindheit her kannte. Ihr Vater hatte sich nass rasiert.

In der Küche blieb er stehen, bis sie ihm einen Platz am Tisch anwies und fragte: „Sie trinken doch eine Tasse Kaffee mit, oder? Es gibt auch Kuchen. Den habe ich heute Morgen gebacken. David mag so gerne Apfelkuchen, wissen Sie?" Seebacher bemerkte erst jetzt, dass er ja noch gar nichts zu Mittag gegessen hatte.

„Ja gerne", antwortete er und setzte sich auf die Eckbank. „Ist Ihr Sohn nicht zu Hause?"

„Nein, er ist bei Freunden. Ich hole ihn erst heute Abend wieder ab." Während sie sprach, schaltete sie die Kaffeemaschine an und deckte den Tisch. Er sah ihr schweigend zu.

Wie war es möglich, dass so eine hübsche und offensichtlich schwungvolle Frau mit so einer miesen Type verheiratet war? Sie schenkte Kaffee ein und setzte sich dann an den Tisch.

„Was möchten Sie denn von Ihrer ‚wichtigsten Zeugin' wissen?" Sie lächelte ihn an und Seebacher hatte kurzzeitig Konzentrationsschwierigkeiten.

„Ähm, ich – ich wollte einfach alle Informationen noch einmal aus erster Hand hören. Ich wollte Sie persönlich kennen lernen, denn oft gehen Details verloren, weil man unmöglich alle Kleinigkeiten und Empfindungen in einem Bericht festhalten kann. Vieles registriert man nur im Unterbewusstsein."

„Das ist ja sehr interessant!" Sie sah ihn ein wenig verwundert an. „Und Sie möchten jetzt sozusagen Ihr Unterbewusstsein auf den aktuellen Stand bringen?"

„So habe ich mir das noch gar nicht überlegt, aber Sie haben Recht. Die Fakten kenne ich aus dem Bericht. Auch die Eindrücke meiner Mitarbeiter kenne ich. Im Grunde möchte ich ein Gefühl für die Sache bekommen. Das heißt, ich möchte herausfinden, was Ihr Mann für ein Mensch ist, wie er Ihrer Meinung nach von Freunden gesehen wird, wie Ihr Familienleben aussieht und so weiter und so weiter."

„So viel wollen Sie wissen? Da weiß man ja gar nicht, wo man anfangen soll!", lachte sie.

„Fangen wir doch bei Ihrem Familienleben an. Wie läuft der Alltag so bei Ihnen ab?"

„Ich stehe um halb sechs auf, da habe ich das Bad bis sechs Uhr für mich allein. Wenn ich fertig bin, wecke ich meinen Mann und bereite dann das Frühstück zu. Von halb sieben bis sieben Uhr sitzt er hier in der Küche, frühstückt und liest die Zeitung."

„Unterhalten Sie sich auch beim Frühstück oder sitzt jeder mit einem Teil der Zeitung am Tisch und liest?"

„Nein, nein. Er will morgens absolut ungestört sein und so gehe ich Arbeiten im Haus nach. Je nachdem was gerade zu tun ist."

Seebacher sah sie erstaunt an. Er und seine Frau handhabten das völlig anders. Einige Freunde bezeichneten ihre Ehe als „Doppelmonarchie“, ein Ausdruck, der die Ausgewogenheit der Beziehung Seebachers und seiner Frau Sylvia nicht besser hätte treffen können.

Gudrun Wiesel schien ein wenig verlegen. Noch nie hatte sie sich Gedanken darüber gemacht, dass daran irgendetwas nicht in Ordnung sein könnte. Und jetzt saß da dieser Mann – ein zweifellos sehr netter Mann, der so anders war als Rolf und ihr so viel besser gefiel – und mit einem kurzen Hochziehen der Augenbraue hatte er ihre Sicht der Dinge durcheinander geworfen.

„Ehrlich gesagt ist es mir selbst auch lieber, mich in dieser Zeit mit anderen Arbeiten zu beschäftigen. In aller Frühe und in aller Ruhe bekommt man doch so viel mehr erledigt als nachher, wenn man ständig vom Telefon, dem Kind oder Nachbarn von der Arbeit weggeholt wird“, versuchte sie - nicht gerade überzeugend - die Verhältnisse wieder zurecht zu rücken.

„Welcher der Ausdrücke würde die Beziehung zu Ihrem Mann am besten charakterisieren: Liebe – Freundschaft – Partnerschaft – Arbeitsteilung – Zwangsgemeinschaft oder Tortur?“ Seebacher wusste, dass das stark ans Eingemachte ging und es sich jetzt entscheiden würde, ob sie ihm alles erzählte oder nicht. Sie sah ihn erschreckt einige Sekunden lang an, dann bekam sie Tränen in die Augen und begann:

„Ich glaube, es ist höchste Zeit, dass ich mir das alles einmal von der Seele rede. Meine ganze Ehe ist eine Tortur!“ Sie machte eine Pause, in der die Tränen schon wieder versiegten und einer Entschlossenheit wichen, die Gudrun in diesem Urlaub zum ersten Mal an sich bemerkt hatte. „Er behandelt mich und David wie seine Sklaven oder eigentlich eher wie Haustiere. Ich weiß nicht einmal, ob er unseren Sohn überhaupt liebt. Mich liebt er sicher nicht. Ich mache ihm den Haushalt, ziehe sein Kind groß und habe ansonsten zu tun, was er von mir verlangt. Und das habe ich auch lange Zeit gemacht."

„Heißt das, Sie tun jetzt nicht mehr alles, was er von Ihnen verlangt?"

Sie nickte.

„Schon lange?"

Zögernd schüttelte sie den Kopf: „Nein, genau genommen erst seit unserem Urlaub in Argen."

„Argen?"

„Ja, so heißt das Vorsäss im Bregenzerwald, wo mein Mann verschwunden ist. Es liegt oberhalb des Dorfes Schönau."

„Was ist ein Vorsäss?", wollte Seebacher wissen.

„Wenn das Vieh im Frühjahr auf die Hochweiden getrieben wird, bleibt es zwei, drei Wochen in dem Vorsäss auf halber Höhe. Dadurch werden die Tiere langsam an die Höhe gewöhnt und außerdem gibt es dort auch sehr gutes Gras. Dann bleibt das Vieh den Sommer über oben auf den Hochweiden, bis es im Herbst wieder heruntergetrieben wird. Im Spätsommer kommt es wieder einige Zeit in das Vorsäss, bevor es endgültig ins Winterquartier im Tal zurückkehrt. Jede Bauernfamilie hat in dem Vorsäss eine eigene Hütte, die komplett eingerichtet ist mit Stall, Schopf, Küche, Wohnzimmer und zwei Schlafstuben. Alle Hütten haben einen Ofen, aber nicht alle haben fließendes Wasser. Es gibt auch eine kleine Kapelle und ein Wirtshaus für Wanderer."

„Interessant." Seebacher sah sie beeindruckt an. „Aber zurück zu Ihrem Mann. Sie sagten, dass sich in Ihrer Einstellung ihm gegenüber etwas verändert hat? Gab es dafür einen Auslöser? Ist etwas vorgefallen?"

Sie überlegte. Eigentlich hatte sie ihm schon viel zu viel erzählt. Sie saß diesem Fremden gegenüber und ließ buchstäblich alle Hüllen vor ihm fallen. Sie bekam Angst. Wenn sie von dem Streit mit Rolf erzählte, würde jeder denken, sie hätte ihn vielleicht umgebracht. Langsam strichen ihre Augen über die Tischplatte und dann an ihm hoch, bis ihr Blick an seinen Augen hängen blieb. Die ruhten blaugrau schimmernd geduldig auf ihr – aufmunternd, aber nicht drängend, und sie spürte wieder dieses unverständliche Vertrauen zu diesem Mann, obwohl sie ihn doch überhaupt nicht kannte - und dann sprudelte es förmlich aus ihr heraus: „Es war genau an dem Tag, als er verschwunden ist. Er hatte üble Laune und es gab den ersten Krach, weil ich mich beim Zwiebelschneiden in den Finger geschnitten hatte. Er beschimpfte mich und sagte, ich würde mich immer so blöd anstellen, dabei hatte ich mich geschnitten, weil ich schnell etwas auf den Tisch bringen wollte. Ich hatte mich sehr beeilt, denn er war sehr aggressiv geworden, wie immer, wenn er Hunger hat. Nach dem Essen war ich den ganzen Nachmittag mit dem Jungen am Bach. Normalerweise sitzen wir bei schönem Wetter zur Kaffeestunde zusammen im Schopf, das ist eine Art Balkon, aber dieses Mal blieb ich mit dem Kind am Bach. Ich hatte einfach keine Lust auf die schlechte und bedrükkende Stimmung, die mein Mann verbreitete, und kehrte erst zur Hütte zurück, als es Abendessenszeit war und David Hunger bekam. Rolf war jetzt noch schlechter gelaunt als am Mittag und dann beim Abendessen rastete er aus. Er ist ein Choleriker, wissen Sie. Er schlug das Kind so hart an den Kopf, dass es stürzte und sich an der Holzbank den Arm brach. Ich sah es sofort, aber Rolf schien es nicht zu bemerken und als er auf den Jungen losging um ihn noch einmal zu schlagen, griff ich nach dem Brotmesser auf dem Tisch. Ich hätte ihn fast erstochen …“ Sie brach ab und starrte Seebacher an. Erst jetzt wurde ihr die Tragweite ihres Handelns richtig bewusst. „Wenn ich ihn getötet hätte? Was wäre dann?“

„Das haben Sie ja nicht“, beruhigte sie Seebacher. „Was geschah weiter?“

„Ich packte David ins Auto und fuhr mit ihm hinunter ins Tal. Der Unterarm war gebrochen und er bekam einen Gips. Wir waren ungefähr um zehn Uhr abends wieder oben bei der Hütte und ich wunderte mich gleich, dass die Türe und sämtliche Fensterläden offen standen. Normalerweise machen wir abends alles zu. Außerdem brannte nirgends ein Licht. Ich trug David, der eingeschlafen war, hinein und wäre beinahe gestürzt, denn überall im Wohnzimmer lag Zeug auf dem Boden herum. Nachdem ich den Jungen auf dem Sofa abgelegt hatte, machte ich Licht und ging auf die Suche nach meinem Mann. Aber außer völligem Chaos im ganzen Untergeschoss der Hütte fand ich nichts. Rolf war verschwunden."

Seebacher fielen wieder die Fotos ein, doch seine Hoffnung, er würde durch das Gespräch mit Frau Wiesel mehr Klarheit über die Ursachen seines unguten Gefühls bekommen, war wie weggewischt. Insgeheim hatte er gehofft, die Frau würde einen schlechten Eindruck auf ihn machen und damit seine Empfindungen bei der Betrachtung der Bilder irgendwie bestätigen. Aber Gudrun Wiesel war in seinen Augen ein feiner Mensch und so ziemlich das Gegenteil dessen, was er erwartet oder gehofft hatte. Bei ihr war die Ursache für sein ungutes Gefühl nicht zu suchen, dessen war er sich sicher. Nur, was war es dann? Er nahm sich vor, im Büro die Bilder noch einmal ganz genau zu studieren.

„Jetzt übertreiben Sie aber!", ereiferte sich Großkopf. „Sie kommen gerade aus dem Urlaub zurück und wollen nach Österreich? Auf eine Hütte? Ihre Gefühlswelt in allen Ehren. Ich weiß ja, dass Sie da gewisse Begabungen …, aber Rechtshilfeersuchen, Staatsanwalt, Antrag, BKA ….!!" Bei dem Gedanken an all die Formalitäten verzog er das Gesicht als hätte man ihm eine Zitronenscheibe in den Mund gesteckt.

Obwohl die abgehackten Sätze seines Chefs Seebacher fast zum Wahnsinn trieben, blieb er ruhig: „Ich bin sicher, dass der Schlüssel zu diesem Rätsel da oben in Argen zu finden ist. Fragen Sie mich nicht, warum, ich weiß es einfach."

„Tut mir leid, Seebacher, aber ich kann unmöglich einen Mann ins Ausland schicken, nur weil er zu spüren glaubt, dass dort die Lösung des Falles zu finden ist. Und damit Schluss!!“

Wenigstens hatte er es mal wieder geschafft, einen ganzen Satz von sich zu geben.

9

Seebacher hatte in der Nacht beschlossen nach Schönau zu fahren, egal wie. Und nun saß er mit seiner Frau Sylvia beim Frühstück und setzte ihr sein Vorhaben auseinander. Ihr gefiel der Gedanke ein paar Tage zu zweit auf eine Berghütte zu fahren, die Kinder bei Großvater und Großmutter zu lassen und mal wieder ein bisschen Zeit für sich zu haben. Das hatte sie so kurz nach dem Urlaub nicht erwartet.

„Im Moment ist Großkopf aber noch dagegen. Ich habe keine Ahnung, wie ich ihn rumkriegen kann", sinnierte Seebacher, das Kinn in die Hände gestützt. Sylvia dachte schon begeistert weiter: „Ich werde bei den Eltern vorfühlen, ob sie die Kinder für ein paar Tage nehmen würden."

„Wenn sie gesundheitlich nicht angeschlagen sind, bin ich sicher, dass sie die Mädchen gerne für einige Tage aufnehmen. Sie sehen sie so selten und Lisa und Sarah freuen sich auch immer wahnsinnig auf Groma und Großvater", ermunterte sie Seebacher in ihrem Vorhaben.

„Wie war das Kaas-Konzert?" Norbert tat es Leid, dass er nicht mit nach Colmar gekommen war, denn auch er war ein großer Patricia-Kaas-Fan.

„Super stark", schwärmte Daniele, während Seebacher

genaueren Bericht erstattete: „Unsere Lieblingslieder von ‚Aigle noir‘ bis ‚Mon mec à moi‘ hat sie alle gesungen. Sie hat die Stücke eingekürzt und dafür wirklich quer Beet alles gebracht.“

„Schade, das hätte ich mir gerne auch angesehen und angehört“, kommentierte Norbert bedauernd.

„Das nächste Mal bist du auch wieder dabei“, tröstete ihn sein Chef. „Aber jetzt zum Ernst des Lebens, Jungs. Heute nehmen wir noch einmal die Lektion ‚Überprüfung von Personalien‘ durch. Daniele, du checkst die Familien, die zum fraglichen Zeitpunkt in Schönau in den Ferienwohnungen der Firma waren, und kläre bitte auch gleich ab, wo sie sich im Moment aufhalten. Und wenn du schon dabei bist, lass dir auch alles über Heinrich Vogt und Werner Michel und seine Frau geben. Außerdem will ich wissen, ob wir etwas über den Selbstmord von Wiesels Vater haben. Norbert, du schaust mal bei Vogt, dem ehemaligen Einkaufsleiter von Logotec, vorbei. Ich kümmere mich um Werner Michel, dessen Frau sich nach seinem Rausschmiss das Leben genommen hat.“

„Als du weg warst, war's hier aber bedeutend ruhiger, das muss mal gesagt werden“, kommentierte Norbert schief lächelnd.

„Komm schon, du hast ja ab nächste Woche Urlaub“, tröstete ihn Daniele. „Und außerdem ist es so doch viel kurzweiliger, oder?“

„Heute Nachmittag um fünfzehn Uhr treffen wir uns alle wieder hier und dann gibt's ein ‚Brainstorming' - Windstärke dreizehn!” Seebacher war wieder voll im Geschäft.

Daniele setzte sich an seinen Schreibtisch, hob den Telefonhörer ab, wählte und wartete, bis am anderen Ende abgenommen wurde. „Hallo Mike, ich bin's, Daniele. Du, ich hab‘ da eine ganze Liste von Namen vor mir liegen und brauche alles, was du über die ausgraben kannst ...“

Seebacher hatte Glück, er erreichte Werner Michel sofort. „Guten Tag, Herr Michel. Hier spricht Kommissar Seebacher,

Kriminalpolizei Freiburg. Herr Michel, ich würde gerne heute noch bei Ihnen vorbeikommen, ich habe einige Fragen an Sie ... Nein, nein, nichts Schlimmes. Wann ist es Ihnen recht?" Er hörte eine Weile zu, dann sagte er: „Ich könnte auch gleich zu Ihnen rüberkommen, es ist ja nicht weit." Kurz danach legte er auf und erhob sich. „Ich fahre zu Michel", erklärte er, schon unterwegs in Richtung Tür. Hastig warf er noch das obligatorische „Bis neulich!" über die Schulter und dann war er verschwunden.

Nur Norbert hatte kein Glück. Er versuchte wieder und wieder Heinrich Vogt zu erreichen, bis er entnervt den Hörer auf das Telefon warf und sagte: „Der geht nicht ans Telefon. Ich fahre jetzt nach Günterstal raus und seh' mich da mal um", und dann war Daniele allein.

Günterstal war der Stadtteil Freiburgs, der Norbert am besten gefiel. Obwohl es noch zur Stadt gehörte, fühlte man sich hier immer, als wäre man in Ferien. Das kam daher, dass der Ort, in einem Tal liegend, von Schwarzwaldhängen umgeben war und einen sehr stillen, eher ländlichen Eindruck machte. Was Günterstal aber ein ganz besonderes Flair verleiht, ist das St. Lioba Kloster, ein großes Gebäude in toskanischem Stil erbaut, gestrichen in südlichem Gelb und davor einige riesige Kiefern, bei deren Anblick man sich eher irgendwo zwischen Florenz und Perugia als am Stadtrand der Breisgaumetropole glaubte.

Norbert fuhr vor dem Tor links hoch Richtung Kloster. Er kannte sich hier sehr gut aus und wusste genau, in welcher Straße das Haus Vogts liegen musste. Als er es dann vor sich sah, blieb ihm aber doch die Spucke weg: Das war ein uralter Schwarzwaldhof in wunderbar erhaltenem Zustand. Die Straße war sehr eng und so musste er ungefähr zweihundert Meter weiter fahren, bis er einen Parkplatz fand. Als er zu Fuß zurückkam, begegnete er einer alten Frau, die nach guter badischer Manier den Gehweg kehrte. Er nutzte die Gelegenheit sofort: „Guten Tag. Ich möchte zu Herrn Vogt. Kennen Sie ihn?“

„Ja, der wohnt da“, sie zeigte auf das alte Bauernhaus. „Ich glaube, er ist noch daheim. Er müsste jetzt bald Urlaub haben und dann fährt er sicher wieder weg.“

„Kennen sie ihn gut?“

„Nein, eigentlich nicht. Warum?“

„Na, wenn Sie sogar wissen, wann er Urlaub hat ...“

„Wissen tu ich es ja gar nicht. Ich denke es mir halt, weil er immer um diese Zeit Rucksack und Wanderstiefel einpackt und loszieht.“

„Ah, er ist Wanderer, das passt auch gut zu seinem schönen Schwarzwaldhaus.“

„Ja, er wandert viel, oft ist er auch übers Wochenende unterwegs oder er macht die Brücke, wenn ein Feiertag in einer Woche liegt.“

„Und er geht immer wandern?“

„Ich glaube schon.“

Norbert hatte eine Bewegung in dem Haus wahrgenommen und so verabschiedete er sich eilig. „Jetzt habe ich gerade jemanden am Fenster vorbeigehen sehen. Auf Wiedersehen und vielen Dank.“ Er drehte sich um und ging rasch auf Vogts Haus zu.

„Wer sind Sie eigentlich?“, wollte die Dame noch wissen, aber Norbert tat so, als ob er die Frage nicht gehört hätte, und ging weiter. An der Haustüre klingelte er und ein mürrisch dreinblickender Mittfünfziger öffnete. Der Kommissar zeigte ihm dezent seinen Ausweis, denn die Nachbarin schaute die ganze Zeit zu ihnen herüber. Norbert erklärte: „Guten Tag, Herr Vogt. Mein Name ist Steiff, ich komme von der Kripo Freiburg. Ich wollte mit Ihnen über Herrn Wiesel sprechen.“

„Wiesel? Warum wollen Sie mit mir über den sprechen?“

Norbert spürte die Ablehnung sofort, was bei der Geschichte, die Vogt mit Wiesel verband, auch nachvollziehbar war.

„Könnte ich vielleicht hereinkommen? Ich weiß nicht, ob es so gut ist, wenn wir uns hier vor der Türe weiter unterhalten.“ Vielsagend deutete er mit dem Kopf in die Richtung, in der wie ein Arbeiterdenkmal die auf den Besen gestützte Nachbarin stand und sie beobachtete. Vogt sah zu der Frau hinüber: „Ähm ja, kommen Sie herein!“

Unwillig trat er zur Seite und ließ Norbert ins Haus. Er führte ihn ins Wohnzimmer, in dem vor einer breiten Glasfront ein Schreibtisch stand. Die bis zum Boden reichenden Fenster gaben den Blick auf eine großzügige Terrasse und einen großen Garten frei, in dem vereinzelt Obstbäume in einer frisch gemähten Wiese standen. Alles war erst vor kurzem renoviert worden und Norbert wusste schlagartig, wie sein Traumhaus auszusehen hatte. Er konnte seine Bewunderung nicht verbergen.

„Das Haus habe ich von einer Tante geerbt und das meiste selbst renoviert.“ Vogt sagte es in fast gleichgültigen Ton und Norbert fand, dass der Mann darauf ruhig stolz sein konnte.

„Ein absoluter Traum, Ihr Haus. Aber ich glaube, das muss man Ihnen nicht sagen. War sicher wahnsinnig viel Arbeit, oder?“

„Kann man wohl sagen. Ich habe viele Jahre lang meine ganze Zeit und alle meine Ersparnisse in dieses Haus gesteckt. Jetzt ist es fertig und ich habe meine Freude daran.“

„Ja, das glaube ich.“ Norbert machte eine kurze Pause und fuhr dann fort: „Ich wollte mich vorher telefonisch bei Ihnen anmelden, aber es ging niemand ans Telefon. Sind Sie eben erst nach Hause gekommen?“

„Verflixt! Ich habe den Hörer gestern Abend abgenommen, weil ich meine Ruhe haben wollte, und vergessen ihn heute Morgen wieder aufzulegen.“ Mit diesen Worten verschwand er kurz auf dem Flur um wenige Sekunden später wieder lächelnd in der Tür aufzutauchen.

„Wenn der Hörer abgehängt war, hätte doch das Besetztzeichen ertönen müssen, oder?“

„Nein, ich habe einen ISDN-Anschluss und damit zwei Leitungen zur Verfügung. Eine für das Telefon und die andere für den Internetanschluss oder das Fax. Wenn ich telefoniere und nicht gleichzeitig im Internet surfe oder ein Fax sende, ertönt immer das Freizeichen."

„Ah, so ist das." Norbert nickte. Dann, nach einer kurzen Pause: „Sie kennen Rolf Wiesel von Ihrer früheren Arbeitsstelle her, richtig?"

„Ja, er hat so lange an meinem Stuhl gesägt, bis ich keine Arbeitsstelle mehr hatte."

„Haben Sie eine Idee, weshalb er das getan hat?"

„Er hat sehr schnell gemerkt, dass ich einer der wenigen in der Firma war, die ihm Kontra bieten können und die sein Spiel durchschauen. Deshalb war ich gleich ganz oben auf seiner Abschussliste."

„Was für ein Spiel haben Sie durchschaut?"

„Dass er selbst nicht viel kann, sich aber sehr gut aufs Reden und noch besser darauf versteht, andere für sich arbeiten zu lassen. Er hatte aufgrund dieser Fähigkeiten sehr gute Chancen es in der Firma weit zu bringen."

Er hatte die Worte „in der Firma" stark betont, weshalb Norbert nachfragte: „Wie meinen Sie das: ‚in der Firma'?"

„Nun, die Geschäftsleitung besteht aus einem eingebildeten Schnösel von Verkaufsleiter, einem sehr einfach strukturierten Produktionsleiter und einer naiven Geschäftsführerin. Er hatte mit traumwandlerischer Sicherheit den Mechanismus herausgefunden, mit dem er die Chefin nach seiner Pfeife tanzen lassen konnte. Ein übler Typ, der auf eine Art über erstaunliche Fähigkeiten verfügt. Er ist ein echtes Naturtalent, wenn es darum geht, Situationen und Leute zu seinem Vorteil einzusetzen beziehungsweise zu manipulieren."

„Und was war letztlich der Grund, weshalb man Sie entlassen hat?"

„Wir hatten Probleme mit einem unserer Hauptlieferanten, und als wir einmal einen größeren Produktionsausfall hatten, weil der Lieferant die versprochenen Termine nicht hielt, wurde ich als Einkaufsleiter dafür verantwortlich gemacht."

„Aber das ist doch kein Grund den Einkaufsleiter rauszuschmeißen, oder?"

„Nein, sicher nicht. Aber ich sagte Ihnen ja, da steckte sehr viel Intrigenvorarbeit Wiesels dahinter."

„Sind Sie nicht vor Gericht gegangen?"

„Nein, sie haben mir eine gute Abfindung gezahlt und außerdem hatte ich schon einen neuen Job. Ich hatte gespürt, dass es früher oder später so weit kommen würde, und schon seit einigen Monaten die Fühler ausgestreckt."

„Wenn Sie ihm als einziger Kontra bieten konnten, warum haben Sie das dann nicht getan?"

„Das hätte bedeutet, dass ich mit seinen Waffen hätte kämpfen müssen, mich auf sein Niveau herab begeben. Und das wollte ich nicht."

„Und wo arbeiten Sie jetzt?"

„Ich bin Einkaufsleiter bei einem Hersteller medizinischer Geräte hier in Freiburg. Der Job ist besser bezahlt und ich bin in zehn Minuten im Büro."

„Dann war die Entlassung für Sie also keine Katastrophe?"

„Im Gegenteil, mir geht es sehr gut. Ich arbeite in einem bedeutend angenehmeren Umfeld, wo man nicht so viel Zeit und Energie auf die Sicherung seines Arbeitsplatzes verwenden muss. Da macht das Arbeiten sogar wieder richtig Spaß."

„Das freut mich für Sie. – Nun aber noch einmal zu Rolf Wiesel: Kennen Sie Schönau im Bregenzerwald? Den Ort, in dem die Firma Logotec ein Haus mit Ferienwohnungen besitzt?"

„Selbstverständlich. Ich war zu meiner Logoteczeit auch einmal dort in Urlaub. Eine sehr schöne Gegend, vor allem für einen Wanderer, wie ich es bin."

„Oh, Sie wandern?"

„Ja, ich bin oft übers Wochenende im Schwarzwald unterwegs. Nur wenn ich länger Zeit habe, fahre ich weiter weg."

„Und wo gehen Sie dann hin?"

„Ich war früher sehr viel in den Alpen, später in den Pyrenäen und dann war ich fünf Jahre nacheinander in den Anden." Vogt blickte zu Norbert ohne ihn anzusehen. So wie jemand, der einen Gegenstand anstarrt damit seine Augen einen Halt haben solange er mit den Gedanken ganz weit weg ist.

Norbert hakte nach: „Und wo waren Sie da?"

„Immer an einem Ort", Vogt zögerte kurz und fuhr dann fort: „Ich habe da unten eine Frau kennengelernt. Ich habe sie sehr geliebt. Ich wollte sogar in dem Dorf bleiben."

„Und warum haben Sie's nicht getan?", fragte Norbert Unheil ahnend.

Mit einem Blick, den der Polizist irgendwo zwischen Verzweiflung, Wut und Trauer ansiedelte, antwortete Vogt: „Als ich zum fünften Mal hinkam, sagte man mir, dass sie bei der Geburt ihres Kindes – meines Kindes – gestorben ist."

„Oh, das tut mir Leid." Norbert war ehrlich betroffen. „Und das Kind?"

„Hat die Geburt auch nicht überlebt. Die haben dort natürlich nicht die Möglichkeiten, die wir hier gehabt hätten – wenn ich es nur gewusst hätte ..."

Jetzt drückte sein Blick klar Verzweiflung aus. „Die Leute sagten, es sei ein Junge gewesen."

„Das tut mir Leid", wiederholte sich Norbert betreten, aber Vogt schaltete sehr schnell um: „Ich liebe die Berge. Sie haben viele Gesichter. Mal düster und grau, dann wieder klar und hell. Mal beängstigend mächtig und steil und dann wieder sanft und weich wie ein Samttuch. Allein über die lichtabhängigen Stimmungsnuancen könnte man ein Buch schreiben."

„Das stimmt. Mir gefallen die Berge am besten im Abendrot. Ich bin immer wieder beeindruckt, wenn die Felsen anfangen zu glühen und alles leuchtet als stünde man in einem

Studio." Norbert war froh, dass sie so schnell das Thema gewechselt hatten.

„Ich finde, sie sind bei Nacht am schönsten. Am besten bei Vollmond. Das hat etwas Unheimliches, Geheimnisvolles", erwiderte Vogt. „Aber wir sprachen über Schönau im Bregenzerwald."

„Genau. Es handelt sich darum, dass Rolf Wiesel in Schönau, oder besser gesagt in dem Vorsäss bei Schönau, im Urlaub war und vor ungefähr zwei Wochen spurlos von dort verschwunden ist."

„Verschwunden? Einfach so?"

„Ja. Seine Frau war mit ihrem Sohn unten im Dorf, und als sie am Abend zur Hütte zurückkam, war ihr Mann nicht mehr da. Es gibt zwar Anzeichen für Gewaltanwendung in der Hütte, die auf eine Entführung hinweisen, aber es ist nicht sicher, ob Wiesel die Hütte nicht selbst in einen entsprechenden Zustand brachte, um eine Entführung vorzutäuschen, und sich anschließend aus dem Staub gemacht hat."

„Wieso sollte er das tun?"

„Deshalb bin ich hier bei Ihnen. Wir sind dabei, sein Umfeld zu durchleuchten um uns ein besseres Bild von diesem Mann machen zu können."

„Verstehe - und ich, als eines seiner Opfer im beruflichen Leben, könnte ja zum Beispiel einen Racheakt verübt haben ..."

„So weit sind wir mit unseren Überlegungen noch lange nicht."

„So weit müssen Sie auch gar nicht gehen. Wann, sagten Sie, ist Wiesel verschwunden?"

„Heute vor genau zwei Wochen."

Vogt ging zum Schreibtisch und angelte sich einen kleinen Kalender aus dem Papierberg. „Das war also der zehnte August?"

„Ja, genau."

„Nun, da hatte ich in der Firma eine Besprechung, die ging

bis zwanzig Uhr dreißig. Das können Sie gerne nachprüfen. Meine jetzige Firma heißt Kellermann und Streicher. Ich schätze, von hier bis in den Bregenzerwald ist man leicht dreieinhalb bis vier Stunden unterwegs, wenn's gut läuft. Ich hätte also frühestens um Mitternacht dort sein können, wenn ich Herrn Wiesel hätte entführen wollen. Bin ich damit aus dem Kreis der Verdächtigen ausgeschieden?"

„Ich denke schon. Vielen Dank, Herr Vogt, dann will ich Sie nicht länger stören. Falls wir noch Fragen haben: Sind Sie in nächster Zeit hier erreichbar?"

„Ich habe ab Montag drei Wochen Urlaub. Ich weiß noch nicht ganz genau, wo ich hingehe, aber ich denke, ich werde zum Wandern in die Pyrenäen fahren."

„Gut. Heute ist Dienstag. Wie lange werden Sie noch hier sein?"

„Ich habe vor, am Samstag abzureisen. Wenn Sie also noch Fragen haben, können Sie mich jederzeit anrufen."

„Aber nicht wieder den Hörer neben das Telefon legen", sagte Norbert lächelnd und schüttelte Vogt zum Abschied die Hand.

„Guten Tag Herr Michel. Wir haben vorhin telefoniert. Seebacher, mein Name." Bernd zeigte Werner Michel seinen Ausweis und der ließ ihn bereitwillig eintreten und führte den Polizisten durch einen langen unordentlichen Flur ins Wohnzimmer, wo er ihm einen Platz auf dem Sofa anwies. Auch das Wohnzimmer hatte schon lange keinen Staubsauger und die Fenster keinen Putzlappen mehr gesehen. Man sah sofort, dass hier die ordnende Hand einer Hausfrau fehlte.

„Möchten Sie etwas trinken? Kaffee, Tee oder Mineralwasser?"

„Nein danke, Herr Michel. Ich möchte Sie auch gar nicht lange belästigen."

„Sie belästigen mich nicht. Ich würde es eher als eine willkommene Abwechslung meines monotonen Alltags bezeichnen. Seit meine Frau nicht mehr lebt, ist nicht mehr viel los mit mir. Sie wissen, was passiert ist?" Der Mann war offensichtlich einsam, denn sein Erzähldrang war so stark, dass er gar nicht auf die Idee kam nachzufragen, warum der Kommissar zu ihm gekommen war. Seebacher spürte das und ging darauf ein: „Ja, ich habe davon gehört. Tut mir sehr Leid, dass alles so gekommen ist."

„Man lebt so viele Jahre nur so vor sich hin und ist sich seines Glücks gar nicht bewusst, dass man gesund ist, einen gesunden Partner hat, ein eigenes Haus besitzt, arbeiten kann und so weiter, und so weiter. Es ist alles so selbstverständlich, bis – ja, bis man eben alles verliert und nichts mehr hat. Da merkt man dann auf einmal, dass plötzlich der Sinn des Lebens fehlt, und man fragt sich, was man hier überhaupt noch soll."

„Ich denke oft in einer ruhigen Minute darüber nach, ob und wie ich einen solchen Schlag verkraften würde, aber ich glaube, man kann sich so etwas gar nicht vorstellen, solange es einem gut geht."

„Und wenn ich mir überlege, warum alles so gekommen ist, da fange ich an, an der Gerechtigkeit der Welt zu zweifeln."

„Würde es Ihnen etwas ausmachen, mir zu erzählen, wie alles gekommen ist?"

„Es fing damit an, dass ich durch die Bosheit eines einzigen Menschen, der diese Bezeichnung eigentlich gar nicht verdient, meinen Arbeitsplatz verloren habe. In meinem Alter ist es nicht so einfach, noch eine Stelle zu finden, und schon bald konnte ich die Raten für unser Haus nicht mehr bezahlen. Wir mussten verkaufen und uns mit dieser kleinen Wohnung hier zufrieden geben. Am letzten Tag, bevor wir ausziehen mussten, hat sich meine Frau das Leben genommen. Schlaftabletten ...." Er sprach nicht weiter und sah starr durch das Fenster in den Himmel hinauf. Um seine Mundwinkel herum zuckte es und die Augen fingen an zu flackern.

„Sie sprachen von der Bosheit eines einzigen Menschen?“, setzte Seebacher nach. Michel fuhr mit hasserfülltem Blick fort: „Ja, etwas Niederträchtigeres und Gemeineres habe ich in meinem ganzen Leben noch nicht getroffen. Eine Ausgeburt des Teufels, der anderen nur Böses will. Ich habe viele Jahre alles für die Firma gegeben, das Wohlergehen des Unternehmens war mir wichtiger als alles andere. Ich hatte deshalb oft schwere Auseinandersetzungen mit meiner Frau – bis dieses Scheusal auftauchte. Er war ein absolutes Nichts, ohne beruflichen Hintergrund, keinerlei vorzeigbare Referenzen, aber er schaffte es innerhalb kürzester Zeit, mich, meine Arbeit und alles, was ich bisher für die Firma geleistet hatte, in den Dreck zu ziehen. Er ruhte nicht eher, bis ich entlassen wurde.“

„Haben Sie eine Idee, weshalb er das gemacht hat?“

„Pure Bosheit und reiner Eigennutz. Man hat mir zwar etwas von modernen Arbeitsmethoden und solchem Käse erzählt und dass ich da einfach nicht mehr Schritt halten könne, aber das waren nur inoffizielle Erklärungsversuche. Für eine Kündigung hätte das nie gereicht. Der Dreckskerl hat so lange auf mir herum gehackt, bis die Chefin nachgab.“

„Aber sie kannten die Chefin doch sicher länger als Wiesel, haben Sie nicht versucht mit ihr zu sprechen?“

„Ich hatte nie einen guten Draht zu ihr. Für mich war sie immer die uneingeschränkte Herrscherin in der Firma und ich hätte niemals mit ihr diskutieren können – ich meine, mit ihr über ein Thema streiten. Sie hatte einfach immer recht.“

„Haben Sie einen Anwalt zurate gezogen?“, fragte Seebacher.

„Nein, ich war sicher, dass ich nach all dem sowieso nicht mehr in dieser Firma arbeiten könnte.“

„Aber Sie hätten es den Leuten dort doch wenigstens teilweise heimzahlen können. Hatten Sie nicht das Bedürfnis zurückzuschlagen?“

„Irgendwann habe ich meine Scheu der Künzel gegenüber

verloren und ihr angedroht vor Gericht zu gehen. Da hat sie mich dann mit einer Abfindung um den Finger gewickelt und die alten Zeiten beschworen. Ich wurde weich und gab nach."

„Und der Mann, der das alles angerichtet hat, was passierte mit dem?"

„Wiesel? Der arbeitet immer noch dort und verdient ein sattes Gehalt. Ich hoffe nur, dass ich dem Kerl nie mehr begegne und dass ihn irgendwann der Teufel holt!" Michel hatte sich erhoben und stand nun wie ein Rachegott aufrecht im Raum. „Dem wünsche ich die Pest an den Leib! Der soll auch einmal erfahren, wie es ist, wenn man alles verliert."

„Sie haben ihn also seitdem nicht mehr getroffen?"

„Nein. Ist auch besser so. Ich weiß nicht, wie ich reagieren würde, wenn mir dieses Stück Mist eines schönen Tages zufällig über den Weg laufen sollte!"

Seebacher stand ebenfalls auf: „Herr Michel, vielen Dank für Ihre Hilfe. Ich wünsche Ihnen alles Gute und dass Sie bald wieder Licht am Ende des Tunnels sehen ..."

Er reichte ihm die Hand: „Auf Wiedersehen."

Ihm war kein besserer Abschluss des Gesprächs eingefallen und Michel reagierte reserviert: „Vielen Dank, das ist sehr freundlich von Ihnen."

„Also Jungs, was habt Ihr zu berichten?" Die Kommissare saßen wieder an ihrem Schreibtischdreieck und Seebacher erwartete gespannt die Neuigkeiten. Daniele schob die auf seinem Schreibtisch ausgebreiteten Blätter zurecht und begann: „Zunächst ist zu sagen, dass die drei Familien, die am zehnten August in Schönau waren, immer noch dort sind. Sie hatten alle für drei Wochen reserviert. Es sind zwei Familien mit Kindern und ein kinderloses Ehepaar. Alles unbescholtene Bürger mit absolut weißer Weste."

Er machte ein bedauerndes Gesicht, aber Seebacher sah sofort, dass er seine „wichtige" Miene aufgesetzt hatte: „Los, sag schon! Irgendwas ist da doch noch!"

Daniele sagte säuerlich: „Ja, ja, ich weiß! Herr Wichtig hat sich wieder irgendwie verraten!“ Doch dann ließ er die Katze aus dem Sack: „Tja, ich glaube, ich habe hier noch einen Knaller. Bei dem kinderlosen Ehepaar Riemann bin ich auf etwas sehr Interessantes gestoßen. Claudia Riemann hieß mit Mädchennamen Schlatt. Und wisst Ihr, wer auch so hieß?“ Erwartungsvoll sah er die beiden anderen an, die nur mit einem verständnislosen Kopfschütteln antworteten. „Erika Michel, die Frau, die sich das Leben genommen hat. Sie war die sechs Jahre ältere Schwester von Claudia Riemann.“ Daniele genoss die nun eingetretene nachdenkliche Stille.

„Das ist allerdings ein Hammer“, ergriff Norbert als erster das Wort. „Wiesel sorgt dafür, dass Michel entlassen wird, worauf sich dessen Frau vor Verzweiflung das Leben nimmt. Dann verschwindet Wiesel eines Tages spurlos und die Schwester von Michels Frau befindet sich zufällig gerade im Urlaub am selben Ort. Nachtigall, ick hör dir trapsen ...“

„Und zum Selbstmord von Wiesels Vater habe ich auch noch etwas herausgefunden“, fuhr Daniele fort. „Es gab sehr wohl einen Grund, warum der Mann sich das Leben genommen hat. Die alte Wiesel hat uns angelogen, denn sie kannte diesen Grund sehr gut. Sie hat uns doch von einem Faschingsumzug erzählt. Bei diesem Faschingsumzug gab es einen Wagen, auf dem die alte Frau Wiesel mit dem Bürgermeister dargestellt war. In unmissverständlicher Position quer auf einem Schreibtisch liegend, und darunter stand auf einem Schild geschrieben: ‚Wenn im Rathaus Überstunden geschoben werden‘. Die Geschichte ging damals durch die Presse und man warf den Veranstaltern vor für den Tod des Mannes mitverantwortlich zu sein, denn er ging direkt vom Umzug nach Hause und erhängte sich in der Scheune.“

Seebacher starrte Daniele eine Weile wortlos an und wandte sich dann ohne einen Kommentar zum Gehörten mit einer abrupten Drehung an Norbert: „Und was ist mit Vogt?“

Nachdem Norbert seinen Bericht beendet hatte, ging die Tür auf und Großkopf erschien. Er stolzierte herein wie ein Heldentenor, der die Bühne betritt, mit aufgeblähter Brust und hoch erhobenem Haupt.

Seebacher war zwar überrascht, aber ausnahmsweise einmal erfreut über das plötzliche Erscheinen seines Chefs. „Herr Großkopf! Gut, dass Sie gerade reinschauen. Ich wollte noch einmal mit Ihnen über den Fall Wiesel reden. Ich glaube, es gibt mittlerweile triftige Gründe für mich nach Schönau im Bregenzerwald zu fahren. Von Wiesel gibt es nach wie vor keine Spur und wir haben herausgefunden, dass eine Person aus Freiburg, die einen echten Grund hätte, ihm etwas anzutun, zum fraglichen Zeitpunkt ebenfalls in Schönau war und sich immer noch dort aufhält." Nachdem er seinem Chef die Zusammenhänge erklärt hatte, ließ Seebacher seine Worte wirken und wartete. Nach einer Weile angestrengten Nachdenkens zog Großkopf Bilanz: „Der Mann verschwindet von seinem Urlaubsort und die Schwester der Frau, die er quasi auf dem Gewissen hat, ist zur selben Zeit ... - zufällig ... - das ist doch wirklich ... - finden Sie nicht?"

„Doch, das finde ich auch und deshalb möchte ich da hin. Und da der ganze Verwaltungskram so nervtötend ist und ich gerne noch vor dem ersten Schnee in der Sache weiterkommen möchte, schlage ich vor, ich nehme ein paar Tage frei und fahre nach Schönau in Kurzurlaub. Ganz privat, selbstverständlich. Wie wir mein Urlaubskontingent in den Griff bekommen, darüber werden wir uns bestimmt einig, falls ich länger dort sein sollte. Was halten Sie davon?"

„Nicht viel, Seebacher. Überhaupt nicht viel! Wissen Sie, dass ich von oben Kostenziele vorgesetzt bekommen habe? Ich muss die Kosten senken. Der Wasserkopf ist einfach viel zu groß. Ihre Idee nach Österreich zu fahren, das ist, das ist eine ...", er überlegte kurz und vollendete dann seinen Satz: „... eine echte Kopfgeburt!" Die Kommissare sahen sich nur kurz an.

„Wir müssen viel effektiver ... Verstehen Sie das, Seebacher?“

„Ja – werden“, entfuhr es Seebacher genervt.

„Und stellen Sie sich vor: Wenn da irgendwas passiert, habe ich die ganzen Sesselfurzer am Hals. Wissen Sie, was das bedeutet?“

Seebacher konnte es sich ungefähr vorstellen, hatte aber kein Mitleid. „Wollen Sie, dass wir in der Sache vorwärts kommen, oder soll die Geschichte als ein weiterer ungeklärter Fall in die Statistik eingehen? Die Polizei vor Ort geht ja offensichtlich davon aus, dass Wiesel sich selbst aus dem Staub gemacht hat.“

Gegen Seebachers überzeugendes Auftreten war Großkopf eigentlich nie richtig angekommen und so gab er auch jetzt wieder zumindest teilweise nach: „Ich werde ..., ich muss denken ... darüber ... nach ...“

Offensichtlich war er völlig aus dem Gleichgewicht. Jetzt bekam er nicht einmal mehr die Wörter in der richtigen Reihenfolge zusammen. Seebacher wusste genau, was er tat, als er sich exakt in diesem Moment zurückzog. „Einverstanden. Wir können ja morgen noch einmal darüber reden.“ Großkopf deutete ein Nicken an und war dann mit einem hastig hingeworfenen „Guten Abend“ von der Bildfläche verschwunden.

Wie so oft brach Daniele das anschließende lange Schweigen: „Drei Fragen dazu, Kollegen“, fing er an. „Erstens: Muss das nicht ‚effizienter‘ heißen? Ich bin zwar nur das Kind italienischer Gastarbeiter, aber ich finde, ‚effektiver‘ klingt irgendwie falsch. Zumindest unbeholfen.“

„Ich habe, während der Chef da stand, genau über das gleiche nachgedacht“, erwiderte Seebacher. „Und die zweite Frage?“

„Dieser ‚Wasserkopf‘, ist das ein Verwandter vom Chef?“

Das Gelächter klang weit den Flur hinauf, aber Großkopf war zum Glück schon außer Hörweite.

Nach einer Weile hatten sie sich wieder beruhigt und Norbert fragte nach: „Du hattest doch drei Fragen. Eine fehlt noch.“

„Ja, das mit der ‚Kopfgeburt‘. Habt ihr das Wort schon mal gehört? Und ist das jetzt was Gutes oder was Schlechtes?“

Norbert war es, der antwortete: „Also ich hab’ es so verstanden, als wäre das etwas Negatives. Und das zeigt wiederum klar, dass unser Chef seine eigenen Ideen ziemlich realistisch einschätzt. Denn die sind in der Tat meistens unbrauchbar.”

„Na, na!“, warf Seebacher ein. „Wir wollen doch gerecht bleiben. Ab und zu hat er auch mal eine brauchbare Idee.“

Am Donnerstag ging Großkopf Seebacher aus dem Weg, sodass dieser am Freitagmorgen im Büro des Chefs auf der Matte stand.

Nach langem Hin und Her schaffte er es, Großkopf zu überzeugen. Er war damit einverstanden, dass Seebacher übers Wochenende „privat“ nach Schönau fuhr.

„Seebacher, Sie sind einfach ein dickschädeliger ... Einen Tag Urlaub, höchstens zwei, nicht mehr!“, stammelte Großkopf seinen Kompromissvorschlag.

Seebacher machte auf dem Absatz kehrt und eilte in sein Büro. Daniele und Norbert sahen verwundert zu, wie ihr Chef hereinstürmte, eilig den Hörer abnahm und eine Nummer herunterratterte.

„Hallo Spatzl, ich bin’ s. Pack schon mal die Sachen für uns und die Kinder und ruf die Großeltern an. Wir fahren in einer Stunde nach Ulm und morgen früh geht’s weiter in die Berge!“

Er knallte den Hörer wieder auf das Telefon, ließ die Hand darauf liegen und strahlte seine Kollegen an.

„Endlich hat der sture Bock nachgegeben. Montag und Dienstag habe ich frei und werde ein verlängertes Wochenende in Schönau im Bregenzerwald verbringen. Ist das nicht super?“

„Ich hoffe es ...“, sagte Daniele nachdenklich.

„Und der arme Dicasa ist ganz alleine hier im Büro“, fuhr Norbert gut gelaunt fort, denn er freute sich sehr auf den Urlaub.

10

Es war Samstagvormittag und sie hatten gerade bei Lindau die Grenze nach Österreich passiert.

„Es ist schön, zu sehen, wie gerne die Kinder zu den Großeltern gehen“, sagte Seebacher zu Sylvia.

„Sie machen ja auch immer viele interessante Dinge mit den Mädchen und außerdem steht im Keller meine alte Puppenstube. Auf die sind Lisa und Sarah ganz wild.“

Sie kamen zur Autobahnausfahrt „Dornbirn/Bregenzerwald“ und es ging bald steil bergauf, denn Dornbirn liegt unten im Rheintal auf rund vierhundertsiebzig Metern Höhe und der Bregenzerwald ist das drei- bis vierhundert Meter höher gelegene Tal der Bregenzerach. Die Hauptrichtung des Tales verläuft von Osten nach Westen, wo die Bregenzerach dann in den Bodensee fließt. Vom Rheintal herkommend trifft man zuerst auf eine weiche Hügellandschaft, in der sich Wald und Wiesen abwechseln. Je weiter man aber nach Osten in das Tal vordringt, desto höher und schroffer werden die Berge und desto enger rücken sie zusammen. Die Seebachers waren schon lange nicht mehr in den Alpen gewesen und die Großartigkeit dieser Berge, die einem erst dann richtig bewusst wird, wenn man ihnen ganz nahe zu Leibe rückt, beeindruckte sie sehr. Kurz vor Schönau fuhren sie am Fuße einer gigantischen Felswand entlang. Sie gehörte zu einem Berg, dessen lang gezogener Kamm parallel zur Straße verläuft und der an der Nordseite über tausend Meter beinahe senkrecht nach unten stürzt.

In Schönau angekommen, blickte Seebacher suchend in die Runde. Er hatte Penzberger angerufen und ihm von seinem „Privatbesuch" berichtet. Der schien zwar nicht begeistert, aber da Seebacher als Privatperson kam, konnte er am Ende nichts einwenden und gab ihm sogar einen sehr hilfreichen und wichtigen Hinweis: Die Besitzer der Hütte, in der die Wiesels Urlaub gemacht hatten, vermieteten nur an ganz wenige Familien und deshalb stand sie seit der Abreise von Gudrun Wiesel leer.

Die Beschreibung Penzbergers war sehr gut und Seebacher fand den Polizeiposten recht schnell.

„Grüß Gott", begrüßten Postenkommandant Penzberger und sein Assistent Inspektor Rastl die Seebachers.

„Grüß Gott", erwiderten Bernd und Sylvia. Sie wurden zu einer Tasse Kaffee eingeladen und Penzberger erzählte noch einmal, wie der Abend, an dem Wiesel verschwand, aus seiner Sicht abgelaufen war. Außer seiner Überzeugung, dass Gudrun und Rolf Wiesel Streit gehabt haben mussten, erzählte er dem aufmerksamen Leser seines Berichtes keine Neuigkeiten. Zum Abschied riet er den Seebachers sozusagen zufällig das Schild vor Moosbergers Haus zu entdecken und sich in der Hütte einzumieten. Er beschrieb ihnen den Weg zum Haus der Bauernfamilie und wünschte ihnen einen schönen Aufenthalt „im Argen".

Tatsächlich hing noch ein Plakat am Haus, das verkündete, dass man hier Unterkunft finden konnte. Sie wurden sich schnell einig, obwohl die Besitzer die Hütte nicht für so kurze Zeit vermieten wollten, aber die Seebachers versprachen das Quartier vor ihrer Abfahrt wieder sauber zu putzen und so schlug Herr Moosberger schließlich ein. „Also gut, dann sollen Sie die Hütte für ein paar Tage haben. Wenn das Wetter mitmacht, werden Sie es sicher nicht bereuen. Wir gehen noch schnell beim Wegwart vorbei und holen einen Passierschein für Sie. Den müssen Sie dann gut sichtbar aufs Armaturenbrett legen, denn der Weg hinauf in den Argen ist für den öffentlichen Verkehr gesperrt. Die Einnahmen für die Passierscheine werden für den Unterhalt des Weges verwendet, reichen aber bei weitem nicht dafür aus. Wenn wir den Passierschein haben, fahre ich mit meinem Motorrad voraus und zeige Ihnen den Weg zur Hütte."

Bernd sah Sylvia strahlend an. Er hatte das Gefühl, dass sie hier im Begriff waren kein gewöhnliches Quartier zu beziehen und war freudig gespannt, was sie erwartete. Sie holten sich einen Berechtigungsschein für den Weg hinauf in das Hochtal und fuhren dann hinter Moosberger her. Er überquerte die Bregenzerach, bog dann plötzlich scharf rechts ab und beschleunigte sein Motorrad einen noch geteerten, aber schmalen und ziemlich steil ansteigenden Weg hinauf. Oben am Waldrand wechselte der Fahrbahnbelag dann zu Kies und es ging auch gleich um sehr enge Kurven im Wald den Berg hinauf. Sie fuhren in ein Seitental, das in Richtung Süden vom Haupttal des Bregenzerwaldes abzweigte. Seebacher hatte schon mehrmals dieses unangenehme Knacken im Ohr gespürt, das ihm anzeigte, dass sie deutlich an Höhe gewannen, und er hatte auch ein, zwei Mal einen tollen Blick ins Tal und auf Schönau hinunter erhaschen können. Aber er musste sich sehr auf die Fahrt konzentrieren, denn hin und wieder fiel das Gelände beängstigend steil neben dem Weg in die Tiefe. Plötzlich hielt Moosberger an und drehte sich nach ihnen um. Bernd brachte das Auto hinter ihm zum Stehen und blickte ihn fragend an. Moosberger deutete wortlos nach rechts, und als die Seebachers die Köpfe wandten, weiteten sich ihre Augen. Bernd riss die Tür auf und sprang aus dem Auto: „Das ist wunder-, wunderschön!", rief er begeistert aus. Sylvia stieg ebenfalls aus und war, was für sie echten Seltenheitswert hatte, sprachlos. Sie lehnte sich an ihren Mann und schaute nur – immer noch stumm.

„Das ist das Wildhorn, sozusagen Ihr Hausberg für die nächsten Tage“, erklärte Moosberger lächelnd.

Vor sich sahen die Neuankömmlinge eine Wiese, dahinter Wald und dahinter ein atemberaubendes Felsmassiv, das den hellgrauen Abschluss des Hochtales nach Süden hin bildete. Ein Trogtal so schön, wie es die Seebacher's noch nie gesehen hatten.

„Er ist zweitausendvierhundertundvier Meter hoch“, erklärte Moosberger.

Die Neuankömmlinge betrachteten regungslos und stumm das Bergmassiv, bis ein talwärts fahrender Wagen kam und sie den Weg freimachen mussten. Sie fuhren nun, auf gleicher Höhe bleibend, den Waldweg an der rechten Talflanke in den Argen hinein, bis sie an einer scharfen Rechtskurve den ersten Blick auf die Hütten und dahinter das Wildhorn werfen konnten. Seebacher stieg in die Eisen, dass Steine spritzten, und sah begeistert auf die Schönheit, die sich ihm bot. Vor ihm ging es bestimmt fünfzig Meter fast senkrecht in einen Gebirgsbach hinunter und hinter dem Bach standen an der rechten Talflanke mehrere Hütten, verstreut in grün leuchtenden Wiesen, und dazwischen eine Kapelle. Die Wiese wurde von einem Wald abgelöst und darüber thronte das Felsmassiv, das bei Seebacher unwillkürlich das Verlangen auslöste hinaufzugehen und in die Felsen hineinzuklettern, um dann von ganz oben in den Talkessel zurückzublicken. Erst jetzt merkte er, dass Moosberger weitergefahren war, und beeilte sich ihn wieder einzuholen. Er fuhr vollends um die Ecke, dann ein Stück geradeaus, bis er mit einer Linkskurve den Bach überquerte. Nach einer weiteren scharfen Wegbiegung nach rechts sah er Moosberger, der gerade vor einer der Hütten vom Motorrad stieg. Seebacher fuhr heran, stieg aus und rief: „Jetzt weiß ich, was Sie meinten, als Sie sagten, wir würden es nicht bereuen. Das hier ist ein Traum! Ich glaube nicht, dass es viele so schöne Ecken auf dieser Welt gibt!“

„Genau das habe ich gemeint“, antwortete Moosberger lächelnd. Und obwohl er diesen Ausblick sicher schon tausende Male gesehen hatte, schaute auch er lange hinauf zum felsigen Abschluss dieser kleinen Welt.

Die Seebachers betrachteten die Hütte und Moosberger öffnete eine kleine hüfthohe Türe. Sie gab den Weg frei in den Schopf, eine Art überdachten Balkon, der vor den Stubenfenstern und der Eingangstüre lag. Er war an den Außenseiten bis auf halbe Höhe mit Brettern verkleidet, die großen Öffnungen darüber hatten aber keine Fenster. Man saß also im Freien und war doch in der Hütte. Die Seebachers traten in den Schopf und standen direkt vor der Eingangstür. Zu ihrer Linken war Brennholz aufgestapelt, während nach rechts ungefähr fünf Meter Platz war. Hier zog sich unter den beiden Stubenfenstern über die volle Länge ein Brett an der Wand entlang, das als Bank diente. Ganz hinten, am südlichen Ende, stand ein kleiner Tisch und jetzt, es war gerade sechzehn Uhr, schien die Nachmittagssonne über die Wiesenhänge in den Schopf hinein und verbreitete ein Licht, wie Seebacher es noch nie gesehen hatte. Die klare Luft und das Sonnenlicht gaben allen Konturen eine Schärfe, als wäre der Kontrast ein wenig zu stark eingestellt. „Das ist eine Stimmung, fast wie im Herbst, und das mitten im August“, flüsterte Sylvia.

Moosberger öffnete die Eingangstür und sie betraten einen langen Raum, der die volle Breite der Hütte einnahm. Seebacher erkannte ihn sofort von den Fotos und wieder überkam ihn dieses seltsam unangenehme Gefühl. Links ging eine Treppe nach oben, rechts war die Stubentür und daneben ein alter Herd, der noch mit Holz beheizt wurde. „Schau mal den Herd“, rief Sylvia. „Der hat sogar noch ein Schiff, wie früher bei meiner Oma!“ Seebacher antwortete nicht, er überlegte, was ihm an dieser Küche nicht geheuer sein konnte, kam aber nicht darauf.

„Ja, wenn Sie kochen möchten, können Sie das an diesem Herd tun, oder, für kleinere Mahlzeiten, können Sie auch hier den Gaskocher benutzen", antwortete Moosberger an seiner Stelle. Der Hausherr ging weiter in die Küche hinein, wo an der rechten Wand auf einem grob gezimmerten Möbel ein Gaskocher stand und öffnete dann die Fensterläden. Jetzt flutete das Licht herein und die Gäste sahen eine Spüle, Schöpfkellen, Töpfe und Pfannen an der Wand, einen kleinen Vorratsschrank in der Größe einer Obstkiste, der mit einer Tür mit Fliegengitter verschlossen werden konnte. Als Seebacher sich das Möbel besah, erklärte Moosberger: „Ihre Vorräte legen Sie am besten da hinein. Es ist zwar einfach, aber es hält die Mäuse ab. Sollte der Platz nicht reichen, gibt es im Keller ein an die Decke gehängtes Brett. Da kommen die Nager auch nicht ran." Sie gingen zurück und sahen nun auf der rechten Seite, schräg gegenüber dem Eingang zur Stube, eine weitere Tür, die mit einem großen Riegel verschlossen gehalten wurde. Moosberger hob den Riegel und öffnete: „Hier ist das stille Örtchen und da trockenes Brennholz." Er öffnete auch hier die Läden und eine einfach gezimmerte Toilette wurde sichtbar, daneben ein Hackklotz, ein Beil und viel Holz. Der Raum erstreckte sich ebenfalls, wie die Küche, über die volle Breite der Hütte und an der dem Fenster gegenüberliegenden Seite befand sich ein großes Tor. Moosberger zeigte auf eine zweigeteilte Tür, auf die man blickte, wenn man von der Küche hereinkam.

„Das ist die Stalltür, die zweite Hälfte der Hütten hier ist nämlich für das Vieh vorgesehen."

„Das ist ja interessant. Wenn ich die Hütte außen von der Seite ansehe, habe ich links den Stall, in der Mitte diese Werkstatt mit Klo und Brennholz, dann die Küche und im rechten Teil die Stube", stellte Sylvia fest.

„Genau, und hinter der Stube noch eine Schlafkammer."

„Und was ist oben?", wollte Sylvia wissen.

„Über dem Stall ist der Heuboden und über der Stube gibt es noch einmal eine Schlafkammer mit drei Betten. Aber ich würde Ihnen empfehlen unten zu schlafen. Das ist für zwei Personen besser und Sie brauchen den oberen Teil der Hütte nicht zu putzen."

Moosberger führte sie nun in die Stube, wo er vier Fensterläden öffnete. Zwei der Fenster zeigten nach Süden und gaben den Blick auf das Wildhorn frei, die beiden Fenster Richtung Westen gingen zum Schopf und den steil ansteigenden Wiesenhängen. Seebacher hatte schon die Küche und jetzt auch die Stube von den Fotos her wiedererkannt, sagte aber nichts. Moosberger zeigte auf den runden Ofen links hinter der Stubentür: „Der Ofen wird von der Küche aus beheizt. Bitte benutzen Sie ihn sehr sparsam, er ist schon alt und man darf ihm nicht mehr zu sehr einheizen. Deshalb vermieten wir auch nicht im Winter."

„Falls ich ihn anzünde, werde ich sehr vorsichtig sein", versicherte Seebacher.

Rechts stand eine kleine Kommode, an die direkt eine Eckbank anschloss. An der Südwand stand der Tisch, ein Sessel und in der hinteren Ecke des Raumes ein Sofa. Moosberger ging an der Liege vorbei durch eine weitere Tür und öffnete in dem hinteren Raum den letzten Fensterladen.

„Und das hier ist die Schlafkammer. Hier haben Sie einen großen Kleiderschrank, die Betten sind frisch bezogen, den Tisch ...", er zeigte auf einen kleinen Tisch, der vor dem Fenster stand, „ ... können sie auch in den Schopf hinausstellen, wenn er Sie stört. Wir lassen immer nur den alten Tisch draußen stehen, der hier wäre zu schade, weil immer irgendwelche Wanderer im Schopf Jause machen." Die Seebachers hatten schon aus dem Hinweisschild „Jausestation Bergkristall" geschlossen, dass „Jause" nichts anderes als „Brotzeit" bedeuten konnte. Nachdem Moosberger ihnen noch erklärt hatte, wie man die Eingangstür ab- und wieder aufschloss und wie sie am Ende die Fensterläden zu sichern hatten, verabschiedete er sich mit den Worten: „Also, dann wünsche ich Ihnen einen schönen Aufenthalt hier im Argen. Falls Sie übrigens noch einkaufen müssen: Einige Geschäfte im Tal haben am Sonntagvormittag geöffnet."

Nachdem Moosberger mit seinem Motorrad verschwunden war, standen sie in der Küche und Sylvia schlug vor: „Am besten, wir packen schnell aus, machen uns dann eine schöne Tasse Kaffee und setzen uns in den Schopf". Sie hatte einige Vorräte, die komplette Wohnmobilausrüstung, von Geschirr, Besteck, Gewürzen und Kaffee bis hin zum Geschirrtuch und der Taschenlampe in einer Kiste mitgebracht, und so waren sie bestens gerüstet.

„Das ist eine sehr gute Idee", fand Seebacher, dem es der sonnendurchflutete Schopf ebenfalls angetan hatte.

„Für heute haben wir auch genug zu essen und zu trinken, aber ich denke, morgen sollten wir ein paar Dinge im Tal einkaufen", meinte Sylvia.

„Dann werde ich auch gleich mal bei dem Ferienhaus von Logotec vorbeifahren und die Fühler ausstrecken", erwiderte Seebacher und fing an, den Proviant in den Vorratsschrank zu räumen. Nach dem Kaffee richteten sie sich häuslich in der Hütte ein und dann unternahmen sie einen ausgiebigen Spaziergang weiter in das Tal hinein. Sie entdeckten eine einsame Hütte, die, weit abseits von den zehn Hütten im Vorsäss, oben auf einer Anhöhe stand. Die Fensterläden waren geöffnet, es musste also jemand darin wohnen. Sie bogen vom Hauptweg ab und gingen den Weg zu der Hütte hinauf. Noch bevor sie dort anlangten, wurde eines der Fenster aufgeschoben und ein weißhaariger Frauenkopf sah ihnen entgegen. „Grüß Gott!", rief die Frau ihnen zu.

„Grüß Gott", antworteten die Seebachers. Sylvia hatte sofort interessiert auf die herumhängenden Kräuter und Blumen geblickt. Da waren so allerhand Nachtschattengewächse dabei. Sie stieß ihren Mann an, zeigte mit dem Kinn in eine Ecke im Schopf und flüsterte: „Eisenhut." Als sie Bernds verständnislosen Blick sah, sagte sie etwas lauter: „Der wurde in Hexensalben verwendet, daneben Raute und Eisenkraut, alles Kräuter, die in der Geschichte der Hexen ihren Platz haben". Seebacher zog die Augenbrauen in die Höhe und nickte langsam, schien aber nicht sehr beeindruckt zu sein.

„Wohnen Sie auch hier oben im Argen?", wollte die Frau wissen.

„Ja, unten in der Hütte von Moosbergers."

„Mit dem Wetter haben Sie Glück, aber es ist keine gute Zeit", sagte die alte Frau. Die weißen Haare standen wirr auf ihrem Kopf und sahen so aus, als würden sie sich jedem Zähmungsversuch wild widersetzen.

„Wie meinen Sie das, ‚keine gute Zeit'?", wollte Seebacher wissen, aber die Frau hatte das Fenster bereits geschlossen und kam jetzt heraus in den Schopf. Sie war ein altes, gebeugtes Mütterlein, das der landläufigen Vorstellung einer Kräuterhexe voll entsprach. Die Seebachers wurden nun eine Viertelstunde lang ausgequetscht, denn sie wollte alles über die Besucher wissen: woher sie kamen, wie lange sie blieben, wo ihre Kinder seien und so weiter und so fort. Sie sprach ohne Punkt und Komma und Seebacher überlegte fasziniert, ob die Frau Kiemen oder so etwas hatte, denn sie schien die ganze Zeit über nicht ein Mal Luft zu holen. Immerhin erfuhren die beiden, dass sie Oberegger hieß, Witwe war und ganz alleine in dieser Hütte wohnte. Nach einer Viertelstunde ging Seebacher die Geduld aus, obwohl er bei seinem Chef regelmäßig Trainingseinheiten bekam in Sachen Blödsinn anhören und interessiert dreinschauen. Als er das Gefühl hatte, Frau Oberegger würde jetzt gleich ein neues Thema anschneiden, unterbrach er sie beherzt: „Frau Oberegger, es war nett, Sie kennengelernt zu haben. Wir wollen noch hinauf in die Sonnalper Au und müssen jetzt los." Auf einem Schild hatte er gelesen, dass man in zwanzig Gehminuten in die Sonnalper Au gelangen konnte.

„Oh ja, nicht dass Sie in die Nacht hineinkommen. Das ist gefährlich hier. Letztes Jahr kamen welche ..."

„Wir müssen jetzt wirklich! Wenn wir es schaffen, kommen wir vielleicht noch einmal bei Ihnen vorbei", schnitt er ihr jetzt radikal das Wort ab, nahm seine Frau am Arm und zog sie weg. Hinter sich hörten sie noch lange das pausenlose Gerede der Frau, die unentwegt weiter auf sie einplapperte. Seebacher stöhnte: „Ich glaube, da sitzt einer hinten in der Hütte, der die immer wieder mit einem großen Schlüssel aufzieht.“

Sie folgten dem Hauptweg steil hinauf Richtung Wildhorn. Schnaufend kamen sie um eine Ecke und blieben – wie schon einige Male heute –von dem Panorama beeindruckt stehen.

„Ist das schön!“, sagte Sylvia noch ganz außer Atem und Seebacher nickte nur wortlos. Vor ihnen lag ein Trogtal, wie sie es noch nie gesehen hatten. Oben der zerklüftete, schroffe Gipfelkamm, der alles überragte, darunter flossen grasbewachsene Geröllhalden in die Tiefe und gingen am Talboden sanft in flacheres Gelände über. An der linken und rechten Seite schlossen steile Wald- und Wiesenhänge das Tal ab. Diese Geschlossenheit und das im Abendlicht hellrot leuchtende, alles beherrschende Wildhorn waren ein atemberaubendes Schauspiel. Die Seebachers standen lange und schauten nur. Bernd nannte es „Aufsaugen“, was diesen Vorgang auch sehr gut charakterisierte. Sie nahmen das Bild, die Gerüche und Geräusche in sich auf und versuchten sie sich einzuprägen. Es roch nach feuchten Wiesen, Nadelwald, Harz und Kräutern und ab und zu wehte ein eisiger Wind oben von den Schneefeldern herunter. Man hörte Wasserfälle und den Argenbach rauschen, ein paar Vögel zwitscherten schüchtern, und von irgendwoher klang das Läuten von Kuhglocken hundertfach von den Felswänden reflektiert. Sie gingen noch ein kleines Stück weiter und setzten sich auf einen Holzstapel um sich kurz auszuruhen. Keine Menschenseele war in der Nähe, und nach einer Weile spürte Seebacher wie die friedliche Ruhe seiner Umgebung auf ihn überging. Er saß nur da, dachte gar nichts und ließ alles auf sich wirken.

Als Sylvia plötzlich sagte: „Ich glaube, wir sollten jetzt langsam zurückgehen“, erschrak er ein wenig.

Auf dem Rückweg schauten sie noch im „Bergkristall" vorbei. Die Hütte gehörte zu den zehn Vorsässhütten, war aber mit einem Stromaggregat ausgerüstet und hatte fließendes Wasser. Zur Brotzeit mit Speck, Landjägern und Bergkäse trank Seebacher ein Bier und Sylvia ein Glas Weißwein. Sie kamen um halb zehn in die Hütte zurück und fielen todmüde in die Betten. „Ich glaube, die Luft hier ist ziemlich gewöhnungsbedürftig", murmelte Seebacher gerade noch, bevor er von einer Sekunde zur anderen einschlief.

11

Irgendwie traute er dieser Gudrun Wiesel nicht, und deshalb saß er am Samstagmorgen um acht Uhr in seinem Auto und beobachtete aus einiger Entfernung das Haus der Familie Wiesel. Er hatte gespürt, dass die Frau von dem Verschwinden ihres Mannes völlig unbeeindruckt gewesen war, sie strahlte sogar eher eine gewisse Zufriedenheit aus. Und dafür gab es für Daniele nur eine Erklärung: Sie musste etwas mit dem Verschwinden Rolf Wiesels zu tun haben!

Er wusste zwar selbst nicht genau, was die Aktion bringen sollte, aber er wollte mehr über diese Frau wissen, denn er fand ihre Reaktion nicht normal.

Den Samstagmorgen schien sie gemütlich anzugehen, denn sie war vor zehn Minuten mit einer Tüte vom Bäcker um die Ecke zurückgekommen und es passierte eine Stunde lang gar nichts. Dann öffnete sich die Haustür und Mutter und Sohn gingen zum Wagen.

„Na endlich“, stöhnte Daniele und richtete sich hinter dem Steuer auf. Als sie am Ende der Straße angekommen waren, startete der Kommissar den Motor und folgte in sicherem Abstand. Gudrun Wiesel fuhr nicht sehr weit und bog schon bald wieder in ein Seitensträßchen ein. Sie ging mit dem Kind zu einem der kleinen Häuser, in dessen Tür eine Frau aufgetaucht war. Nach kurzer Unterhaltung verabschiedete sich Gudrun Wiesel von der Frau und ihrem Sohn und stieg wieder ins Auto.

„So – und jetzt wollen wir mal sehen, was du so alleine treibst ...“, sagte Daniele und fuhr an.

Sie fuhr ins Stadtzentrum. Von der Dreisam her kommend, bog sie kurz vor dem Martinstor links ab um dann rechts in die Tiefgarage unter der Uni abzutauchen. Daniele folgte ihr in den Untergrund. Das obere Deck war voll und Gudrun Wiesel fuhr gleich in die untere Etage. Hier gab es noch genug Plätze. Daniele fuhr eine Reihe weiter und parkte so, dass er sich schräg hinter ihrem Auto befand. Er beobachtete im Spiegel, wie die Frau ausstieg. Als sie die Treppe hinten in der Ecke hochging, stieg er schnell aus und folgte ihr durch die schwere eiserne Tür hinauf in den Innenhof der Uni.

Was nun folgte, war ein Stadtbummel, der Danieles Theorie, die Frau schere sich nicht die Bohne um das Verschwinden ihres Mannes, untermauerte. Zuerst verschwand sie im T-Punkt und kam nach einer geschlagenen halben Stunde mit einem rosaroten Handy heraus. Es war ein sehr schöner warmer Spätsommermorgen und sie setzte sich auf die Bank unter einem großen Kastanienbaum um zu telefonieren. An ihrer lebhaften Gestik war klar zu erkennen, dass sie sich angeregt unterhielt. Manchmal lachte sie laut auf, was Daniele hören konnte, obwohl er ein gutes Stück von ihr entfernt stand.

„Wenn die auch nur eine Sekunde um ihren Mann getrauert hat, dann fress ich ‘nen Besen“, dachte Daniele gerade, als sich Gudrun Wiesel von der Bank erhob, das Handy in ihre Handtasche steckte und ganz gemütlich die Rathausgasse Richtung Münster hinauf schlenderte. Sie blieb ständig stehen um die Schaufensterauslagen eingehend zu studieren. Ihr ganzes Äußeres, ihr Gang, ihre lässigen Bewegungen und die Art, wie sie immer wieder den Kopf zurückwarf, zeigten unmissverständlich, dass sie das Leben in vollen Zügen genoss. Das schien auch das andere Geschlecht zu spüren, denn

Daniele entgingen die zahlreichen Blicke der männlichen Passanten nicht.

Frau Wiesel schien auf der Suche nach Kleidung zu sein, denn eben verschwand sie im dritten Modegeschäft. Hier konnte Daniele durchs Schaufenster von außen beobachten, was sich im Inneren des Ladens tat. Gudrun Wiesel hatte ein dunkelblaues und ein knallrotes Kleid auf dem Arm hängen. Damit ging sie zu den Umkleidekabinen. Als erstes kam sie mit dem blauen Kleid heraus und Daniele fand es ausnehmend hübsch.

„Das würde Uli auch gut stehen", dachte er. Dann verschwand Gudrun Wiesel wieder in der Kabine um kurz darauf mit dem roten Kleid wieder herauszukommen. Jetzt verschlug es Daniele tatsächlich die Sprache. Dieses Kleid brachte die Figur der Frau voll zur Geltung und der Frauenkenner Daniele musste sich eingestehen, dass er Gudrun Wiesel in Bezug auf ihre Reize völlig unterschätzt hatte. Auch die Verkäuferin war begeistert, das konnte er bis heraus auf die Straße wahrnehmen, und Gudrun Wiesel kaufte das Kleid. Im Hinausgehen blieb sie noch bei den Handtaschen stehen und die geschäftstüchtige Verkäuferin, die ihr nachgeeilt war, schwatzte ihr noch ein passendes rotes Täschchen auf. Mit einer großen Papiertasche in der Hand setzte Gudrun ihren Bummel fort. Als sie beim nächsten Schuhgeschäft ins Schaufenster blickend stehen blieb, entfuhr Daniele ein genervtes: „Oh Mann, die kauft sich eine komplett neue Garderobe. Das kann ja heiter werden!"

Tatsächlich betrat sie das Geschäft um circa zwanzig Minuten später mit einer weiteren großen Tüte wieder herauszukommen.

Dann ging sie noch in ein Spielzeugladen und kam auch diesmal mit einer Tüte mehr am Arm wieder heraus.

Doch die Einkaufstour war nicht beendet, wie Daniele insgeheim gehofft hatte, denn Frau Wiesel war offensichtlich noch auf der Suche nach etwas Bestimmtem. Sie ging in verschiedene Geschäfte, kam aber immer schnell wieder heraus um schnurstracks ein anderes Geschäft eine Straße weiter oder auf der anderen Straßenseite oder gerade um die Ecke anzusteuern. Eine lange halbe Stunde später trat sie zufrieden lächelnd auf die Straße und hatte eine Sonnenbrille mit rotem Gestell im Haar stecken. Nun hatte sie wirklich alles, was sie gesucht hatte, und schlenderte in aller Ruhe die Kaiser-Joseph-Straße - „Kajo“, wie die Freiburger ihre Hauptgeschäftsstraße liebevoll nennen - zurück in Richtung Martinstor.

Auf der Höhe des Münsters sah sie nach links, überlegte kurz und bog dann ab um noch über den Münstermarkt zu schlendern. Daniele stöhnte auf und folgte ihr mit wachsendem Widerwillen. Er mochte den Markt sehr, aber in diesem Gedränge hinter der Frau her zu rennen, darauf hatte er absolut keine Lust.

Vor dem Hauptportal des Münsters, wo Blumen und Kräuter angeboten wurden, ging sie lange hin und her und kaufte schließlich zwei Töpfe mit Kräutern. Daniele erkannte von weitem, dass das eine Kerbel und das andere Thymian war.

Jetzt steuerte Gudrun Wiesel auf den nördlichen Münsterplatz zu, wo die einheimischen Bauern ihre Waren verkauften. Hier konnte man auch noch den echten badischen Dialekt hören und Daniele schielte hungrig zu den Ständen hinüber, wo es die berühmte „Freiburger Lange“ gab – eine rote Bratwurst, die, in ein Brötchen geklemmt, auf beiden Seiten mindestens fünf Zentimeter herausragt. Daniele mochte sie am liebsten mit gebratenen Zwiebeln und Ketchup. Schon oft hatte er die Verlockungen der Welt zu spüren bekommen, wenn er als guter Katholik samstags um die Mittagszeit bei der Andacht im Münster saß und ihm der Duft, der von den Wurstständen hereinwehte, in die Nase stieg. Er war dann immer froh gewesen, wenn die Messe vorbei war und er sich schnell eine, meistens zwei dieser Marktspezialitäten einverleiben konnte.

Frau Wiesel kaufte noch ein wenig Gemüse und musste zum

Bezahlen anstehen, was Daniele nutzte und sich rasch an dem Wurststand gegenüber anstellte um sich eine „Lange" zu holen. Die Schlange war kürzer als die am Gemüsestand und so war er genüsslich kauend auf dem Posten, als Gudrun Wiesel sich anschickte den Münsterplatz wieder zu verlassen. Sie ging jetzt zielstrebig zum Martinstor, denn das Gewicht der Einkaufstaschen, die sie gleichmäßig auf ihre Schultern verteilt hatte, erlaubte ihr keine lange Bummelei mehr.

Gleich hinter dem Martinstor setzte sie sich ins „Wiener" und Daniele nahm im „Caruso" auf der anderen Straßenseite Platz. Er hatte sie sehr gut im Blick und sah nun, wie ihr der Ober einen Cappuccino und ein Glas Sekt auf den kleinen runden Tisch stellte.

Das war keine trauernde Ehefrau, dessen war sich Daniele ganz sicher. Das war eine gut aussehende Frau Anfang vierzig, die das Leben in vollen Zügen genoss - vielleicht zum ersten Mal seit vielen Jahren.

Sie bezahlte und zückte anschließend das rosarote Handy um zwei Telefonate zu führen. Dann sammelte sie ihre Taschen ein und ging zurück zur Tiefgarage.

Sie holte ihren Sohn ab und traf beinahe gleichzeitig mit dem Auto vom Pizzaservice zu Hause ein. Der Mann musste warten bis sie ihre Einkaufstaschen hineingetragen hatte, dann bezahlte sie und er überreichte ihr den typischen flachen Pizzakarton, darauf ein in Alufolie eingewickeltes Schüsselchen und eine Flasche Rotwein. Gudrun Wiesel verschwand im Haus und ihr Beobachter ging um den Block herum um einen Blick auf die Rückseite des Gebäudes werfen zu können. Kurze Zeit später entdeckte er Mutter und Sohn auf dem Balkon sitzend. Sie aßen Pizza und Salat und die Frau trank ein Glas Rotwein. Daniele hatte bald das Gefühl, dass ihr der Alkohol um diese Tageszeit zu Kopf stieg. Sie hatte – selbst aus großer Entfernung erkennbar – sehr gute Laune. Ihr lautes Lachen schallte immer wieder zu ihm herüber. Als sie es sich nach dem Essen im Badeanzug auf einem Liegestuhl bequem machte und der Junge im Haus verschwand, war Daniele klar, dass hier und heute nicht mehr viel passieren würde. Für ihn stand fest, dass er da eine Frau beobachtet hatte, die offensichtlich etwas zu feiern hatte ...

12

Er hörte ihn schon, wie er mit schweren Schritten die Treppe herunterkam. Die Tür ging auf und Rolf war geblendet vom Schein einer Petroleumlampe. Seine Augen gewöhnten sich aber rasch an das Licht und er sah ein weiteres reichliches Mahl auf dem Tisch in der Mitte des Raumes. Er wurde losgebunden und hinüber geführt. Der Teller vor ihm dampfte und duftete köstlich nach Fleisch, fetter Sauce und Reis. Richtig guter Basmati Reis. Daneben stand ein großer Kelch aus geschliffenem Glas, den sein Wächter mit funkelndem Rotwein voll goss. Wiesels gieriger Blick auf die Speisen war ihm natürlich nicht entgangen.

„Jetzt wollen wir schön essen“, fing er an. Irgendwie war er heute freundlicher als sonst, fand Wiesel.

„Bei unserer letzten Unterhaltung hast du gesagt, dein Sohn wolle niemandem wehtun. Ist das aus deiner Sicht schlecht?“, fragte der Mann, nachdem sie eine ganze Weile schweigend gegessen und getrunken hatten.

„Wieso? Ist etwas mit ihm? Habt ihr ihn etwa auch entführt?“

„Nein, nein. Er ist bei seiner Mutter und es geht ihm gut“, beruhigte ihn der andere.

„Ah. Und warum fragst du mich nach ihm?“

„Ich frage nicht nach ihm, ich wollte von dir wissen, ob du es für schlecht hältst, wenn man niemandem wehtun will."

Wiesel, den der schwere Rotwein schon wieder benebelte, antwortete: „Ach so! Ja, das ist eine interessante Frage. Ich glaube, wenn man etwas bewegen will, dann muss man anderen manchmal wehtun. Neunundneunzig Prozent aller Menschen kleben am Alten und wollen keine Veränderungen."

„Und dann muss man ihnen wehtun?"

„In vielen Fällen ist es nicht möglich, die Leute zu Veränderungen zu bewegen. Dann wäre Eliminieren tatsächlich das beste. Einfach weg mit ihnen und nur die übrig lassen, die wirklich etwas bewegen wollen. Das wäre eine Welt! Fortschritt pur und in was für einem Tempo! Man müsste nicht so viel Energie darauf verschwenden, ständig irgendwelchen Pennern in den Arsch zu treten. Für niedrige Arbeiten könnte man ja den einen oder anderen noch behalten, aber auch dafür müssten so schnell wie möglich Maschinen entwickelt und zum Einsatz gebracht werden. Und dann alle die, die überhaupt nicht arbeiten wollen, die sich nur auf Kosten des Sozialstaates durch das Leben bescheißen – weg! Reiner Ballast mit keinerlei Nutzen für die Gesellschaft!"

Wenn es darum ging, den Weltgestalter zu spielen, der über die Geschicke der Menschheit bestimmt, dann war Wiesel in seinem Element.

„Das bedeutet, einer, der nicht in der Lage ist, anderen wehzutun, gehört auch nicht zu diesem einen Prozent, das in deinen Augen die Weltelite ausmacht. Habe ich das richtig verstanden?"

„Genau!"

Der andere schenkte erneut Wiesels Glas voll. Wiesel sprach schnell und mit fanatisch leuchtenden Augen. Er hatte gerade – ohne sich dessen bewusst zu werden - seinen eigenen Sohn dem Teil der Menschheit zugeordnet, der seiner Meinung nach minderwertig war. Er war richtig in Fahrt gekommen und erging sich in Ideen über die Neugestaltung der menschlichen Rasse, mit denen er es siebzig Jahre früher sehr sehr weit gebracht hätte. Nach gut einer Stunde war er sternhagelvoll und lallte: „Ich muss dringend pissen und schlecht ist mir auch."

„Komm, ich helf' dir. Wir gehen ein wenig an die frische Luft", entgegnete ihm sein Gegenüber, der immer noch mehr als die Hälfte seines ersten Glases vor sich stehen hatte. Er stützte ihn und zusammen gingen sie die schmale Treppe hinauf.

Erst als er vor der Tür stand, wurde Rolf bewusst, dass er den Himmel schon sehr lange nicht mehr gesehen hatte.

„Ist das schön! Sieh mal den Vollmond, ist der nicht unglaublich?", rief er begeistert und taumelte einige Schritte vorwärts. Dann blieb er stehen, öffnete den Reißverschluss seiner Hose, nestelte kompliziert herum und urinierte schließlich vor sich in die Wiese, indem er schwankend und mit offenem Mund den beinahe vollen Mond anglotzte, der riesengroß und goldgelb am Sternenhimmel stand. Der andere sah, dass sein Gefangener gegen den Mond urinierte und nickte langsam, wie bestätigend mit dem Kopf. Dann warf er einen raschen Blick über die Schulter zu den Büschen, in deren Schatten er für den Bruchteil einer Sekunde eine Bewegung wahrgenommen hatte. Schweigend beobachtete er Wiesel und fuhr fort, langsam und schwer mit dem Kopf zu nicken. Etwas Endgültiges lag in dieser Bewegung.

13

Bernd und Sylvia schliefen am Sonntagmorgen beide bis halb neun, was Bernd schon lange nicht mehr gelungen war. Es war zwar kalt, aber die Stimmung mit dem strahlend blauen Himmel war so schön, dass sie beschlossen, draußen im Schopf zu frühstücken.

Nachdem sie den Tisch abgeräumt hatten, ging Seebacher in die hintere Kammer um seine Jacke zu holen. Da es in der Stube recht eng zuging, streifte er mit der Jacke aus Versehen über die Rückenlehne des Stuhles und warf ihn um. Als er sich bückte um ihn wieder aufzuheben, entdeckte er einen Kreis von ungefähr zwanzig Zentimetern Durchmesser auf der Unterseite der Sitzfläche. Langsam hob er den Stuhl umgekehrt hoch und besah sich interessiert die Linien: „Sieht aus wie mit einem Stück Kohle drauf gemalt", sagte er zu sich.

„Was hast du gesagt?" Sylvia war zwischenzeitlich in die Wohnstube gekommen und dachte, ihr Mann hätte mit ihr gesprochen. Seebacher ging mit dem Stuhl in den Händen hinaus und zeigte ihr seine Entdeckung. „Was hältst du davon?", wollte er wissen.

„Sieht aus wie ein Zeichen oder so was. Im Mittelalter wurden oft Zeichen zum Schutz gegen böse Mächte und gegen

Krankheiten eingesetzt. Pentagramme, Hexagramme und so. Aber einen Kreis wie diesen habe ich noch nie gesehen."

„Was mich wundert, ist, dass Penzberger den nicht entdeckt hat. Zumindest hat er ihn nirgendwo in seinem Bericht erwähnt. Und auf den Fotos ist er auch nirgends zu sehen." Er zog sein Handy aus der Jackentasche, ging hinaus in den Schopf, wo er mehr Licht hatte, und fotografierte den Kreis mit seinem Handy. Dann rief er Daniele an: „Guten Morgen, Dani, ich bin's, Bernd."

„Ach, hallo", kam es verschlafen zurück. „Wie stehen die Aktien?"

„Bis jetzt noch nicht viel Neues. Hör mal, ich schicke dir gleich per MMS ein Foto. Fahr bitte ins Präsidium, lade es auf deinen PC, drucke es dann aus und fahr damit zu Frau Wiesel. Es ist das Bild eines Stuhles hier in der Hütte. Auf die Unterseite hat jemand einen schwarzen Kreis gemalt. Ich möchte wissen, ob sie das Zeichen an dem Stuhl schon einmal bemerkt hat oder ob es sich vielleicht noch gar nicht lange dort befindet."

„Alles klar, Chef", antwortete Daniele diensteifrig und jetzt deutlich wacher. „Ach, übrigens – ich habe mich gestern mal an die Wiesel rangehängt. Sie macht alles andere als den Eindruck einer Ehefrau, der gerade der Mann entführt wurde. Die ist meiner Meinung nach eher in Feier- als in Trauerstimmung."

„Wie kommst du darauf?", wollte Seebacher wissen.

„Sie war in der Stadt, hat sich zuerst ein rosa Handy, dann ein knallrotes Kleid, Schuhe, eine rote Handtasche und zuletzt noch eine rote Sonnenbrille gekauft. Und dann hat sie sich um halb zwölf in ein Straßencafé gesetzt, erst einen Cappuccino und dann ein Glas Sekt getrunken. Eine Frau, die sich Sorgen um ihren Mann macht, tut so was nicht."

„Da magst du Recht haben, aber wer weiß, was in der Frau vorgeht", erwiderte Seebacher nachdenklich. „Da du jetzt sowieso noch einmal zu ihr fährst, kannst du dir ja noch ein

Bild aus der Nähe von ihr machen. Und vergiss das Foto von dem Kreis nicht."

„Gut, Chef. Ich ruf dich an, sobald ich mit ihr gesprochen habe."

„Alles klar, bis neulich."

Gegen halb zehn brach Seebacher ins Tal auf um einige Lebensmittel zu besorgen und um zu versuchen mit den Bewohnern des Logotec-Ferienhauses zu sprechen. Vorher wollte er auch noch auf einen Sprung im Schönauer Krankenhaus vorbeischauen.

Sylvia wollte noch einmal Frau Oberegger besuchen. Die Kräuter hatten sie neugierig gemacht. Sie wollte mehr über die Frau wissen, die die Wirkung dieser teilweise gefährlichen Pflanzen offensichtlich genau kannte. Seebacher schüttelte bei dem Gedanken an das Gespräch beziehungsweise den Monolog von gestern verständnislos den Kopf. Wie konnte man sich nur freiwillig in den Sendebereich dieser Quasselstrippe begeben?

Er fuhr ins Tal und erledigte zuerst die Einkäufe, bevor er das Krankenhaus ansteuerte. Im Eingangsbereich saß einsam eine junge Dame in Weiß hinter einer Theke und sah angestrengt auf ihren Bildschirm. Seebacher ging zu ihr hinüber, blieb vor der Theke stehen und sah die Frau geduldig schweigend an, bis sie sich zu ihm hindrehte.

„Guten Tag. Mein Name ist Seebacher. Ich bin Kommissar bei der Kriminalpolizei in Freiburg und hätte Ihnen gerne ein paar Fragen gestellt."

Die Frau sah ihn mit begeistert leuchtenden Augen an und fragte: „So ein richtiger Schimanski?"

„So ähnlich, nur jünger und ohne die Schmuddeljacke", erwiderte Seebacher lächelnd. „Ich bin übers Wochenende oben in Argen in einer Hütte."

„Ah, in welcher?"

„In der Hütte von Familie Moosberger."

„Oh, da haben Sie aber Glück. Das ist eine der schönsten. Und was führt Sie hierher?"

„Wissen Sie, es ist so: Vor gut zwei Wochen ist hier ein Mann verschwunden. Er kam wie ich aus Freiburg, und da er nicht wieder aufgetaucht ist, fuhr seine Frau nach Hause. Dort hat sie eine Vermisstenanzeige aufgegeben. Von ihrem Mann fehlt jede Spur, und da ich schon mal hier bin versuche ich, einige Informationen zu sammeln." Sie nickte verstehend.

„Ich bin natürlich ganz inoffiziell hier. Denn ermitteln dürfte ich im Ausland nicht ohne eine spezielle Genehmigung." Er legte das – seiner Meinung nach – gewinnendste Lächeln auf, das Sylvia total doof fand, und zwinkerte ihr mit blaugrau blitzenden Augen zu. Offenbar hatte er die Sache richtig angepackt, denn die junge Frau fragte: „Aber Ihren Polizeiausweis haben Sie doch dabei, oder?"

„Ja, selbstverständlich", antwortete er, zog rasch seinen Ausweis aus der Tasche und reichte ihn ihr über den Tresen. Sie besah ihn sich von allen Seiten, gab ihn dann zurück und fragte: „Na, was wollen Sie denn wissen, Herr Hauptkommissar Seebacher?"

„Sie haben von der Geschichte gehört?"

„Ja, natürlich. Die Frau war an dem Abend mit ihrem Kind ja noch hier gewesen. Der Junge hatte sich bei einem Sturz den Arm gebrochen."

„Genau! Und deshalb bin ich auch hier." Seebacher war sehr erfreut, offenbar gleich einen Volltreffer gelandet zu haben. „Können Sie mir sagen, um welche Uhrzeit Frau Wiesel mit ihrem Sohn hier eintraf und wann sie das Krankenhaus wieder verlassen hat?"

„Ja, das ist einfach. Die Aufnahmezeit habe ich hier im Computer." Sie drehte sich zum Bildschirm und nach einigen Mausklicks meldete sie: „Aufnahme um neunzehn Uhr zweiundzwanzig."

„Aha, und wann hat sie das Krankenhaus wieder verlassen?"

„Wir halten nur die Aufnahmezeit fest“, gab sie zurück und wandte sich wieder Seebacher zu. Der machte ein enttäuschtes Gesicht, aber sie lächelte ihn wissend an: „Trotzdem kann ich Ihnen genau sagen, wann sie hier hinausspaziert ist. Ich hatte an dem Abend nämlich Schicht und saß genau an diesem Platz.“ Sie zeigte mit ihrem Finger senkrecht vor der Brust hinunter auf ihren Stuhl.

„Die Frau war gerade mit dem Jungen hinausgegangen, als mich mein Mann auf dem Handy anrief. Und das macht er immer ganz genau um Viertel vor neun. Da ist nämlich unsere kleine Tochter im Bett und wir können in aller Ruhe ein wenig plaudern.“

„Und Sie sind sich ganz sicher, dass es auch an diesem Abend Punkt zwanzig Uhr fünfundvierzig war, als er anrief?“

„Ja, hundertprozentig. Er hat noch nie zu spät angerufen, und wenn es nur eine Minute später gewesen wäre, wäre mir das sicher aufgefallen. Er ist nämlich ein ganz Genauer, mein Josef.“

Im Auto rief Seebacher noch einmal Daniele an: „Hallo Dani! Warst du schon bei Frau Wiesel?“

„Nein, ich hab‘ sie angerufen und sie hat gesagt, sie kann erst heute Nachmittag. Heute Morgen ist sie unterwegs. Ich frag‘ mich, was die macht, wo doch alle Läden geschlossen sind ...“

„Keine Ahnung – aber es ist gut, dass du noch nicht bei ihr warst. Ich war im Schönauer Krankenhaus, wo Frau Wiesel ihren Sohn verarzten ließ, und habe erfahren, dass sie um zwanzig Uhr fünfundvierzig das Krankenhaus verlassen hat. Sie behauptet, dass sie erst gegen zweiundzwanzig Uhr in der Hütte angekommen sei. Von hier bis zur Hütte braucht man mit dem Wagen aber höchstens eine halbe Stunde. Nach Adam Riese gehen uns da also irgendwo in ihrer Geschichte rund fünfundvierzig Minuten ab! Frag sie bitte danach und berichte mir, wie sie reagiert und was sie geantwortet hat.“

„Claro, Chef. Ich melde mich. Bis dann.“

„Ciao! Und schönen Gruß an Uli!“

Als Seebacher das Handy abschaltete, fuhr er gerade auf das Grundstück des Ferienhauses von Logotec. Ein großes Haus mit grünen Fensterläden, das idyllisch am Waldrand lag. In dem großen Garten mit Rutsche und Wippe im Hintergrund spielten Kinder und auf der Holzbank neben dem Haus saßen drei Frauen. Sie genossen offensichtlich die wärmenden Sonnenstrahlen. Seebacher hatte sich seine Aufschriebe vorher noch einmal durchgesehen und wusste deshalb, dass das Frau Riemann, die Schwester der toten Frau von Werner Michel, und die Ehefrauen von Klaus Heller und Thomas Wehrle, beide Mitarbeiter von Logotec, sein mussten. Die Riemanns waren kinderlos. Klaus und Petra Heller hatten einen Sohn und eine Tochter, Thomas und Sigrid Wehrle zwei Söhne und eine Tochter. Die dazugehörigen Männer konnte Seebacher nicht ausmachen, als er aus dem Wagen stieg und auf die Frauen zuging.

„Guten Tag. Mein Name ist Seebacher. Ich bin Kommissar bei der Kripo Freiburg und würde Ihnen gerne ein paar Fragen stellen. Darf ich mich zu Ihnen setzen?“ Die Frauen sahen ihn befremdet und nicht gerade erfreut an, nickten aber. Am linken Ende der Bank war noch etwas Platz und so setzte sich Seebacher dort hin.

„Ich bin eigentlich im Urlaub hier, aber ich wollte die Gelegenheit nutzen Ihnen ein paar Fragen zu stellen. Ihre Namen sind doch Frau Riemann, Frau Wehrle und Frau Heller?“

Kurzes erstauntes Schweigen, dann antwortete die Frau mit langem kastanienbraunem Haar, die in der Mitte saß: „Ja, ich bin Claudia Riemann und das …“, sie zeigte auf die Frau links neben sich, „… ist Sigrid Wehrle, die Dame neben Ihnen heißt Petra Heller.“

Seebacher nickte ihnen zu.

„Was möchten Sie von uns wissen?“ Claudia Riemann hatte die Rolle der Wortführerin übernommen.

„Es geht um einen Mitarbeiter der Firma Logotec – Rolf Wiesel“, erklärte Seebacher. Die Frauen warfen sich kurze Blicke zu.

„Er war oben in Argen auf einer Hütte im Urlaub und ist spurlos verschwunden. Vielleicht wurde er entführt. Haben Sie schon davon gehört?“

Wortlos und mit steinerner Miene schüttelten alle drei den Kopf.

„Seine Frau ist am zehnten August, einem Dienstag, mit dem Kind ins Tal gefahren, und als sie abends wieder in die Hütte kam, war ihr Mann verschwunden.“

„Und was geht uns das an?“, gab Sigrid Wehrle, eine mollige Enddreißigerin, unfreundlich zurück.

„Nun, Sie beziehungsweise Ihre Männer arbeiten in derselben Firma. Sie kennen ihn also und Sie waren an dem betreffenden Abend in der Nähe. Da liegt es nahe, dass ich Sie danach frage, oder?“

„Verdächtigen Sie etwa uns, ihn entführt zu haben?“, schaltete sich jetzt Petra Heller in das Gespräch ein.

„Nein, im Moment verdächtige ich niemanden. Ich bin nicht mal sicher, ob er wirklich entführt wurde. Ich versuche nur, alle mögliche Informationsquellen auszuschöpfen.“ Seebacher spürte, dass er hier nicht viel Informationen bekommen würde.

„Sie wissen also nichts über das Verschwinden Wiesels?“ Er sah eine nach der anderen an und erhielt erneut ein dreimaliges Kopfschütteln zur Antwort.

„Kennen Sie Herrn Wiesel persönlich?“, wollte Seebacher weiter wissen.

Die Frauen nickten zögernd ohne ein Wort zu sagen.

„Was ist er für ein Mensch?“

„Er ist ein verschlagener und sehr wortgewandter Mensch, der nur auf seinen eigenen Vorteil bedacht ist.“ Die Antwort kam von Claudia Riemann.

Seebacher sah die beiden anderen an.

„Ich kenne ihn nur vom Sehen und aus Erzählungen meines Mannes", erklärte Petra Heller ausweichend.

„Und was erzählt ihr Mann so über Rolf Wiesel?", hakte Seebacher nach.

„Nun, Wiesel ist nicht sehr beliebt in der Firma und auch mein Mann geht ihm am liebsten aus dem Weg."

„Hatte er auch schon mal Probleme mit ihm?"

„Nein, dafür ist Klaus ein zu kleiner Fisch in der Firma. Er ist Speditionsleiter."

„Und Ihr Mann, Frau Wehrle?"

„Mein Mann redet nicht viel über die Arbeit. Als ich einmal von den Schwierigkeiten hörte, die manche Leute in der Firma mit Wiesel haben, fragte ich meinen Mann nach ihm. Das einzige, was er mir sagte, war, dass der Typ ein riesengroßes Arschloch und gefährlicher als eine Klapperschlange sei."

Seebacher zog angesichts der Deutlichkeit dieser Worte die Augenbrauen hoch.

„Genau so hat er sich ausgedrückt", bekräftigte Frau Wehrle ihren letzten Satz.

„Na, das ist doch mal eine klare Aussage, oder?" Seebacher sah sie provozierend an. Sigrid Wehrle hob aber nur kurz die Schultern.

„Was macht Ihr Mann bei Logotec, Frau Wehrle?"

„Er arbeitet im Verkauf, im Außendienst, und ist deshalb nicht oft in der Firma – zum Glück."

„Was sind das für Schwierigkeiten, die manche Leute in der Firma mit Wiesel haben?"

Jetzt sah Sigrid Wehrle hilflos zu Claudia Riemann hinüber.

„Einige Leute haben durch ihn ihren Arbeitsplatz verloren. Gute Leute ...", übernahm diesmal Frau Riemann das Wort.

„Mit ‚gute Leute' meinen Sie sicher Ihren Schwager Werner Michel, oder?", ließ Seebacher die Katze aus dem Sack.

Die Frauen zuckten zusammen und Claudia erbleichte. „Woher wissen Sie ....?"

Seebacher entgegnete: „Ich habe mich schon ein wenig in Wiesels Umfeld umgesehen. Dazu gehören unter anderem auch seine Arbeitsstelle und seine Kollegen."

„Auf jeden Fall waren wir an dem Dienstagabend alle zusammen und können das auch bezeugen. Von uns war bisher noch niemand oben in Argen", schaltete sich Frau Heller hastig ein.

„Sie können das auch so für die anderen beiden Familien sagen? Wieso wissen Sie das so genau?" Jetzt konzentrierte sich Seebacher ganz auf Petra Heller.

„Weil, weil wir immer zusammen waren. Jeden Abend hier im Haus. Wir kochen abends zusammen. Da können Sie auch unsere Männer fragen." Die drei Frauen nickten energisch mit dem Kopf, als wollten sie damit diese Aussage betonieren. Seebacher musste unwillkürlich an die Wackelhunde denken, die man hin und wieder noch hinten in den Autos auf der Ablage nicken sieht, und lächelte.

„Wäre es denn möglich, mit Ihren Männern zu sprechen? Sind sie in der Nähe?"

„Da müssten Sie in ein, zwei Stunden wieder kommen. Sie sind beim Pilze suchen. Wir fahren heute gegen Abend wieder nach Hause und sie wollten noch Pfifferlinge zum Mitnehmen sammeln."

Hinten im Garten wälzten sich plötzlich zwei Jungs im Gras und schlugen sich. Die jeweiligen Mütter spritzten hoch, rannten zu den Kindern hinüber und zerrten sie auseinander. Claudia Riemann war bei Seebacher stehen geblieben und nutzte sofort die Gelegenheit, mit ihm alleine zu sprechen: „Ich muss Ihnen etwas sagen, was außer mir niemand weiß. Und ich wäre Ihnen sehr dankbar, wenn Sie es für sich behalten könnten."

Seebacher nickte ihr aufmunternd zu.

„Also, es ist so, dass ich am Tod meiner Schwester mit schuld bin."

„Wie meinen Sie das?“

„Wiesel hat mir ...“, sie stockte, „... er wollte etwas von mir. Bei der Weihnachtsfeier hat er sich an mich rangemacht. Ich habe ihm klar zu verstehen gegeben, dass er mich in Ruhe lassen soll, und da wurde er böse und gemein. Er war so wütend, seinen Blick werde ich nie vergessen. Eine Mischung aus verletztem Stolz und blankem Hass. Er sagte mir, dass er, wenn ich nicht mitmache, meinen Schwager abschießen werde. Ich erinnere mich ganz genau, er hat ‚abschießen' gesagt.“

„Und das hat er dann auch getan“, stellte Seebacher nüchtern fest.

„Genau – hätte ich mich mit ihm eingelassen, dann wäre meine Schwester noch am Leben.“ Claudia Riemanns Augen wurden feucht.

„Frau Riemann, Sie haben gemacht, was jede anständige Frau getan hätte. Außerdem konnten Sie ja nicht ahnen, dass Wiesel seine Drohung wahr machen würde. Und noch weniger, dass Ihre Schwester sich deshalb das Leben nehmen würde. Für all das dürfen Sie sich keine Schuld geben.“

Sie lächelte ihn gezwungen an, konnte aber nichts mehr erwidern, denn die beiden anderen Frauen kamen eben zurück.

Seebacher erhob sich. „Ich glaube, ich habe Sie jetzt lange genug aufgehalten. Entschuldigen Sie bitte die Störung.“

Er ging zurück zum Wagen, während ihm die drei Frauen stumm nachsahen.

Der Kommissar wollte gerade einsteigen, als er drei Männer aus dem Wald kommen sah. Er rief zu den Frauen hinüber: „Sind das Ihre Männer?“, und erhielt als Antwort ein dreifaches Nicken. Sie kamen zu Seebacher herüber und warteten, bei ihm stehen bleibend, auf ihre Männer. Diese traten heran und einer fragte mit neugierigen Blicken auf Seebacher: „Ist irgendwas nicht in Ordnung?“

Offenbar war es Claudia Riemanns Gatte, denn sie ging

sofort zu ihm hin und antwortete: „Nein, nein, alles in Ordnung. Das ist Kommissar Seebacher aus Freiburg. Er hat uns einige Fragen über Rolf Wiesel gestellt. Der war anscheinend oben in Argen in einer Hütte im Urlaub und ist verschwunden.“ Der Mann sah Seebacher an und fragte: „Verschwunden?!“

„Ja, Kommissar Seebacher meint, er könnte entführt worden sein.“

Heller und Wehrle sahen stumm zu Riemann hinüber.

„Ist jemand von Ihnen Herrn Wiesel hier begegnet?“, wollte Seebacher wissen.

„Nein, und das ist auch gut so. Der tut gut daran, mir nicht zu begegnen, vor allem nicht auf einem einsamen Bergpfad! Wie schnell ist da etwas passiert ...“

In Riemanns Augen funkelte es angriffslustig. „Sie haben ja sicher mitbekommen, dass sich die Schwester meiner Frau wegen ihm ...“

„Ja, das weiß ich“, fiel Seebacher ihm ins Wort. Aus den Augenwinkeln hatte er Frau Riemanns ängstliche Bewegung wahrgenommen. Offenbar befürchtete sie, dass entweder er oder ihr Mann in der Hitze des Gefechts jetzt zu viel sagen könnte.

„Und Sie beide?“, fuhr Seebacher zu Wehrle und Heller gewandt fort. „Wann haben Sie Wiesel zum letzten Mal gesehen?“

„Ungefähr eine Woche vor dem Urlaub, in der Firma,“ gab Klaus Heller an. „Bei uns hinten in der Spedition bekommen wir den nicht oft zu Gesicht.“

„Und bei mir ist es noch länger her, dass ich ihn gesehen habe“, ergänzte Thomas Wehrle. „Ich arbeite im Außendienst und bin viel unterwegs. Zum Glück, denn sonst hätte ich diesem Stück Scheiße schon längst die Fresse poliert!“

Seebacher wusste ja schon von Wehrles Frau, dass er mit seiner Meinung nicht hinterm Berg hielt, war aber doch einigermaßen über diese offene Feindseligkeit erstaunt. „Sie alle sind Wiesel also nicht begegnet, hier in Schönau. Verstehe ich das richtig?“

Die anderen nickten und Riemann fügte grimmig hinzu: „Ist auch besser so ...“

14

In der Hütte angekommen räumte Seebacher die Vorräte ein, zog sich um und ging laufen. Er war schlecht gelaunt, denn er hatte die Ablehnung der Logotec-Leute sehr wohl gespürt und ärgerte sich darüber. Das ließ aber schnell nach, denn jetzt joggte er und fing wie immer genau nach acht Minuten an zu schwitzen. Nach zwanzig Minuten war er patschnass und richtig warm gelaufen, gerade rechtzeitig, denn von jetzt an ging es eine halbe Stunde lang nur noch bergauf. Er sah den Weg bis weit hinauf vor sich und nahm gleich etwas Tempo heraus, denn er wollte durchhalten bis da oben, wo auf einer saftig grünen Kuppe eine Almhütte stand. Dreißig sehr anstrengende Minuten später war er dort und gottfroh, dass der Brunnen lief. Er beugte sich über den Wasserstrahl und trank langsam in kleinen Schlucken, denn das Wasser war so kalt, dass es ihn an den Zähnen schmerzte. Nachdem er den ersten Durst gestillt hatte, richtete er sich wieder auf und sah sich um. Rechts war die Almhütte und geradeaus stand unterhalb in der Wiese ein hohes Kreuz aus Holz mit einer Bank. Der Wiesenhang fiel an dieser Stelle steil ab und gab den Blick ins Argental frei. Offensichtlich hatte Seebacher ziemlich an Höhe gewonnen, denn er sah weit unten die Vorsässhütten liegen. Die Aussicht auf das Wildhornmassiv und die links und rechts davon liegenden Berge, deren Namen er nicht kannte, war noch gigantischer als bei seiner Ankunft gestern. Bald wurde ihm jedoch kalt und er beschloss, den Rückweg anzutreten. Der Lauf hier herauf hatte fünfzig Minuten gedauert und Seebacher schätzte, dass er ungefähr in einer halben Stunde unten sein würde. Sein Weg führte ihn wieder an der Hütte vorbei und plötzlich sagte ihm sein Instinkt, dass er beobachtet wurde. Im Laufen sah Seebacher noch einmal über die Schulter und bemerkte eine Bewegung hinter einem der Sprossenfenster. Er legte einen Zahn zu und machte, dass er wegkam.

Nach wenigen Minuten besah er sich die Umgebung etwas näher und hielt an. Es musste hier im Wald oberhalb des Weges Pilze geben. Seine Schwarzwalderfahrung traf sicher auch hier in den Alpen zu und so fing er an zwischen den Bäumen den Hang hinaufzusteigen. Plötzlich roch er die Pilze sogar. Schnell stieg er weiter, bis er an eine Felskante kam, über die er klettern musste. Dann stand er oben und sah vor sich eine Senke, in der die gelbe Pracht nur so leuchtete. Alles war voll von Pfifferlingen! In weiser Voraussicht hatte er eine Stofftasche eingesteckt, die er jetzt freudig erregt heraus zog. Er fing an, die Pilze einzusammeln, nahm aber ganz automatisch nur die größeren Exemplare. „Die Kleinen stehen lassen“, dachte er irgendwo im Hinterkopf und erstarrte plötzlich mitten in der Bewegung. Er sah auf die Pilze hinab und sagte völlig entgeistert: „Natürlich, das war es! Die kleinen Pilze!“

Auf den Polizeifotos von der Hütte lagen überall Pilze herum, die so klein waren, dass sie ein Pilzsammler, der etwas davon versteht, auf jeden Fall hätte stehen lassen. Das hatte ihn an den Bildern gestört. Seebacher war leidenschaftlicher Pilzsammler, der oft im Schwarzwald „in die Pilze“ ging und dem diese Regel von seinem eigenen Vater eingebläut worden war.

Hatte das etwas mit Wiesels Verschwinden zu tun? War es

möglich, dass jemand einen Menschen entführt oder sogar umbringt, nur weil der ein Gemetzel unter den Pilzen angerichtet hat? Seebacher bezweifelte es, nahm sich aber vor, von der Hütte aus Daniele mit dem Handy anzurufen. Er sollte bei Gudrun Wiesel nachfragen, ob ihr Mann ein erfahrener Pilzsammler sei. Nachdenklich und sehr viel bedächtiger fuhr er fort, die Leckerbissen einzusammeln.

Sylvia Seebacher hatte einen ausgiebigen Spaziergang in der frischen Morgenluft hinauf Richtung Wildhorn gemacht und war auf dem Rückweg nach zwei Stunden bei der Hütte von Frau Oberegger angelangt. Diese hatte sie schon längst erspäht und hockte im Schopf wie eine Spinne, die ihrem nächsten Opfer auflauert. „Grüß Gott, Frau Seebacher!“, rief sie schon von weitem. Sylvia winkte ihr zu. Als sie die Hütte erreichte, erwiderte sie: „Grüß Gott, Frau Oberegger.“

„Dass Sie nochmal bis hier herauf kommen!“

„Ja“, sage Sylvia, „es ist so wunderschön hier. Man möchte weiter und immer weiter gehen.“ Sie war ziemlich weit Richtung Wildhorn hinaufgegangen und hatte sich richtig zur Umkehr zwingen müssen.

„Ja, ja. In jungen Jahren ging es mir genauso. Ganze Tage war ich unterwegs, beim Kräuter und Beeren Sammeln. Möchten Sie eine Tasse Kaffee?“ Die alte Frau öffnete einladend die niedrige Schopftür.

„Ja, gerne“, erwiderte Sylvia und trat ein. Sie gingen im Schopf nach hinten, wo sich wie in Seebachers Hütte ebenfalls ein Tisch befand. Es war nur gemütlicher hier, denn Frau Oberegger hatte noch ein kleines Sofa in der Ecke stehen und die Stirnseite des Schopfs war mit einem großen Sprossenfenster geschlossen. Dadurch gab es keinen Luftzug und die Sonnenstrahlen erzeugten eine angenehme Wärme.

„Setzen Sie sich, ich bin gleich wieder da.“ Frau Oberegger war ganz aufgeregt, offenbar bekam sie nicht oft Besuch. Sie hantierte in der Küche und erschien dann wieder mit einem

Tablett. Zuerst unterhielten sie sich über Kräuter, und da Sylvia sich sehr gut auf diesem Gebiet auskannte, verstrich die Zeit wie im Flug. Sylvia war schon einige Male aufgefallen, dass die Frau vom Mond sprach, der „über sich" oder „unter sich" geht, und eben erwähnte sie Kräuter, die man nur sammeln dürfe, wenn der Mond „über sich" geht.

Sylvia fragte nach: „Meinen Sie damit den ab- und zunehmenden Mond?"

„Nein, nein. Das hat mit der Höhe des Mondes zu tun. Er wandert vom linken Teil des Wildhorngrates ...", sie zeigte hinauf zu den schroffen Felsen, „... über den Gipfel und verschwindet dann da rechts hinter dem Grashorn." Indem sie dies sagte, beschrieb sie mit dem ausgestreckten Arm einen Bogen, der die Mondbahn nachzeichnete. Zwei Wochen lang steigt der Mond höher und höher. Das kann man sehr gut erkennen, denn der Abstand zwischen Mond und Gipfel ist mal sehr klein, sodass der Mond den Berg fast streift. Dann, zwei Wochen später, zieht er seine Bahn ein gutes Stück vom Gipfel entfernt. Das hat mit den Mondphasen aber nichts zu tun."

„Aha", meinte Sylvia erstaunt. Ihr war dies noch nie aufgefallen und sie konnte sich dieses Phänomen auch nicht erklären. „Und wobei muss man noch darauf achten, ob der Mond über oder unter sich geht?" Es war das Interesse und die Neugier der Volkskundlerin, die sie zu dieser Frage trieben.

„Ach herrje!", rief Frau Oberegger aus. „Alles hängt vom Mond ab! Letztes Jahr haben die Bauern zum Beispiel durchgesetzt, dass die Änderung des Bachlaufes um eine Woche verschoben wurde, weil der Bach einen neuen Lauf nur annimmt, wenn der bei unter sich gehendem Mond verändert wurde."

„Das ist ja sehr interessant", staunte Sylvia und Frau Oberegger kam jetzt richtig in Fahrt. Offenbar war sie in ihrem Element. „Ganz wichtig ist der Mond auch, wenn's ums Brennholz geht. Ich habe schon erlebt, dass zur Unzeit gefälltes oder aufgeschichtetes Holz einfach nicht richtig brennen wollte."

„Wann ist denn die richtige Zeit dafür?"

„Das Fällen der Bäume und auch das spätere Aufschichten des gespaltenen Holzes muss bei über sich gehendem Mond gemacht werden, sonst wird es grau und brennt schlecht."

„Das ist ja unglaublich! Und Sie richten sich immer danach?"

„Ja, natürlich. Außerdem ist auch noch wichtig, in welchem Sternzeichen der Mond gerade steht. Die ganze Gartenarbeit wird danach geplant. Die einen Pflanzen müssen ausgesät werden, wenn der Mond in den Wasserzeichen Krebs, Skorpion oder Fische steht, andere nur bei Krebs oder Fische und so weiter. Da gibt es vieles zu beachten, wenn man einen ertragreichen und schönen Garten haben will."

Sylvia sah sie staunend und nachdenklich an. Dann sagte sie mehr zu sich selbst, aber doch laut genug, dass Frau Oberegger es hören konnte: „Ja, ja. Glaube versetzt Berge ..."

Die Gastgeberin wechselte sofort verstimmt das Thema: „Und, wie haben Sie die erste Nacht hier oben im Argen geschlafen?"

„Wir haben geschlafen wie die Murmeltiere. Tief und fest. Ich habe heute Morgen ziemlich lange gebraucht, bis ich richtig wach wurde. Ich glaube, die Bergluft macht müde", erwiderte Sylvia.

„Ja, das ist aber nur die ersten zwei, drei Tage so. Die meisten Besucher sagen das."

„Leider bleiben wir nicht so lange. Ich würde gerne die Gegend noch besser kennen lernen. Es ist so schön hier." Sylvia sah sehnsüchtig hinauf zu dem narbigen Felskamm des Wildhorns, der hellgrau im Sonnenlicht leuchtete.

„Sie müssen einfach noch einmal herkommen. Man kann hier oben Monate verbringen, ohne dass einem langweilig wird. Man kommt dann in so einen geregelten und ruhigen

Tagesablauf, dass die Tage und Wochen vergehen wie im Flug. Ich denke oft, wo nur all die Zeit geblieben ist. Seit Josef nicht mehr lebt, geht es noch viel schneller, scheint es mir." Nachdenklich hing auch Frau Obereggers Blick irgendwo oben in dem Felsmassiv.

„War das Ihr Mann?"

„Ja, eine Seele von Mensch. Er half jedem, wo er nur konnte. Er las mir jeden Wunsch von den Augen ab, und als er eines Tages nicht nach Hause kam, dachte ich, ich könnte auch nicht mehr weiterleben. Aber ...", sie machte eine Pause und wandte ihren Blick zu Sylvia, „... die Zeit heilt Wunden und ich komme ganz gut mit der Einsamkeit zurecht. Meistens. Das ist jetzt auch schon einige Jahre her."

„Sie sagten er kam nicht zurück'. Ist ihm etwas passiert?"

Sylvia erschrak beinahe über die Wirkung ihrer Frage, denn Frau Obereggers Gesicht zog sich zu einer ängstlichen und gleichzeitig verschwörerischen Miene zusammen. Flüsternd und mit eingezogenem Kopf antwortete sie: „Sie waren oben um das Vieh zurückzutreiben. Und an einer Felskante soll er dann abgestürzt sein."

„Wieso sagen Sie ‚soll'? Glauben Sie das nicht?" Sylvias Interesse war geweckt.

„Hören Sie. Mein Mann war Bergsteiger, er war bei der Bergrettung und einer der erfahrensten Leute, die es auf diesem Gebiet gibt. Er und abstürzen! Das ist, wie wenn jemand behaupten würde, ein Eichhörnchen sei vom Baum gefallen. Einfach unmöglich!"

„Und was meinen Sie? Wie kam er ums Leben?"

„Er wurde gestoßen. Anders kann ich es mir nicht erklären."

„War denn jemand bei ihm, als es passierte?"

„Ja, Alfons. Er ist jetzt Senn auf der Kobler oben." Sie sah böse hinauf zu einer Graskuppe, die talauswärts lag. Auf dem obersten Punkt stand eine Almhütte, die man von hier aus gut erkennen konnte.

„Das ist eine Almhütte, aha“, sagte sich Sylvia. „Und er hat Ihren Mann in die Tiefe gestoßen, glauben Sie?“ Sie hatte den Eindruck, dass die alte Frau sich da etwas zusammenreimte.

„Ja, das glaube ich! Und der Tourist, der den Unfall beobachtet haben will, gehört zum gleichen Verein, da bin ich mir ganz sicher.“ Die Züge der Frau waren jetzt ein einziges Bild des Trotzes. Sie war offensichtlich hundertprozentig davon überzeugt, dass sie Recht hatte. Sylvias Befremden wuchs: „Was für einen Verein meinen Sie?“

„Ach, diese Maga-Sekte ...“ Sie sprach nicht weiter und starrte wütend vor sich hin. Sylvia, als Volkskundlerin immer interessiert an Glauben und Volksglauben, richtete sich auf als sie den Namen hörte. „Was ist das für eine Sekte? Ich habe diesen Namen noch nie gehört.“

„Das würde mich auch wundern. Die gibt's nur hier oben in diesem Hochtal und ich glaube nicht, dass sie sehr viele Anhänger hat.“

„Wissen Sie etwas über die Sekte?“

„Josef war bis kurz vor seinem Tod Mitglied bei diesen Irren. Sie treffen sich einmal im Monat bei Vollmond oben irgendwo unterhalb des ersten Schneefeldes ...“, sie zeigte hinauf Richtung Wildhorn, „ ... und feiern dort eine Art Messe. Mit Feuergottesdienst, Tanz, magischen Zeichen, rituellen Handlungen, Teufels- und Frauenmasken und lauter solchem Blödsinn. Ich glaube, die spielen da immer die Befreiung der Frau aus den Fängen des Teufels.“

„Analogiezauber! Das wird ja immer besser“, dachte Sylvia aufgeregt. „Und Ihr Mann war Mitglied der Sekte? Er nahm an diesen ‚Messen' teil?“

Frau Oberegger sah sie böse an: „Am Anfang ja. Aber je mehr er über die Sekte und ihr großes Ziel erfuhr, desto mehr entfernte er sich von diesen Leuten, bis er eines Tages beschloss nicht mehr mitzumachen.“

„Wissen Sie mehr darüber, worum es bei der Sekte geht?

Zum Beispiel, was dieses ‚große Ziel' ist?" Sylvias Neugierde war jetzt nicht mehr zu bremsen, in ihrem Nacken kribbelte es als läge sie in einem Ameisenhaufen.

„Ich weiß nur, dass die Sekte ein Oberhaupt hat. Ein Mann – ich weiß nicht, wer er ist – der vor einigen Jahren oben in den Bergen einer weißen Frau namens Maga begegnet ist. Sie soll ihn drei Tage und drei Nächte lang in der wahren Lehre der Befreiung der Menschen unterrichtet haben und dann wieder in die Gewalt des Teufels geraten sein. Sie gab ihrem Jünger genaue Anweisungen, was er zu tun hatte, damit sie sich den Klauen des Teufels entwinden und zu ihm auf die Erde zurückkehren kann. Er sollte als Prophet eine Glaubensgemeinschaft aufbauen. Die Mitglieder, die ihn bei seinen Vorbereitungen für ihr Wiederkommen unterstützten, würden dafür Ehrenplätze zur Linken und zur Rechten der Göttin bekommen. Ich weiß, wie gesagt, nicht, wie viele Anhänger die Sekte mittlerweile hat, ich weiß nur, dass es dieses Oberhaupt und zwei so genannte Adepten gibt. Das sind seine Helfer und wahrscheinlich die einzigen, die den Propheten persönlich kennen. Aber einen der beiden Adepten kenne ich, da bin ich mir sicher." Wieder sah sie mit hasserfülltem Blick in Richtung Kobler.

„Sie meinen Alfons?"

„Ja. Josef vermutete das. Aber ganz sicher war er sich auch nicht, denn der einzige, der bei den Messen sprach, war das Oberhaupt und sie trugen immer Kapuzenmäntel, wie diese Irren in Amerika."

„Sie meinen den Ku-Klux-Klan?"

„Ja, genau. Nur die Farbe der Mäntel ist nicht weiß. Das Oberhaupt trägt einen hellgrauen, die beiden Adepten einen dunkelgrauen und die normalen Sektenmitglieder einen schwarzen Mantel."

„Ah, also eine Steigerung von Dunkel nach Hell. Ganz oben steht die weiße Frau", überlegte Sylvia.

Frau Oberegger sah sie erstaunt an: „Stimmt, das habe ich

mir noch nie überlegt. Eine Abstufung von Schwarz nach Weiß."

„Aber irgendwer muss diese Zeremonien doch organisieren. Wer macht das?"

„Josef meinte, das machen die Adepten. Das Oberhaupt hat er nur einmal gesehen – mit Kapuze versteht sich. Das einzige, was er über den Mann sagen konnte, war, dass er der Sprache nach sicher nicht aus dem Bregenzerwald stammt. Um Einblick in die Organisation der Sekte zu bekommen, war Josef aber nicht lange genug dabei."

„Und das ‚große Ziel', wie Sie es nennen, wie sieht das aus?", wollte Sylvia wissen.

„Das große Ziel ist die endgültige Befreiung der weißen Frau aus den Fängen des Teufels."

„Und was gefiel Ihrem Mann nicht daran?"

Frau Oberegger verschränkte die Arme. „Das hat er mir nie erzählt, ich weiß es nicht", die Antwort kam zögernd und die Augen der Frau waren dabei starr auf die Hüttenwand neben Sylvias Kopf gerichtet.

„Aber das war der Grund, warum er aus der Sekte ausgetreten ist?"

„Ich glaube schon – ja." Diese wiederum zögerliche Antwort gab Sylvia die Gewissheit, dass Frau Oberegger nicht alles sagte, was sie wusste.

„Haben Sie Angst vor der Sekte?"

„Ich weiß, dass sie meinen Mann umgebracht haben. Natürlich habe ich Angst! Ich bin sicher, die kennen meine Einstellung. Und wenn sie einen Menschen umbringen, warum dann nicht auch einen zweiten?"

„Haben Sie das der Polizei erzählt?"

„Nein. Die im Tal halten mich alle für verrückt. Ich habe es einmal versucht, aber sofort gemerkt, dass mir keiner glaubt. Ich sammle Kräuter, darunter auch solche, die keinen guten Ruf haben, und deshalb bin ich für die da unten eine Hexe. Und außerdem weiß ich ja nicht, wer zu der Sekte gehört.

Angenommen, einer der Polizisten ist Mitglied der Sekte und ich erzähle denen, wie ich die Sache sehe. Die zünden mir die Hütte über dem Kopf an, das ist sicher!"

Sylvia wollte nicht weiter in sie dringen und erhob sich. „Es ist spät geworden, Frau Oberegger. Ich muss wieder zurück. Wir fahren morgen nach Hause. Ich wünsche Ihnen alles Gute und möchte Ihnen sagen, dass ich Sie ganz und gar nicht für verrückt halte."

Frau Oberegger sah sie mit feuchten Augen an: „Vielen Dank. Wenn es doch nur mehr Menschen wie Sie hier gäbe. Dann wäre mir wohler. Es ist nicht einfach, mit dieser Angst zu leben, allein in einer einsamen Berghütte ..."

Sie drückte Sylvias Hand so fest, dass diese vor Schmerz zusammenzuckte. Es dauerte noch eine ganze Weile, bis sie sich von der alten, einsamen Frau lösen konnte, denn die fand einfach kein Ende. Schließlich gelang es ihr aber doch und Sylvia machte sich auf den Weg zurück zu ihrer Hütte.

15

Als sie um die Wegbiegung kurz vor der Hütte kam, stieg Bernd gerade mit kurzer Hose in den Brunnen. Er war vom Joggen zurück und suchte jetzt Erfrischung in dem eiskalten Bergwasser. Brüllend ließ er sich in den ausgehöhlten Baumstamm sinken. Sylvia lachte und fragte: „Ist das Wasser kalt?"

Er stieg hastig wieder heraus und zeigte mit Daumen und Zeigefinger einen Abstand von rund zwei Zentimetern: „Ungefähr so!" gab er zurück und verzog das Gesicht. Sylvia lachte schallend über diese Art, die Wassertemperatur zu messen.

Sie ging hinein, besah sich Bernds Einkäufe und rief hinaus: „Oh, du hast Pfifferlinge gefunden. Das ist sehr gut. Die gibt's gleich zum Mittagessen!" Sie fing damit an, die Pilze zu reinigen. Seebacher kam zu ihr in die Küche, nachdem er sich umgezogen hatte.

„Möchtest du auch ein Gläschen Bier?", wollte er wissen.

„Nein danke. Um die Tageszeit noch keinen Alkohol. Sonst verschlafe ich den ganzen Nachmittag und das wäre doch wirklich schade, meinst du nicht?"

Er umarmte und küsste sie: „Nicht unbedingt ...", war sein einziger Kommentar. Dann trank er einen Schluck, nickte anerkennend und las interessiert das Flaschenetikett: „Egger Bier, gebraut im Bregenzerwald. Die brauen gar kein schlechtes Bier hier, das muss man ihnen lassen. Nur bei der Schreibweise ihrer eigenen Region sind sie sich offensichtlich nicht ganz einig. Hier oben ...", er zeigte auf den oberen Teil des Etiketts, „... schreiben sie Bregenzerwald zusammen und hier am unteren Rand schreiben sie Bregenzer und Wald auseinander. Ist doch komisch, oder?"

„Ich würde sagen: Hauptsache, es schmeckt", womit Sylvia natürlich völlig Recht hatte. „Wie war denn dein Ausflug ins Tal? Warst du erfolgreich?"

„Nun ja. Ich bekam auf jeden Fall noch Vorräte bei Adeg, das ist das Lebensmittelgeschäft am Ortsrand, dann war ich im Krankenhaus und danach bin ich zu dem Ferienhaus von Logotec gefahren."

„Und, sind die Leute noch da?"

„Ja, ich habe mit den drei Frauen und später auch mit den Männern gesprochen. Sie wollen heute Abend wieder nach Hause fahren. Das war eine komische Sache. Die haben mich nicht gerade freundlich empfangen und behaupteten, dass sie in den ganzen Wochen, die sie hier im Urlaub sind, nicht ein Mal in Argen oben waren. Das kann ich kaum glauben. Die wissen, wie schön es hier ist, da bleibt man doch nicht unten im Tal, oder?"

„Vielleicht wussten sie, dass Wiesel hier auf der Hütte ist, und wollten sich nicht den Urlaub damit versauen, dass sie ihm über den Weg laufen."

Seebacher sah seine Frau nachdenklich an. Vielleicht hatte sie Recht. Vielleicht wollten die Leute einfach nichts mit Wiesel zu tun haben. Dass sie ihn nicht mögen, hatten sie ja ziemlich deutlich zum Ausdruck gebracht. „Das ist auf jeden Fall alles sehr seltsam", schloss er seinen Gedankengang ab. „Weißt du, was aber noch seltsamer ist? Ich bin zu der Hütte da oben hoch gejoggt."

Sylvia sah ihn fragend an. „Man sieht das Dach der Alm von unserem Schopf aus", erklärte er, indem er in die Richtung zeigte, in der die Alm lag. „Der Blick da oben ist phantastisch. Du siehst den Talkessel und die Hütten hier von oben. Einfach unglaublich schön."

„Das ist doch die Kobler, oder?", fragte Sylvia.

Seebacher sah sie verdutzt an: „Ja, das stand außen auf einem Schild. Woher weißt du das?"

„Von Frau Oberegger. Von ihrer Hütte aus sieht man die Alm noch besser. Vielleicht können wir später ja noch hochgehen."

„Vielleicht – aber was ich sagen wollte: Als ich von der Hütte wieder weglief, spürte ich, dass mir jemand nachsah. Ich schaute zurück und bemerkte eine Bewegung im Fenster. Die ganze Zeit über hatte ich das Gefühl gehabt, ich würde beobachtet. Erst als die Hütte außer Sicht war, wurde mir wieder wohler. Irgendetwas muss an der Hütte sein, aber außer dem Fenstergucker ist mir nichts aufgefallen." Er sah seine Frau an, und als die ratlos Schultern und Augenbrauen hochzog, fuhr er fort: „Und auf dem Heimweg habe ich die Pilze gefunden. Eine Traumstelle. Es leuchtete ganz gelb von den vielen Pfifferlingen unter den niedrigen Tannen. Ich fing natürlich sofort an, sie einzusammeln, und dann ...", er streckte den rechten Zeigefinger nach oben und machte eine kurze Pause. „Ich wollte zuerst einen kleinen Pilz nehmen, ließ ihn aber stehen, so wie sich das gehört, und da fiel es mir ein: Auf den Polizeifotos von der Küche hier in dieser Hütte lagen überall Pfifferlinge auf dem Boden herum und ein großer Teil davon war so klein, dass ein vernünftiger Mensch sie niemals gesammelt hätte! Das war es, was mich immer an den Bildern gestört hat. Und jetzt rufe ich Daniele an. Ich möchte, dass er bei Frau Wiesel nachfragt, ob ihr Mann ein erfahrener Pilzsammler war."

Er nahm sein Handy: „Hallo Daniele, ich bin's schon wieder. Stör ich?"

„Nein, ich bin gerade dabei, das Bild vom Stuhl auszudrukken, und dann geh ich zu Frau Wiesel. Wie läuft´s bei dir?"

„Im Moment reichlich Hinweise und Spuren. Ich muss erst mal versuchen ein wenig Ordnung in die Geschichte zu bringen. Bei den Logotec-Familien habe ich heute vorbeigeschaut, die haben aus ihrer Abneigung Wiesel gegenüber keinen Hehl gemacht, behaupten aber, dass sie ihn während des ganzen Urlaubes kein einziges Mal gesehen haben. Jetzt aber etwas anderes: Könntest du Frau Wiesel auch noch fragen, ob ihr Mann ein erfahrener Pilzsucher ist? Das ist wichtig für mich."

„Wieso das denn?"

„Der hat hier eine Pilzstelle so kahl geräumt, wie es ein erfahrener Pilzsammler nie tun würde, und ich habe das Gefühl, dass das mit unserem Fall zu tun hat."

„Klingt zwar ziemlich abenteuerlich, aber ich werd' sie fragen", erwiderte Daniele.

„Super, vielen Dank! Und ruf mich bitte an, wenn du Neuigkeiten hast."

Seebacher steckte das Handy ein und sah seine Frau an. Sie hatte ihn die ganze Zeit über aufmerksam beobachtet und schüttelte nun den Kopf: „Du glaubst doch nicht im Ernst, dass zu kleine Pilze etwas mit dem Verschwinden des Mannes zu tun haben?"

„Nein, eigentlich nicht. Ich kann es mir nicht vorstellen und ich kann es nicht glauben, aber ich hab' so ein Gefühl ...", die letzten Worte sagte er nur leise vor sich hin.

„Hier ist einiges mehr als seltsam", fuhr Sylvia fort. „Der Senn auf der Kobler – er heißt übrigens Alfons – hat nach Ansicht von Frau Oberegger ihren Mann umgebracht."

„Was?! Und das erzählst du mir erst jetzt?", fuhr Seebacher erregt auf.

„Ich wollte deinen Bericht nicht unterbrechen. Wir haben noch genug Zeit uns alles zu erzählen, oder?" Seebacher beruhigte sich wieder: „Ja, ja. Aber jetzt erzähl' schon. Was ist mit dem Mann von Frau Oberegger? Wie kam der ums Leben, wann und wo?"

„Es war vor ein paar Jahren. Wann genau, weiß ich nicht. Der Mann von Frau Oberegger und Alfons waren weit hinauf gegangen um das Vieh zurückzutreiben. Und da stürzte

Oberegger über eine Felskante in die Tiefe. Frau Oberegger ist sich sicher, dass die Aussage von Alfons falsch ist. Ihr Mann war Bergsteiger, war bei der Bergrettung und flink wie ein Wiesel. Sie ist davon überzeugt, dass Alfons ihren Mann in die Tiefe gestoßen hat. Außerdem war da noch ein Tourist in der Nähe, der den Unfall anscheinend gesehen hat. Aber Frau Oberegger meint, dass der mit Alfons unter einer Decke steckte."

„Wieso unter einer Decke?"

„Herr Oberegger war Mitglied in einer Sekte, die ihm aber zu radikal wurde, und deshalb stieg er aus. Frau Oberegger meint, dass Alfons und auch der Tourist, der den Unfall angeblich gesehen hat, Mitglieder der Sekte sind und dass sie ihren Mann getötet haben."

„Aha – und was ist das für eine Sekte?"

„Sie nennen sich ‚Maganiten'. Nach einer Frau namens Maga, das kommt übrigens aus dem Lateinischen und bedeutet ‚Zauberin'. Diese Maga erschien eines Nachts einem Mann und soll ihn drei Tage und drei Nächte lang in der wahren Lehre unterrichtet haben."

„Klingt so, als hätten sie ihren Spaß gehabt", warf Seebacher grinsend ein. Sylvia verzog das Gesicht zu einem gequälten Lächeln und dann berichtete sie ihm alles, was sie über die Sekte in Erfahrung gebracht hatte. Als sie geendet hatte, sah Seebacher nachdenklich zum Fenster hinaus und murmelte: „Das ist ja sehr interessant, eine Messe bei Vollmond ..." Eine ganze Weile hingen sie ihren Gedanken nach, bis Seebacher plötzlich fragte: „Wann ist eigentlich Vollmond? So hell, wie es letzte Nacht war, kann es nicht mehr lange dauern, was meinst du?"

Sylvia hob die Achseln und schüttelte den Kopf: „Keine Ahnung, wann genau Vollmond ist."

Das Essen war unglaublich schmackhaft. Das Aroma der Pilze war sehr intensiv und Sylvia hatte sie nur mit klein gehackten Zwiebeln in etwas Butter angedünstet. Dadurch war der

Geschmack unverfälscht geblieben und der grüne Veltliner passte sehr gut dazu. Nach dem Essen fragte Sylvia: „Weißt du eigentlich, was es bedeutet, wenn der Mond über oder unter sich geht? Frau Oberegger sprach ständig davon."

„Das kann ich dir erklären. Einen Moment!" Er stand auf und kam mit einer Petroleumlampe, einem kreisrunden Brotzeitbrett, einem Apfel und einer Mozartkugel zurück.

„Was wird das?", wollte Sylvia wissen.

„Damit erkläre ich dir jetzt, wie das funktioniert." Er stellte die Lampe in die Mitte des abgeräumten Tischs. „Das ist die Sonne."

Dann setzte er sich Sylvia gegenüber und legte zunächst nur den Apfel vor sich an den äußersten Rand der Tischplatte. „Und das ist die Erde. Sie bewegt sich in einem Jahr einmal um die Sonne."

Er nahm den Apfel in die Hand, beugte sich vor und ließ die Frucht einmal in einer großen Bewegung knapp über der Tischplatte um die Sonne kreisen. Nachdem er den Apfel wieder vor sich hingelegt hatte, nahm er die Mozartkugel und hielt sie hoch: „Du hast es sicher schon erraten: Das hier ist natürlich der Mond. Der kreist bekanntlich um die Erde und braucht dafür einen Monat." Sylvia nickte. Bis hierher war ihr noch alles klar.

„Aber jetzt kommt's", fuhr Seebacher fort. „Die Erde umkreist die Sonne und bleibt dabei immer auf der gleichen Bahn. In unserem Fall hier auf der Tischplatte. Hast du das verstanden?"

„Ja, ich bin doch nicht blöd! Die Tischplatte ist die Ebene, auf der die Erde um die Sonne wandert."

„Genau. Der Mond aber ...", er nahm die Mozartkugel wieder hoch. „Der Mond bewegt sich auf seinem Weg um die Erde auf einer anderen Ebene." Er nahm das runde Brett und legte es so vor sich auf den Tisch, dass es zur Hälfte über die Tischkante hinausragte. Dann kippte er es mit einer Hand ein paar Zentimeter nach unten und hielt es fest. Es lag jetzt schräg auf der Kante der Tischplatte. Dann nahm er die Mozartkugel und ließ sie am äußeren Rand des kreisrunden Brettes entlang kontinuierlich kreisen.

„In der Mitte des Brettes stellen wir uns jetzt die Erde vor. Auf dieser, im Verhältnis zur Erdbahnebene – also der Tischplatte – schrägen Ebene umkreist der Mond die Erde. Jetzt ist er hier am tiefsten Punkt seiner Bahn. Nach zwei Wochen ist er hier oben, am höchsten Punkt.“ Er hielt in der Bewegung inne und ließ die Mozartkugel am höchsten Punkt des Brettes verweilen.

„Und nach einem Monat ist er wieder hier an seinem Ausgangspunkt.“ Er ließ die Mozartkugel wieder bis zum untersten Punkt des Brettes wandern. Diesen Punkt nennt man auch Südwende. Der oberste Punkt heißt Nordwende. Wandert der Mond vom tiefsten Punkt zum höchsten“, zur Demonstration bewegte er die Kugel wieder nach oben, „dann geht der Mond über sich. Seine Bahn ist also ansteigend. Hat er die Nordwende durchlaufen, geht es wieder abwärts. Jetzt geht er unter sich.“

„Das ist ja wirklich ganz einfach“, sagte Sylvia beeindruckt. „Überhaupt nicht kompliziert!“ Sie staunte immer wieder darüber, wie Bernd ihr mit einfachen Mitteln Dinge erklären konnte, die sie vorher nie verstanden hatte.

„Woher weißt du das eigentlich alles?“, fragte sie.

„Ich hab‘ doch neulich ein Buch über das Thema gelesen, und wenn man es mal kapiert hat, ist es gar nicht so kompliziert. – Na ja, in Wirklichkeit ist es sogar sehr kompliziert, aber das Grundprinzip, das ist einfach“, erwiderte Seebacher.

Später machten sie einen ausgedehnten Spaziergang hinauf zur Alm und diesmal bekamen sie den Bewohner der Hütte, den Senn Alfons, auch zu Gesicht. Er war ein Bär von einem Mann, der auf ihre Frage, ob er Milch und Käse verkaufe, nur mit einem abweisenden: „Na, hier gibt's nix“, antwortete und wieder im Stall verschwand. Die Seebachers sahen sich an und gingen dann vor zum Holzkreuz, wo sie sich auf die Bank setzten. Seebacher hatte Sylvia den Blick von hier oben aus zwar beschrieben, trotzdem war sie überwältigt. Sie konnten sich an den Wäldern und Grasmatten, überragt von Felsen, die Fluten von Geröll ins Tal hinunterschickten, nicht satt sehen. Weit oben waren Schneefelder, die selbst im Sommer nicht wegschmolzen. Lange saßen sie stumm da, bis Seebacher wieder ein ungutes Gefühl beschlich und er sich umdrehte. Der Hüne stand, eine Mistgabel mit den Spitzen nach oben neben sich, nur wenige Meter von ihnen entfernt und starrte sie an. Es ging etwas so Bedrohliches von ihm aus, dass sich alles in Seebacher sofort anspannte. Sylvia bemerkte, dass irgendetwas vorging, und drehte sich ebenfalls um. Als sie den Mann mit der gefährlich aufgerichteten Mistgabel sah, schrie sie vor Schreck auf.

„Was soll das? Warum schleichen Sie sich so an uns heran?", fragte Seebacher gefährlich ruhig. Äußerlich hatte er sich im Griff, aber innerlich kochte er vor Wut über diesen riesenhaften Rüpel, der sich offensichtlich einen Spaß daraus machte, unbescholtene Touristen zu erschrecken.

„Ich habe mich nicht angeschlichen. Sie haben mich nur nicht bemerkt", gab der Riese mit kaltem Bass zurück.

„Komm, lass uns gehen", Sylvia war aufgestanden. Der besorgte Blick auf ihren Mann zeigte, dass sie Unheil ahnte. Sie wusste, dass Bernd in solchen Situationen entgegen seiner gewohnten Friedfertigkeit sehr unangenehm werden konnte. Und der sah jetzt tatsächlich mit sehr kleinen Augen seinem fast einen Kopf größeren Gegenüber ins Gesicht.

„Junge, wenn du dich wieder einmal an fremde Leute heranschleichst um ihnen Angst zu machen, dann schau sie dir vorher genauer an. Das nächste Mal machst du sonst eine schmerzhafte Erfahrung …"

Der Mann starrte ihn ungläubig an, senkte die Mistgabel bis sie auf Seebachers Brust zeigte und ging langsam auf ihn zu. Sylvia wich zur Seite, sie war kreidebleich geworden. Als die Gabel nahe genug war, riss Seebacher den Arm so schnell hoch, dass sein Gegner die Bewegung kaum wahrnahm. Er spürte nur, dass ihm der Stiel der Gabel mit einem Ruck aus den Händen gerissen wurde und er plötzlich eine der Spitzen an seinem Hals hatte.

„Merk dir's und mach das nie wieder! Verstanden?"

Der Riese nickte vorsichtig um sich nicht an der Spitze zu verletzen, die ihm schon schmerzhaft ins Fleisch drückte. Daraufhin schleuderte Seebacher die Mistgabel in hohem Bogen weg, nahm seine Frau und ging mit ihr am Arm davon, ohne sich noch einmal umzudrehen.

Sie waren schon eine Viertelstunde gegangen, als Seebachers Handy klingelte. Er las „Daniele" auf dem Display und meldete sich: „Hallo Dani, dich hab' ich völlig vergessen! Was gibt's Neues? Hast du mit Frau Wiesel gesprochen?"

„Ja, sie sagt, ihr sei das Zeichen noch nie aufgefallen, und sie weiß auch nicht, wer es draufgemalt haben könnte. Sie war sich aber ganz sicher, dass ihr Mann genau auf diesem Stuhl gesessen hat, als sie mit ihrem Sohn ins Tal fuhr. Und dann plötzlich fiel ihr wieder ein, dass sie, als sie in die Hütte zurückgekehrt ist, den Stuhl mehr oder weniger unbewusst wieder aufgehoben hat. Anscheinend lag er mitten in der Stube. Sonst will sie aber nichts verändert haben. Ist doch seltsam, oder? Das einzige, was sie verändert, ist die Lage des Stuhles, auf den dieses Zeichen gemalt wurde."

„Ja, merkwürdig", erwiderte Seebacher nachdenklich.

„Irgendwie war ihr die Geschichte auch unangenehm. Das war offensichtlich."

„Wie meinst du das?"

„Als ich ihr das Bild zeigte, bekam sie leicht rote Backen. Weißt du, so wie wenn man ein Kind beim Schwindeln ertappt, verstehst du?"

„Sag bloß, du hast als Kind geschwindelt!", antwortete Seebacher lachend.

„Hab' mich zumindest nicht dabei erwischen lassen", entgegnete Daniele ungerührt. „Und dann fiel ihr noch was ein. Sie sagte, dass letztes Jahr im Sommer jemand nachts vor ihrem Haus genau so einen Kreis auf ihr Auto gesprüht hat. Hinten auf den Kofferraumdeckel. Ihr Mann muss vor Wut getobt haben. Jedenfalls, so sagt sie, sah der Kreis dem auf dem Stuhl sehr ähnlich."

„Das ist ganz bestimmt kein Zufall. Wenn ich nur wüsste, was das zu bedeuten hat", grübelte Seebacher. „Sieht fast so aus, als wäre Wiesels Verschwinden keine rein österreichische Angelegenheit. Irgendjemand in Freiburg hat da auch noch die Finger drin. Hältst du es für möglich, dass seine Frau den Kreis auf das Auto gesprüht hat?"

„Möglich wäre es schon. Sie hat jedenfalls seltsam reagiert ...", entgegnete Daniele.

„Und was hat sie zu den fehlenden fünfundvierzig Minuten gesagt?"

„Also, da war ihr Unbehagen noch offensichtlicher. Sie bekam einen ganz roten Kopf, sah mich erschreckt an und sagte zuerst, sie wisse auch nicht mehr so genau, was an diesem Abend wie abgelaufen sei. Doch dann erinnerte sie sich plötzlich wieder. Sie behauptet, sie sei mit dem Jungen noch eine Weile durch die Gegend gefahren, weil er Angst hatte wieder zu seinem Vater in die Hütte zurückzukehren."

„Klingt aber plausibel", warf Seebacher ein. „Hast du sie noch wegen der Pilze gefragt? Ist ihr Mann Pilzsucher?"

„Ach ja, das hätte ich fast vergessen. Er sammelt hin und wieder im Schwarzwald Pilze und im Urlaub wird es immer zu einer echten Leidenschaft."

„Aha, er kennt sich also aus auf dem Gebiet ...", überlegte Seebacher. „War sonst noch was?"

„Nein, mehr konnte sie nicht dazu sagen. Ich habe sie aber noch gefragt, wie es kommt, dass sie gestern den ganzen Vormittag mit Bummeln verbringen konnte, wo doch ihr Mann spurlos verschwunden sei. Und weißt du, was sie dann gemacht hat? Sie hat mich höflich, aber bestimmt aus dem Haus geworfen!“

„Tut mir Leid, Daniele, aber das hätte ich an ihrer Stelle auch getan“, entgegnete Seebacher.

„Ja, vielleicht hätte ich ihr das besser nicht gesagt ...”, lenkte Daniele ein. Nun schwiegen beide einen Moment, dann fragte Daniele: „Bernd, meinst du, du brauchst mich noch? Ich wollte heute abend mit Uli ausgehen.”

„Nein, ich glaube nicht. Du kannst ja das Handy für alle Fälle an lassen, aber ich hab‘ nicht vor dich nochmal zu stören“

„Aber Chef, du störst mich doch nie!“

„Die Antwort gibt fünf Punkte.“ Sie setzten das Spiel mit dem „Kriecherkonto“ auch auf Distanz fort. Dabei vergab Seebacher Punkte für gute Kommentare seiner Mitarbeiter und nahm den Punktestand hin und wieder zum Vorwand die beiden zum Essen einzuladen.

„Da wird sich Norbert aber ärgern, wenn ich seine Abwesenheit so schamlos ausnutze.“

„Macht nichts, die Antwort war fünf Punkte wert, ob Norbert nun da ist oder nicht. Also, viele Grüße an Uli und ich wünsche euch einen schönen Abend.“

„Danke und grüß’ du Sylvia von mir. Euch ebenfalls einen schönen Abend.“

„Ja, du mich auch“, beendete Seebacher das Gespräch.

Am Abend saßen die Seebachers noch sehr lange Rücken an Rücken auf der Brüstung draußen im Schopf und sahen in den Nachthimmel. Man konnte hier viel mehr Sterne sehen als zu Hause in Freiburg und außerdem hatten schon drei Sternschnuppen ihre leuchtende Bahn an den Himmel gezeichnet. Sie hatten sich beide daraufhin etwas gewünscht, natürlich ohne dem anderen den Wunsch zu verraten, denn sonst würde er sich ja nicht erfüllen. Seebacher trank ein Egger Bier aus dem Bregenzerwald und dann noch eins aus dem

Bregenzer Wald, während Sylvia sich den grünen Veltliner schmecken ließ. Gegen elf Uhr gingen sie schlafen und Sylvia, der der Schreck vom Mittag noch immer in den Knochen steckte, verrammelte Türen und Fensterläden, damit auch ja niemand in die Hütte eindringen konnte.

16

Die Hütte lag völlig einsam da oben auf der Weide. In den Fenstern schimmerte friedlich ein schwaches Licht. Es war von außen gesehen Idylle in ihrer reinsten Form. Die Nacht war sehr hell, obwohl der Mond noch nicht über dem Wildhorn aufgetaucht war. Die Tür öffnete sich und eine riesige Gestalt füllte den Türrahmen. Der Mann hatte ein Stück hellen Stoff über den Arm gelegt. Er trug ihn hinter die Hütte und hängte ihn dort auf die Leine. Er wollte das Tuch noch so lange wie möglich in der Vollmondnacht draußen hängen lassen, bevor es seiner Bestimmung zugeführt werden sollte. Dann ging er in die Stube zurück.

Am Tisch saß stumm ein Gast und in einer Ecke kauerte seine Frau. Sie hatte ein wahres Festessen aufgetischt an dem sie selbst aber nicht teilnahm. Alfons setzte sich ebenfalls an den Tisch.

Der Gast war Senn weiter oben auf der Hochalpe. Er war extra heruntergekommen um seinem Kameraden zu helfen. Sie schaufelten schweigend das Essen in sich hinein. Die Spannung in der niedrigen Stube war mit den Händen greifbar. Es war jetzt halb zehn und sie hatten keine Eile. Erst würden sie in Ruhe essen und dann ihre wertvolle Fracht hinauf befördern. An der Leine beim Ofen hingen zwei dunkelgraue

Umhänge. Das sah sehr gespenstisch aus, denn die Stube war nur spärlich mit einer Kerze und einer Petroleumlampe beleuchtet. Sie tranken Wasser zum Essen und starrten vor sich auf den Teller. An der Wand hing eine Uhr, deren Ticken nur von dem Schmatzen der beiden Männer und dem prasselnden Feuer im Ofen übertönt wurde. Vom Kuhstall klangen hin und wieder Geräusche herüber. Als sie ihre Teller leer gegessen hatten, lehnten sie sich zurück und starrten einander immer noch schweigend an. Minutenlang saßen sie so ohne ein Wort, bis Sepp – so hieß der Gast – zur Uhr hinüberblickte und murmelte: „Alfons, ich glaube, du solltest jetzt anfangen."

Alfons legte die Hände auf die Tischplatte und drückte mühsam seinen massigen Körper in die Höhe. Ächzend kam er zum Stehen. Er musste den Kopf einziehen, da er für diese niedrige Stube viel zu groß war. Langsam schlurfte er in die Küche und kam kurz darauf mit einem Tablett zurück. Sepp stand auf, öffnete eine Falltüre in der hinteren Ecke des Raumes und hängte Alfons die Petroleumlampe an den ausgestreckten Zeigefinger unter dem Tablett. Der Riese verschwand ohne ein weiteres Wort in der Luke.

Rolf spürte sofort, dass Alfons heute nicht gut drauf war. Als er aber sah, dass er ihm ein wahres Festessen auftischte, war die schlechte Laune seines Wächters schnell vergessen. „Mensch, das ist ja fast wie eine Henkersmahlzeit", sagte Wiesel begeistert. Hätte er bemerkt, wie Alfons zusammenzuckte, ihm wäre der Appetit gründlich vergangen. Auch dass Alfons blass geworden war, konnte Wiesel bei dem Licht nicht erkennen.

Rolf machte sich, wie immer, völlig ausgehungert über das Fleisch mit Kartoffeln her und hatte nach einem halben Teller bereits zwei große Gläser Rotwein hinuntergeschüttet. Seine Augen bekamen schon einen feuchten Glanz. Alfons füllte Wiesels Glas erneut mit Rotwein, wobei er unbemerkt ein Pulver in das Getränk mischte. Darauf füllte er sich ein zweites Glas und prostete ihm zu. Sie tranken in einem Zug aus und Alfons spürte, wie ihm der Wein wohltuend den Hals hinabfloss. Er schenkte erneut ein und sie tranken jetzt etwas langsamer. Nach zehn Minuten bekam Wiesel Probleme Alfons mit den Augen zu fixieren. „Ich glaube, ich habe zu schnell getrunken. Ich muss mich hinlegen", lallte er und wollte aufstehen. Aber die Beine gehorchten ihm nicht mehr und er stürzte der Länge nach zu Boden. Alfons beugte sich zu ihm hinab und schüttelte ihn: „He, Rolf! Steh auf!", rief er, aber Wiesel rührte sich nicht mehr. Sepp hatte alles von oben mit angehört und kam jetzt die Treppe herunter. Er zog Wiesel hoch, indem er von hinten die Arme um seinen Brustkorb schlang, und Alfons packte ihn an den Beinen. So trugen sie den Bewusstlosen hinauf in die Stube, wo sie ihn auf der alten Couch in der Ecke ablegten. Sepp ging hinaus und fuhr den Jeep vor. Nachdem sie ihren Gefangenen auf die Ablage hinten ins Auto gelegt hatten, ging Alfons um die Hütte und holte den hellen Umhang von der Leine. Er war klamm und fühlte sich unangenehm an. Alfons fröstelte bei dem Gedanken dieses feuchtkalte Kleidungsstück anziehen zu müssen. Als er zum Jeep zurückkam, verschwand seine Frau wortlos, ohne einen Blick zu ihrem Mann, in der Hütte und schloss die Tür. Er legte den hellen Umhang auf den Rücksitz und gab Sepp die beiden dunkelgrauen Mäntel. Dann setzte er sich auf den Fahrersitz und startete den Motor. Sie fuhren so weit hinauf, wie es mit dem Wagen möglich war, und stellten ihn dann zwischen niedrigen Kiefern ab. Aus der Dunkelheit tauchten plötzlich unheimliche Gestalten auf. Es waren sechs kräftige Männer, die auf den Jeep gewartet hatten. Alfons und Sepp stiegen aus, während vier Männer sofort hinter den Wagen traten. Sie breiteten ein ungefähr zwei Meter langes und einen Meter breites Tuch mit an den Längsseiten eingenähten dicken Holzstangen am Boden aus, zogen den immer noch bewusstlosen Wiesel aus dem Auto und legten ihn auf das Tuch. Sie griffen nach den Enden der Stangen, wuchteten sie auf Kommando gleichzeitig auf ihre Schultern und begannen sofort den beschwerlichen Weg hinauf. Diese unheimliche Szene hatte sich abgespielt, ohne dass die Männer auch nur ein einziges Wort gewechselt hatten. Nach über einer Stunde schweißtreibenden Aufstiegs, während der sich die acht stummen Gestalten immer wieder mit dem Tragen des Gestells abgewechselt hatten, kamen sie oben auf einer Kuppe an. Das Bild, das sich ihnen bot, war gespenstisch. In der Senke unten brannten in einem großen Kreis mehrere kleine Feuer und dazwischen sah man viele Gestalten mit Fackeln geschäftig hin und her laufen. Froh, angekommen zu sein, machten sie sich auf den Weg hinunter in den Kreis.

In seinem Dämmerzustand spürte er nur, dass an ihm herumhantiert wurde. Als man ihm aber den feuchtkalten Umhang über den nackten Körper zog, kam er wieder zur Besinnung. „Was – was soll das? Was ist hier los?“, murmelte er vor sich hin. Aus weiter Ferne hörte er eine Stimme: „Los, legt ihn drauf, schnell!“

Er wurde hochgehoben, dann spürte er, dass er auf einer harten, schmalen Unterlage lag. Einige Hände hielten ihn, während andere ihn an Armen und Beinen festbanden. Seine Gedanken wurden langsam wieder klarer, und als ihm die Erkenntnis ins Bewusstsein drang, dass irgendetwas Ungewöhnliches mit ihm geschah, war es bereits zu spät. Er lag auf einem Baumstamm, der nun mit Hilfe von Seilen und vielen kräftigen Armen aufgestellt wurde. Als der Pfahl beinahe senkrecht stand, rutschte er in ein Loch, in dem er mit leichter Schräglage stehen blieb. Die Männer hinter Wiesel zogen an ihren Seilen, bis er gerade stand, und dann fingen andere damit an, das Loch mit Steinen aufzufüllen. Bald war der Stamm fest und sicher im Boden verankert. Die Riemen waren kräftig angezogen worden, weshalb Rolf sich keinen Millimeter rühren konnte und Arme und Beine anfingen zu schmerzen. Gehetzt blickte er um sich. Zu seinen Füßen rannten Gestalten mit schwarzen Kapuzenumhängen hin und her. Dass sie Brennholz, das bereits hinter dem Stamm vorbereitet lag, um ihn herum zusammenzogen und bis zu seinen Füßen aufschichteten, sah er allerdings nicht, denn so weit konnte er den Kopf nicht senken. Die Nacht war klar und sehr hell, obwohl der Mond noch immer nicht zu sehen war, und im Feuerschein sah Rolf hin und wieder unheimliche Blicke, die ihm durch die Löcher in den Kapuzen zugeworfen wurden. Manche Augenpaare glotzten nur dumpf zu ihm herauf, in anderen sah er ein fanatisches Leuchten, das ihm unheilverkündend erschien. Er bekam Angst. Im Hintergrund konnte er schemenhaft Figuren mit Fackeln in der Hand ausmachen. Es war sternklar, schneidend kalt und er war jetzt schon durchgefroren. Er zitterte vor Kälte und Angst am ganzen Körper. Ein wahnsinniger Drang Wasser zu lassen elektrisierte ihn, und noch ehe er sich's versah, lief die Bescherung an seinen nackten Beinen hinunter. Er versuchte an sich hinabzublicken, aber auch jetzt konnte er den Kopf nicht weit genug senken. Er spürte ein grob gewobenes Gewand aus Leinen an seinem Körper. Darunter war er nackt, das wurde ihm jetzt schmerzlich bewusst, denn seine Füße taten weh von der Kälte. Seine nächste Entdeckung war auch nicht dazu angetan, ihn zu beruhigen oder seine Angst zu mildern: Er erkannte bei einer Gruppe von Kapuzenmännern im Hintergrund ein Tier. Es war an einem Pfosten festgebunden und musste von der Größe her ein Hund, ein Schaf oder so etwas ähnliches sein. Finstere Gestalten mit Kapuzenumhängen, überall gespenstisches Licht verbreitende Fackeln und Feuer, dazwischen irgendein Vieh, völlig abgeschieden, mitten in der Nacht, irgendwo in den Bergen und als einzig normaler Mensch er selbst, festgebunden an einen Stamm – das war zu viel für Rolf. Mit dem Mut der Verzweiflung schrie er: „He, was soll das? Mir drückt es das Blut ab und frieren tu ich auch wie ein Schwein! Macht mich sofort los!"

Aber niemand antwortete ihm, die Kapuzen um ihn herum murmelten nur unverständliches Zeug. Wiesel versuchte sie mit seinem Geschrei zu übertönen und mit einem Schlag wurde es still. Im Blickfeld des Gefesselten tauchte eine riesige Kapuzengestalt auf. Rolf erkannte nicht sofort, wodurch diese Gestalt sich von den anderen unterschied, doch dann ging es ihm auf: Ihr Umhang war ein wenig heller als die anderen. Der Hüne trat ganz nah zu Rolf und sah ihn an. Wiesel erkannte ihn an den Augen und unendliche Erleichterung breitete sich in ihm aus: „Mensch, Alfons!“, rief er. „Gott sei Dank, dass du da bist! Sag’ diesen Spinnern, sie sollen mich losbinden. Mir ist saumäßig kalt! Ich hol’ mir hier noch den Tod!“ Anstatt zu antworten, drehte sich Alfons um, ging zu einem großen Topf, der ein paar Meter entfernt über einem Feuer hing, und kam mit einem gefüllten Becher zurück. „Hier trink, das vertreibt die Kälte.“

Wiesel nahm einen Schluck und die Wärme dieses seltsamen alkoholischen Getränkes erfüllte mit einem Mal seinen ganzen Bauch. Nach einem weiteren Schluck fühlte er sich schon viel besser. Sein ganzer Körper war plötzlich wohlig warm und er fragte sich, warum er sich eigentlich so aufregte. Es war doch alles in bester Ordnung.

„Danke”, seufzte Wiesel in Alfons’ maskiertes Gesicht und sah dann lächelnd über die schwarzen Gestalten hinweg. Alfons drehte sich zu den anderen um und gab ihnen ein Zeichen. Der Mond hatte sich zwischenzeitlich über den Wildhorngrat geschoben und war jetzt voll zu sehen. Er hing wie ein Lampion orange leuchtend über der bizarren Felsformation und der Sternenhimmel blinkte und funkelte. Die kleine Senke, hoch oben unterhalb des ersten Schneefeldes, war vom Mondlicht durchflutet und es war sehr hell. Man konnte alles erkennen, auch ohne Fackellicht. Einige Figuren machten sich auf Alfons’ Zeichen hin daran, den Ziegenbock – es war tatsächlich ein kohlrabenschwarzer Ziegenbock – auf seltsame Weise mit einem Seil einzuwickeln, sodass er am Ende aussah wie ein verschnürtes Paket, aus dem nur noch Hals und Kopf herausragten. Sie packten das Bündel und trugen es bis zu Wiesels Baumstamm, wo sie es auf den Boden legten. Zwei andere brachten eine Leiter, legten sie an dem Stamm an und einer kletterte mit dem Seil, das aus dem hinteren Ende des eingeschnürten Ziegenbock herauskam, die Leiter hinauf. Oben war in das Ende des Stammes eine Vertiefung gehauen worden, in die der Mann das Seil legte und dann so lange nachschob, bis es auf der Rückseite weit genug nach unten hing. Sofort packten ein paar Männer hinter dem Stamm das Seilende und fingen an zu ziehen. Langsam stieg der Bock mit dem Hinterteil voraus in die Höhe, bis er mit dem Kopf nach unten ungefähr dreißig Zentimeter über Wiesels Kopf hing. Der Mann auf der Leiter schnürte das Tier fest und kam dann herunter. Der Ziegenbock gab verängstigte Laute von sich und versuchte ein paar Mal vergeblich zu zappeln. Wiesel sah nach oben direkt in die Augen des verängstigten Tieres und lachte: „Na, du siehst aber auch lustig aus! Machst du so was öfter?" Von der Droge wie in Watte eingehüllt, wurde sich Wiesel der drohenden Gefahr nicht bewusst.

Einige der Vermummten schritten in stiller Prozession zur Feuerstelle mit dem riesigen Topf hinüber, wo sie von Alfons einen Becher des heißen Gebräus erhielten. Der andere Teil steckte, angeführt von Sepp, dem zweiten Grauen, um Wiesel herum einen Kreis mit vierzehn gigantischen, ungefähr zwei Meter hohen Fackeln, die sie nacheinander entzündeten. Dann gingen auch sie hinüber zu dem Feuer um sich ihren Trank abzuholen. Wiesel rief: „Aber dem großen Dikken da keinen Zaubertrank geben, der ist als Kind schon reingefallen und außerdem ist er gar nicht dick!" Er brüllte vor Lachen, aber niemand nahm mehr Notiz von ihm.

Vier Kapuzenmänner setzten sich auf den Boden, im Rükken ein wärmendes kleines Feuer, und einer begann auf zwei kleinen Trommeln leise einen Rhythmus zu schlagen. Es war ein ganz einfacher und eingängiger Rhythmus. Die beiden grauen Figuren tranken ebenfalls ihre Becher aus und begannen zunächst ganz sachte und bedächtig zum Schlag der Trommeln zu tanzen. Dann setzte der zweite Trommler ein und der Rhythmus der beiden gegenläufigen Schlagfolgen wurde komplizierter. Die beiden Grauen bewegten sich jetzt schneller. Es verging wieder eine Weile, dann folgte der dritte Trommler und die beiden Tänzer sprangen durch die Luft. Sie machten zuerst nur kleine und dann immer größere Sätze.

Doch auf einmal war alles – jeder Ton und jede Bewegung – wie abgeschnitten. Die Tänzer erstarrten und die Hände schwebten reglos über den Trommeln. Dann plötzlich schlug der vierte Trommler mit einer solchen Wucht auf sein Instrument – er hatte nur eine, dafür aber die größte Trommel – dass es einen ohrenbetäubenden Knall gab. Und das war offenbar die Eröffnung der Zeremonie, denn von links sprangen schwarze Figuren mit grässlichen Teufelsmasken in den gespenstisch erleuchteten Kreis der rund herum angesteckten kleinen Feuer. Von rechts sprangen weiße Figuren mit blondgelockten Frauenmasken in den Kreis und sofort fingen die Teufel damit an, hinter den Frauen herzujagen. Die vier Trommeln hatten wieder eingesetzt und alle bewegten sich in wunderbarem und zugleich unheimlichem Einklang mit den Rhythmen. Wiesel – unter dem Einfluss der Drogen – war völlig begeistert und sah glucksend vor Freude dem bunten Schauspiel zu, das offenbar nur ihm zu Ehren abgehalten wurde. Immer wieder feuerte er die teuflischen Verfolger der blonden Frauen an. „Los! Schnapp sie dir! Ich will sehen, was du mit ihr machst!“, rief er ihnen zu. Am liebsten wäre er hinabgestiegen um bei dem Spaß mitzumachen. Eine unbändige Wollust befiel ihn. Er spürte, wie sich sein Glied gegen den Druck der Seile um seinen Körper aufrichten wollte.

Das scheinbare Durcheinander formierte sich bald zu einer Ordnung, bei der jeder Teufel eine weiße Frau in seinen Klauen festhielt. Wiesel, jetzt völlig high, johlte vor Freude über das Schauspiel, das eine ganze Weile lang daraus bestand, dass die beiden Grauen in dem inneren Fackelkreis tanzten. Sie begannen direkt vor Wiesel und umtanzten ihn, einer links, einer rechts herum. Auf der gegenüberliegenden Seite des Kreises trafen sie sich wieder. Dann wurden ihre Ausflüge immer kürzer, bis sie schließlich genau vor Wiesel nur noch auf der Stelle tanzten. Die Rhythmen wurden wieder sanfter und leiser, ebenso die Bewegungen der beiden Tänzer. Dann wurde es still und alle drehten sich in die Richtung, in die Rolf Wiesel zwangsläufig immer gesehen hatte. Er erschrak zwar, freute sich aber wie ein kleines Kind, als in ungefähr zwanzig Metern Entfernung eine Stichflamme in den Himmel schoß und er eine weitere Kapuzengestalt vor dem riesigen Flammenkegel entdeckte. Ein Raunen ging durch die Umstehenden, und als die neue Kapuzengestalt, sie war hellgrau, beide Arme in die Höhe riss, schlugen die Trommler wie die Besessenen auf ihre Instrumente ein. Einer der beiden Grauen zog eine kleine Axt unter seinem Umhang hervor und hob sie drohend hoch. Dann begann er damit, den zweiten Grauen zu umkreisen, und sie führten eine Art Kriegstanz vor, den alle gebannt beobachteten. Doch plötzlich ließ sich der größere der beiden auf die Knie fallen, stemmte die Unterarme auf den Boden und verharrte in dieser Stellung, ungefähr einen Meter von Wiesels Füssen entfernt. Wieder verstummten die Trommeln und alle starrten auf den zweiten Grauen, den mit dem Beil. Der nahm Anlauf, sprang über den Rücken seines Partners mit einem gewaltigen Sprung in die Höhe und schlug dem schwarzen Bock mit einem weit ausholenden, eleganten, aber fürchterlichen Schlag in den Hals. Das Tier zuckte mehrere Male und gab gurgelnde Laute von sich, während sein Blut in kräftigen Schüben über Wiesels Kopf strömte. Die Gestalten jubelten und Wiesel freute sich dümmlich grinsend mit ihnen. Das Blut lief ihm übers Gesicht, sein leinenes Gewand war an den Schultern schon rot gefärbt und alle tanzten um ihn herum. Die Teufel verfolgten die blonden Frauen wieder und die beiden Dunkelgrauen fuhren damit fort, sich einmütig auf ihrer Bahn entlang der Fackeln zu umkreisen. Langsam verlor Rolf den Überblick, die Droge in dem Getränk wirkte bei ihm besonders stark, ihm wurde schwindlig. Als der Hellgraue beide Arme hoch in den Himmel hob, verstummten die Trommeln erneut. Die Teufel, jeder hatte eine weiße Frau in den Klauen, drehten die Köpfe nach hinten und blickten in die Dunkelheit. Das war der Moment, auf den die Frauen gewartet hatten: Sie rissen sich von ihren Peinigern los und rannten zu den vierzehn Fackeln. Dort blieben sie stehen und umklammerten die am oberen Ende brennenden Pfosten, als wollten sie sich daran festhalten. Um Wiesel herum war jetzt ein Kreis aus vierzehn Fackeln, vierzehn weißen Frauen und vierzehn Teufeln entstanden und alles schien in der erneut eingetretenen Stille wie erstarrt.

Plötzlich ließ der Hellgraue mit einem gellenden Schrei beide Arme heruntersausen und die weißen Frauen stießen die Fackeln nach innen um. Die Flammen kamen mit dem aufgeschichteten Brennholz in Berührung, und da es teilweise mit Petroleum getränkt worden war, züngelten sie bald um Wiesels Füße.

Der Hellgraue starrte mit fanatisch glühenden Augen auf die Flammen und rief: „Maga – er kommt!“ Dabei zeigte er mit beiden ausgestreckten Armen auf Wiesel, der sein Ende nahen spürte. Plötzlich hatte er wieder einen klaren Kopf und fing an zu schreien. Er schrie nach seiner Mutter, seiner Frau und seinem Sohn. Schrie sich die Angst aus dem Leib. Schrie gegen das Feuer an.

Doch bald wurde der Rauch so dicht, dass er husten musste. Er würgte, und da er nach jedem Hustenanfall sehr tief einatmen musste, steigerte sich seine Verkrampfung immer mehr. Er sah seine Mutter, die sich zu ihm herabbeugte und zischte: „Bevor aus dir ein Feigling wird …” Und dann stand er neben ihr, wie sie ohne Tränen am offenen Grab seines Vaters stand und er sich nicht traute zu weinen. Er sah seinen Sohn

David, der auf seinem Schoß stand und mit den kleinen Armen den Hals des Vaters umklammerte. Eine tiefe Traurigkeit erfüllte ihn, als sein Sohn vor ihm weglief. Das Kind hatte Angst vor ihm. Er rief ihm nach und wollte ihn zurückholen, aber der Junge entfernte sich immer weiter, bis Rolf ihn nicht mehr sehen konnte. Plötzlich schlug die Traurigkeit in ein unbeschreibliches Glücksgefühl um, denn er erlebte, wie er zum ersten Mal mit Gudrun geschlafen hatte.

Genauso schnell wie das Glücksgefühl gekommen war, verfiel er in eine tiefe Depression, denn vor ihm stand jetzt seine Frau mit hasserfülltem Blick und einem langen Messer in der Hand.

Dann stand er auf dem Friedhof. Irgendwo ganz weit hinten in einer Ecke, wo ihn niemand sehen konnte. Ja – er war, getarnt mit Hut, Brille und einem langen schwarzen Mantel, bei der Beerdigung gewesen. Er hatte Erika Michel, die Frau seines Kollegen Werner Michel, nicht gekannt …

Als Rolf Wiesel von den Flammen eingehüllt war, hoben alle, Kapuzenträger, Frauen und Teufel, beide Arme hoch in Richtung Vollmond und riefen im Chor: „Maga, er kommt!", aber das bekam ihr Opfer schon nicht mehr mit.

Nach ungefähr zwei Stunden war das Holz völlig herabgebrannt und der Hellgraue wandte sich an seine Gefährten, die im Zeitlupentempo immer noch um die Glut tanzten: „Nun gehet hin und ruht. Morgen ist der große Tag der Erlösung. Das Schicksal hat es sehr gut mit uns gemeint!"

Leise murmelnd zogen sie ab. Der Hellgraue und die beiden Dunkelgrauen blieben noch eine Weile auf der Anhöhe stehen und sahen stumm in die Senke hinab. Dann verließen auch sie mit langsamen, würdevollen Schritten den Platz.

17

Er hing an den Seilen eines Paragliders und flog gerade bei Bödele über die Rheintalkante in den Bregenzerwald hinein. Weit hinten ragten schroffe Berge in die Höhe, die ihn magisch anzogen. Die Welt zog unter ihm vorbei. Irgendwoher klang die Coda von Beethovens Egmont Ouvertüre zu ihm herauf, die – genau wie der Bregenzerwald – sanft und leise begann und dann rasant an Tempo, Höhe und Lautstärke zunahm. Er flog das Tal entlang, bis er vor sich einen lang gezogenen Gipfelkamm liegen sah, auf den er zusteuerte um ganz knapp über dem Boden der Linienführung des Berges nach zu fliegen. Als er am Ende anlangte, öffnete sich ein tausend Meter tiefer Abrund unter ihm. Er johlte vor Freude und entdeckte weit unten in Schönau Moosberger auf einem Motorrad mit Anhänger. Der Anhänger war voller Pfifferlinge. Er fuhr wie der Teufel und wurde von Penzberger mit Blaulicht und Sirene verfolgt. Er hörte Penzberger rufen: „Halt an, du Lump! Das ist Pilzkindermord und außerdem hast du keinen Wegschein! Dich krieg ich!"

Sie verschwanden in einem Tunnel und Seebacher konnte ihr Treiben nicht weiter verfolgen, denn er hatte den Argenbach erreicht, der aus dem Tal herunterkam, in dem die Hütten lagen. Nicht weit von dem rauschenden Bach standen bei einem großen Haus mit grünen Fensterläden drei Frauen. Mit dem linken Arm zeigten sie in Richtung Argen hinauf, mit dem rechten vollführten sie eine unaufhörliche Kreisbewegung, so ähnlich wie ein Polizist, der den Verkehr in eine Seitenstraße hinein leitet. Vor den mit den Armen rudernden Frauen bog er rechts ab und plötzlich erfasste ihn ein Aufwind, der ihn senkrecht hochsteigen ließ wie in einem Fahrstuhl. Er sah den Wildhorngipfel, wie er langsam vor ihm anwuchs, sah die Argenhütten verstreut in den Wiesen liegen, die Kapelle, die Jausestation, und überall läuteten Kuhglocken. Als er merkte, dass er zu hoch gestiegen war, lenkte er sich aus dem Aufwärtsstrom heraus und schoss wie ein Adler ins Argental hinunter. Er sah Sylvia, die im Schopf auf der Brüstung saß, eine Tasse Kaffee in der Hand, und zu ihm hinauf winkte. Lachend winkte er zurück und flog weiter in das Tal hinein, wo er auf der anderen Talseite eine Hütte entdeckte. Sie klebte an der Felswand, hatte Zeiger wie eine Kuckucksuhr, und unter der Hütte schwang ein Pendel hin und her. Genau in dem Moment, als er vorüberflog, sprang der Zeiger auf die Zwölf. Der Fensterladen neben der Türe öffnete sich und ein weißhaariger Frauenkopf kam zum Vorschein. Er drehte sich hin und her und krächzte wie ein Rabe: „Kraak, keine gute Zeit, keine gute Zeit!“ Und dann tauchte plötzlich ein haariger Arm hinter dem Fensterladen auf und schlug ihn wieder zu. Schnell drehte Seebacher ab.

Er flog weiter zur Sonnalper Au, wo ihm ein eisiger Wind vom Wildhorn herunter entgegen blies. Er sah große, grobschlächtige Männer, die durch den Schnee stapften. Einer hatte eine Mistgabel und schleuderte sie nach ihm.

Dann wurde es dunkel. Seebacher konnte nichts mehr erkennen und flog blind durch ein schwarzes Nichts, bis die hell leuchtende Mondscheibe über dem Wildhorn aufzog. Er konnte wieder sehen und erkannte, wo er sich befand. Dort war die Hütte und er entdeckte Sylvia; sie stand panisch mit den Armen rudernd im Schopf.

„Komm schnell, er geht über sich!“, rief sie und ihr Blick war blankes Entsetzen. Schnell flog er einen Bogen zurück zur Hütte, wo er eine Landung in der Wiese wagen konnte. Er glitt haarscharf über die Baumwipfel, und dann war der Moment da: Er drückte sein Fluggerät hinunter auf die Wiese und war nach einem kräftigen Schlag auf die Knie wieder am Boden.

Mit rasendem Herzen und angezogenen Knien erwachte Seebacher. Verwirrt sah er sich um, aber in der stockdunklen Kammer konnte er nichts erkennen. Er ließ sich aufs Kissen zurückfallen und erst nach einer Weile wurde ihm klar, wo er war. Er hörte Sylvia ruhig und gleichmäßig neben sich atmen. Sein Herz schlug wieder langsamer, aber jetzt war Seebacher hell wach. Sylvia hatte sich umgedreht und schlief unter ihrem Kissenberg weiter. Durch die Ritzen der Fensterläden drang helles Mondlicht herein. Leise rollte er sich aus dem Bett, nahm seine Kleider und schlich hinaus. Er trat auf ein loses Brett, was ein lautes klopfendes Geräusch zur Folge hatte, aber Sylvia schien tief und fest zu schlafen. In der Wohnstube zog er sich an, nahm noch seinen Pullover und öffnete, so leise er konnte, die Eingangstür zur Hütte, was bei den quietschenden Scharnieren kein leichtes Unterfangen war. Draußen im Schopf war es eiskalt. Sofort streifte sich Seebacher auch den Pullover über und zog seine Turnschuhe an. Erst als er aus dem Schopf trat, merkte er, dass es sehr hell war. Seebacher sah auf die Uhr: Zwei Uhr fünfzehn. Der volle Mond stand schon mitten über dem Wildhorn. Alles sah so unwirklich aus, dass Seebacher die Wiese hinaufstieg um einen besseren Blick auf diese unglaubliche Szenerie zu haben. Das Mondlicht floss silbern über den Felsgrat die Geröllhalden herunter. Das Tal lag in völliger Stille, am Grund mit einer grauen Dunstschicht zugedeckt. Einmal glaubte Seebacher ein entferntes Geräusch zu hören, das irgendwie nicht hierher passte, und er lauschte angestrengt. Dann hörte er noch einmal ganz weit entfernt ein Geräusch, fast wie ein Schrei. Er suchte das ganze Tal mit seinem Blick ab, konnte aber zunächst nichts entdecken. Erst nach einer Weile machte er ganz weit oben beim Wildhorn einen Lichtschein aus, der die Felsen gelb färbte. Aber sicher war er sich nicht und dann konnte er die Verfärbung auch nicht mehr sehen. Wahrscheinlich hatte er sich getäuscht. Er betrachtete die schaurig schöne, silberne Szene, die irgendwie wie eine Theaterkulisse aussah. Aber nach einer Weile wurde ihm kalt und er ging langsam wieder durch das taunasse Gras den Hang hinunter zur Hütte. Er lag noch lange wach im Bett. Irgendwie hatte ihn eine innere Unruhe gepackt. Gegen halb fünf fiel er endlich in einen tiefen traumlosen Schlaf.

„Du hast ja geschlafen wie ein Murmeltier. Das habe ich schon lange nicht mehr erlebt, dass du so lange im Bett liegst", stellte Sylvia erstaunt beim Frühstück fest. Sie saßen in der Stube am Esstisch und die Sonne schien zu den beiden südlichen Sprossenfenstern herein. Die Uhr tickte, es roch nach Holz und Kaffee und hin und wieder knackten die Schindeln, die anfingen, sich in der Sonne aufzuwärmen. Es war schon neun Uhr und Seebacher war noch völlig verschlafen.

„Das muss wohl an der Bergluft liegen", brummte er nur. Doch dann fiel es ihm wieder ein: „Ach so, ich war heute nacht lange wach. Ich hatte irgendeinen komischen Traum und bin daran aufgewacht. Ich konnte nicht wieder einschlafen und so bin ich rausgegangen vor die Hütte. Es war unglaublich hell und der Mond über dem Wildhorn war wunderschön."

„Und es war sicher eiskalt." Sylvia schüttelte sich.

„Ja, aber ich bin trotzdem eine Weile draußen geblieben. Zuerst glaubte ich in weiter Ferne Geräusche zu hören und dann sah ich einen Lichtschein ganz weit oben in den Felsen am Wildhorn, glaube ich."

„Was für einen Lichtschein?“, wollte Sylvia erstaunt wissen.

„Das weiß ich eben auch nicht! Ich bin mir nicht einmal sicher, ob ich mich nicht getäuscht habe. Es sah so aus, als ob irgendwo da oben ein Feuer brannte und die dunklen Felsen davon angeleuchtet würden. Aber ein Feuer konnte ich nirgends entdecken.“

„Das ist seltsam“, sagte Sylvia nachdenklich. Und dann, nach einer längeren Pause: „Ich glaube, ich werde heute Nachmittag noch einmal zu Frau Oberegger gehen. Vielleicht bekomme ich den Rest ihrer Geschichte heraus, den sie mir gestern noch nicht erzählen wollte, und vielleicht hilft dir das weiter …“ Sie sah ihn an.

„Das kann ich mir zwar nicht vorstellen, aber versuch es ruhig. Ich werde Richtung Wildhorn hochwandern und mich da oben mal ein bisschen umsehen. Da können wir ein gutes Stück zusammen gehen.“

„Gut, dann packen wir unser Zeug, räumen auf und gehen nach dem Mittagessen los.“

Als sie gegen vierzehn Uhr die Hütte verließen, war ihr Gepäck schon im Auto verstaut und die Hütte sauber. Es war noch einmal ein wunderschöner Tag mit strahlend blauem Himmel und dieser klaren frischen Luft. Nach gut einer halben Stunde trennten sich ihre Wege, denn Sylvia musste links hoch zu der Hütte von Frau Oberegger, während Seebacher geradeaus weiter in Richtung Sonnalper Au ging. Der Weg stieg sehr steil an, und da Seebacher schnell ging, war er bald durchgeschwitzt. Er zog seine Jacke aus und stopfte sie in den Rucksack. Die kleine Pause nutzte er dazu, Penzberger im Tal unten anzurufen um ihn über seine nächtlichen Beobachtungen und sein jetziges Ziel zu informieren. „Wenn ich etwas Ungewöhnliches finde, melde ich mich wieder“, schloss er das Gespräch und steckte das Handy wieder in die Brusttasche seines Hemdes. Die Wanderung hinauf zu den Felsen des Wildhorns war ein echtes Erlebnis für den Kommissar. Noch nie in seinem Leben war ihm so klar bewusst geworden, dass das Gefühl, der Natur, der Erde so nahe zu sein, die wirklich schönen Momente im Leben ausmachte. Und er konnte es lange genießen, denn erst nach ungefähr zwei Stunden kam er zu einem schmalen Pfad, der sich durch einen steilen, mit Felsen durchsetzten Wiesenhang bergauf schlängelte. Schwer atmend kam er oben an und wusste sofort, dass er gefunden hatte, wonach er suchte.

Die sattgrüne Wiese vor ihm fiel sanft in eine Senke ab. Geradeaus ging das Gelände in eine steil ansteigende Geröllhalde über, die von einer ungefähr zweihundert Meter höher gelegenen Felsspitze abgeschlossen wurde. Rechter Hand ragten die Felsen des Wildhorns senkrecht in den Himmel und links stieg die Wiese bis zu einer Kante an, hinter der es mindestens fünfzig Meter senkrecht nach unten ging. Ein Weg führte bis zur Kante,wo er abrupt endete. Wahrscheinlich waren hier bei Unwettern immer wieder große Erdmassen ins Tal gestürzt und hatten den Weg mit sich in die Tiefe gerissen. Seebachers Aufmerksamkeit galt vor allem einer riesigen schwarzen Feuerstelle in der Mitte der Senke. „Also doch ein Feuer“, murmelte er vor sich hin. Er drehte sich um und sah ins Tal hinab, wo er die Argenhütten und die Kapelle erblickte. Von dort unten konnte man das Feuer in der Senke natürlich nicht sehen, aber wenn es hell genug brannte, war es schon möglich, dass er den Lichtschein auf den Felsen entdeckt hatte. Er wandte sich wieder der Senke zu und besah sich das Gelände jetzt genauer. Da waren fünf aus Steinen aufgeschichtete kleine Türme, ungefähr fünfzig Zentimeter hoch. Zwischen den Türmchen lagen im Abstand von rund zwei Metern ebenfalls Steine, sodass von hier oben klar die Verbindungslinien zu erkennen waren. Was Seebacher da sah, war ein gigantisches Pentagramm. Ein Fünfeck mit einem großen schwarzen Fleck in der Mitte. Um diese zentrale Feuerstelle herum erkannte er einen großen Kreis kleiner Feuerstellen und außerhalb dieses Kreises machte er noch zwei einzelne schwarze Flecken aus. Überall war das Gras niedergetreten und Seebacher sagte zu sich: „So, wie‘s hier aussieht, muss das eine größere Kappensitzung gewesen sein.“ Langsam und aufmerksam um sich blickend ging er den Weg in die Senke hinab bis zu der Feuerstelle. An deren Rand blieb er stehen und sah in die Asche. Er entdeckte einen Tierschädel und viele halb verkohlte Knochen. Aus einer Eingebung heraus sah er sich nach einem Stock um, den er auch nicht weit entfernt fand. Er fing an in der noch warmen Asche herumzustochern und dann stockte ihm der Atem vor Schreck. „Ein Schädel – von einem Menschen!“, flüsterte er.

18

Frau Oberegger hatte die Frau des Kommissars natürlich längst bemerkt und erwartete sie schon draußen im Schopf, als Sylvia vor der Hütte anlangte.

„Das ist aber eine Überraschung!“, rief sie Sylvia schon von weitem zu. Die Alte schien sich wirklich über den unverhofften Besuch zu freuen. „Wollten Sie nicht heute nach Hause fahren?“

„Doch, aber erst gegen Abend und da dachte ich, ich sehe noch einmal bei Ihnen vorbei. Haben Sie ein bisschen Zeit?“ Das war natürlich eine rhetorische Frage, denn Sylvia wusste ganz genau, dass Frau Oberegger den ganzen Tag über untätig in ihrer Hütte saß und nur auf eine Gelegenheit wartete, mit jemandem zu sprechen.

„Ja, ja, kommen Sie herein“, antwortete die Alte erwartungsgemäß und öffnete rasch die Schopftür.

„Möchten Sie einen Kaffee?“, erkundigte sich Frau Oberegger.

„Ja, gerne.“

Kurz darauf saßen die beiden wieder an dem Tisch im Schopf, die dampfenden Tassen in den Händen. Sie sprachen lange über Kräuter, Mondgesetze und das Leben hier oben in der Hütte, bis sich Frau Oberegger erkundigte: „Wo haben

Sie eigentlich Ihren Mann gelassen?“

„Er glaubt, heute Nacht einen Lichtschein oben am Wildhorn entdeckt zu haben, und ist hinauf gewandert um nachzusehen, was das war. Ich glaube, er hat sich das nur eingebildet.“

„Nein, da hat er sich nicht geirrt, denn heute Nacht war Vollmond“, entgegnete die Frau, wobei ihr Gesicht einen unfreundlichen Ausdruck annahm.

„Sie meinen, die Sekte ...?“ Frau Oberegger hatte ihr schon von den Vollmondmessen der Sekte erzählt, aber Sylvia hatte die Geschichte nicht ernst genug genommen um sie mit den Beobachtungen Bernds in Verbindung zu bringen. Da sie heute sowieso abreisen würden, beschloss Sylvia, noch einmal einen direkten Vorstoß zu wagen:

„Ich habe über das nachgedacht, was Sie mir von der Sekte und Ihrem Mann erzählt haben.“ Bei der Erwähnung ihres Mannes stiegen sofort die Tränen in Frau Oberеggers Augen.

„Wenn diese Leute Ihren Mann umgebracht haben, weil er nicht mehr mitmachen wollte, dann muss er Dinge gewusst haben, die nicht nach außen dringen dürfen.“ Frau Oberegger nickte fast unmerklich und Sylvia fuhr fort: „Und wenn die nur ein bisschen nachdenken, dann müssen sie davon ausgehen, dass er mit Ihnen darüber gesprochen hat, und dann sind Sie vielleicht wirklich in Gefahr.“

„Was meinen Sie, warum mir hier oben nicht mehr wohl in meiner Haut ist? Nachts verrammle ich die ganze Hütte und habe furchtbar Angst, dass mir jemand das Dach über dem Kopf anzündet. Zum Glück brauche ich nicht mehr so viel Schlaf.“

„Und Sie denken, das hat mit der Wiederkehr Magas zu tun?“ Die Frau sah Sylvia erstaunt an. Offensichtlich erinnerte sie sich nicht mehr daran, dass sie mit ihrer Besucherin darüber gesprochen hatte. Sylvia nutzte das sofort schamlos aus und schob alles nach, was sie noch wusste, um Frau

Oberegger glauben zu machen, sie hätte ihr bereits alles erzählt: „Das ‚große Ziel', die endgültige Befreiung der weißen Frau aus den Fängen des Teufels, ist das das Geheimnis, das nicht nach außen dringen darf?" Frau Oberegger war jetzt völlig verwirrt. Sie konnte sich gar nicht entsinnen, dass sie der Frau das schon erzählt hatte. Aber eigentlich war es auch egal. Sie dachte: „Die Leute fahren heute zurück nach Deutschland und wer weiß, ob die jemals wieder hierher kommen." Und dann ließ sie die Katze aus dem Sack: „Natürlich, denn für die Befreiung der Frau aus den Fängen des Teufels müssen sie ein Menschenopfer bringen."

Jetzt war es raus, und Frau Oberegger sah Sylvia trotzig entschlossen an. Die starrte eine Weile sprachlos zurück und fragte dann ungläubig: „Wie – ein Menschenopfer?" Sie schluckte. „Sie meinen richtig einen Menschen ...?"

„Ja, so richtig einen Menschen umbringen. Das war es, was bei Josef den Ausschlag gegeben hat. Als er davon erfuhr, ist er sofort ausgestiegen."

„Dann ist ein Mord an Ihrem Mann wirklich nicht mehr so weit hergeholt. Wer ein Menschenopfer plant, hat wahrscheinlich auch keine großen Hemmungen einen Menschen umzubringen, der dem ‚großen Ziel' im Wege steht", überlegte Sylvia.

„Genau."

„Aber wie soll das vor sich gehen? Haben Sie eine Ahnung, wie, wo und wann das Ganze stattfinden soll?"

„Das weiß ich nicht genau. Wo es geplant ist, kann ich nur vermuten. Ich denke aber, die ‚Zeremonie' soll sich an dem üblichen Versammlungsplatz der Sekte, oben am Wildhorn, abspielen. Über das ‚Wie' hat mir Josef nur erzählt, dass das Opfer zusammen mit einem Ziegenbock, der den Teufel verkörpert, geopfert werden soll. Dabei muss der Mensch innerhalb eines Pentagramms getötet werden und kurz vor seinem Tod muss der Körper mit dem frischen Blut des Ziegenbocks geläutert werden. Erst dadurch wird das Opfer wirksam."

„Und das Opfer? Was wissen Sie darüber? Ist es eine Frau, ein Mann oder vielleicht ein Kind?“

„Ich habe keine Ahnung. Das einzige, was ich weiß, ist, dass das Opfer bestimmte Eigenschaften haben muss. Es muss ein böser Mensch sein, jemand, der niemals etwas für andere tut, sondern immer nur auf seinen eigenen Vorteil bedacht ist. Außerdem muss er am Tod von einem oder mehreren Menschen schuld sein. Er verkörpert die reine Bosheit – das Böse. Und nur die Opferung eines solchen Menschen, geläutert durch das Blut des Ziegenbocks, vermag es, Maga dem Teufel zu entreißen.“

Sylvia starrte sie eine Weile an ohne ein Wort zu sagen. Sie versuchte das eben Gehörte zu fassen.

„Und das ‚Wann'? Haben Sie darüber etwas erfahren?“, fuhr sie fort, als sie ihre Gedanken wieder halbwegs in Ordnung gebracht hatte.

„Ich glaube der Zeitpunkt war nicht genau definiert. Es soll auf jeden Fall in einer Vollmondnacht passieren und irgendein Planet spielte noch ein Rolle. Er muss zwei oder drei Tage vor der Opfernacht in Opposition zur Sonne stehen, daran erinnere ich mich noch. Aber welcher Planet das war, weiß ich nicht mehr. Maga soll nach dem Opfer am darauf folgenden Abend an genau derselben Stelle als Erlöserin auf die Welt zurückkehren.“

„Wenn ich jetzt meine Bücher zu dem Thema da hätte, wüssten wir schnell über die Sternkonstellationen Bescheid“, sagte Sylvia mehr zu sich selbst.

„Ich habe einen Mondkalender. Da stehen diese Sachen immer drin. Soll ich ihn holen?“

„Ja bitte!“, Sylvia war vor Aufregung ganz heiß geworden. Frau Oberegger erhob sich und verschwand in der Hütte. Kurz darauf kam sie zurück, setzte sich neben Sylvia und legte ein dünnes Heftchen im Postkartenformat mit dem Titel „Der kleine Mond-Kalender“ auf den Tisch. Frau Oberegger öffnete das Heftchen beim Monat August und zeigte auf den dreißigsten. „Sehen Sie? Hier am dreißigsten August ist Vollmond. Und hier ...“, sie blätterte nach vorne, „hier können Sie alles über die Stellung der Planeten in diesem Jahr nachlesen.“ Während sich Frau Oberegger zurücklehnte, überflog Sylvia die Zeilen. Sie suchte nach dem Wort „August“. Nach einigen Minuten rief sie tatsächlich aus: „Uranus, war es Uranus?“

„Schon möglich, ja. Aber genau weiß ich es nicht mehr.“

„Wissen Sie, wann Uranus in Opposition zur Sonne stand?“

„Nein.“

„Am siebenundzwanzigsten August. Das war vor genau drei Tagen! Und gestern war Vollmond!“, rief Sylvia aufgeregt.

„Die brauchen einen Menschen, an dem kein gutes Haar zu finden ist und der einen oder mehrere Menschen auf dem Gewissen hat. Ein Planet muss zwei Tage vorher in Opposition zur Sonne stehen ...“, rekapitulierte sie. „Und wie sollen sie diesen Menschen finden?“ Gespannt sah sie Frau Oberegger an.

„Sie müssen ihn angeblich nicht suchen. Er wird sich selbst zu erkennen geben und zwar durch irgendeine Tat, eine Handlung, mit der er seine Boshaftigkeit unter Beweis stellt. Das kann auch nur eine Kleinigkeit sein. Ist doch völlig verrückt, oder?“

Sylvia starrte an die Wand und plötzlich fiel der Schleier, der ihr den Blick auf die Wahrheit verwehrt hatte.

„Mein Gott! Klar, die Pfifferlinge! Die haben sich Wiesel geholt!“, rief sie. „Bernd hat diese teuflische Zeremonie beobachtet. Oder zumindest den Widerschein des Feuers. Und jetzt ist er da hinauf gegangen!“ Sie sah auf die Uhr. „Heute Abend soll diese Maga zurückkehren! Jetzt ist es halb fünf ...“

19

Mit dem Stock drehte er den Schädel vorsichtig um. Es waren zweifelsfrei die Überreste eines Menschen, die ihm da entgegengrinsten. Seebacher schluckte immer wieder, aber der Kloß in seinem Hals wollte einfach nicht hinunterrutschen. Seine Gedanken überschlugen sich. Was hatte das alles zu bedeuten? Hatte es mit dem Verschwinden Wiesels zu tun?

Er wollte gerade Penzberger anrufen, als ihm sein Instinkt sagte, dass er beobachtet wurde. Seebacher tat so, als beuge er sich zu der Feuerstelle hinab, und sah dabei unauffällig über die Schulter. Auf der sanft abfallenden Wiese kamen ungefähr zwanzig vermummte Gestalten langsam auf ihn zu. Die Bedrohung, die von dieser Gruppe ausging, konnte Seebacher beinahe körperlich spüren. Er blieb in der gebückten Haltung und tat so, als hätte er sie noch gar nicht bemerkt. Während er mit dem Stock in der Asche herumstocherte, zog er mit der linken Hand das Handy aus der Brusttasche und drückte die Wahlwiederholungstaste. Dann drehte er sich zu den Furcht einflößenden Gestalten um. Sie hatten alle Kapuzen auf dem Kopf und die meisten waren schwarz gekleidet Nur die drei vorderen Gestalten hatten etwas hellere Umhänge an. Die Kapuzen hatten zwei Löcher für die Augen und eines für den Mund.

Sie bewegten sich schweigend, bedrohlich und langsam. Offensichtlich hatten sie es nicht eilig, denn sie wussten, dass Seebacher in der Falle steckte. Der einzige Weg heraus aus dieser Senke führte über den schmalen Weg, den er gekommen war und der jetzt von den Figuren in breiter Front versperrt wurde. Einige hatten Prügel in der Hand, andere bückten sich nach Steinen. Als sie ungefähr zehn Meter von Seebacher entfernt waren, hörte er Penzberger, der „Hallo, wer spricht da!?" ins Telefon rief. Jetzt musste er dem Polizisten unten im Dorf antworten.

„Was wollt ihr von mir?", rief er den unheimlichen Gestalten entgegen. „Habt ihr letzte Nacht den Menschen hier verbrannt? Ihr habt wohl gedacht, hier oben am Wildhorn, knapp unterhalb des Schneefeldes, bemerkt das keiner, was!?" Ihm war klar, dass sie ihn umbringen würden, denn sie hatten gesehen, dass er den Schädel in der Asche entdeckt hatte.

„Seebacher, sind Sie das?“, schrie Penzberger ins Telefon, bekam aber keine Antwort. Stattdessen hörte er Seebacher rufen: „Wollt ihr mich jetzt auch noch umbringen? Ich bin Polizist und ihr werdet eine Menge Ärger bekommen, das könnt ihr mir glauben!“

Die jetzt beängstigend nahe gerückte Front stockte in ihrer Vorwärtsbewegung, während Penzberger, das Handy am rechten Ohr festklemmend, mit dem anderen Telefon Alarm schlug. Seebacher konnte nur hoffen, dass sein Anruf nicht vergebens gewesen war, denn sonst war sein Leben keinen Pfifferling mehr wert. Er nutzte die Erstarrung der unheimlichen Gruppe, drehte sich um und rannte, so schnell er konnte, zurück zu den Felsen des Wildhornmassivs. Im Hinterkopf war er alle seine Möglichkeiten durchgegangen und zu dem Schluss gekommen, dass seine einzige Chance davonzukommen oder wenigstens Zeit zu gewinnen darin bestand, in die Felswand hochzusteigen. Dort konnten sie ihn nicht so schnell fassen. Er erreichte die Felsen auch, war aber nur knapp einen Meter hoch gekommen, als ihn ein Stein am

Kopf traf. Er fiel wieder hinunter in das weiche Gras, wo er reglos liegen blieb.

In der Polizeistation im Tal herrschte helle Aufregung. Penzberger hatte Verstärkung angefordert und sprang gerade in den Wagen. „Max, du bleibst hier und wartest auf die anderen. Ihr kommt so schnell wie möglich hinauf zum Wildhorn. Sie sind bei einem der Schneefelder. Ich hoffe, am untersten!" Damit krachte er auf den Beifahrersitz und Rastl jagte den Wagen mit quietschenden Reifen aus dem Hof.

Sie hatte alles Notwendige von Frau Oberegger geborgt und sich von ihr den kürzesten Weg zu der Spitze erklären lassen. Die lag unterhalb des Wildhorns, östlich der Senke, in der nach der Beschreibung der Alten die Messen stattfanden. Die Bergspitze war für Sylvias Vorhaben wie geschaffen. Sie fuhr zwar viel Fahrrad, aber das hier war für sie eine ungewohnte Belastung. Doch die Angst um ihren Mann spornte sie zu körperlichen Höchstleistungen an. In vierzig Minuten war sie hier herauf gekommen, obwohl Frau Oberegger meinte, Sylvia würde mindestens eine Stunde bis zum Fuß des Berges brauchen. Jetzt blieb sie kurz stehen, sah schwer atmend den vor ihr liegenden Geröllhang hinauf und ihr schwand der Mut. „Das schaffe ich nie!", schoß es ihr durch den Kopf, sie fing aber trotzdem an mit zusammengebissenen Zähnen die Halde auf allen Vieren hochzusteigen. Die Geröllhalde befand sich auf der Rückseite der Felsspitze, die die Senke Richtung Osten begrenzte, war ungefähr zweihundert Meter lang und extrem steil. Sylvia rutschte immer wieder aus, denn das Geröll unter ihren Füssen gab nach. Sie schaffte die ersten fünfzig Meter, fiel dann aber völlig ausgepumpt nach vorne und blieb nach Luft ringend, auf die Unterarme gestützt, liegen. Ihre Lungen brannten und ihr war hundeelend. Sie heulte verzweifelt und krallte sich in das Geröll, bis ihr Atem nach einigen Minuten wieder flacher wurde. Mit unendlicher Mühe drückte sie sich hoch und dann, ohne einen Blick auf das vor ihr Liegende zu werfen, fing Sylvia erneut an, die Halde hochzuklettern. Sie war jetzt deutlich langsamer, versuchte aber dieses Tempo zu halten, und die Gedanken an ihren Mann und die Kinder gaben ihr die Kraft diese übermenschliche Anstrengung zu bewältigen. Dann, sie wusste nicht, wie lange sie sich schon gequält hatte, hörte das Geröll plötzlich auf und sie hatte Felsen vor sich. Sylvia sah zum ersten Mal wieder nach oben und atmete auf. Sie hatte es geschafft! Vor ihr ragte die Felskrone des Berges auf. Nur kurz hielt sie inne um zu verschnaufen. Dann nahm sie den Rucksack vom Rücken und öffnete ihn zitternd mit ihren zerschundenen, blutigen Fingern.

Die beiden Männer in den dunkelgrauen Umhängen und ihr Anführer im hellgrauen Mantel standen um den bewusstlosen Seebacher herum und diskutierten heftig. „Wenn er wirklich Polizist ist, können wir ihn doch nicht einfach umbringen. Die jagen uns bis an unser Lebensende!“, sagte einer der beiden Dunkelgrauen. Es war Alfons, er war an der riesigen Gestalt unschwer zu erkennen.

„Woher willst du wissen, dass er wirklich ein Bulle ist?“, fuhr ihn der Hellgraue an.

„Ich habe schon mit ihm Bekanntschaft gemacht und ich sage euch, das ist kein Gewöhnlicher. Der hat mir die Mistgabel aus der Hand gerissen, und zwar so schnell, dass ich nicht einmal gesehen habe, wie!“

„Das beweist noch lange nicht, dass er Bulle ist“, warf der zweite Dunkelgraue ein.

„Alfons, hol eins von den Seilen. Da hinten liegen noch welche von gestern. Wir binden ihm die Arme auf den Rükken, damit er keinen Blödsinn macht, wenn er aufwacht.“ Offenbar hatte der Hellgraue eine Entscheidung getroffen.

Seebacher wachte auf, als er an den Armen hochgezogen wurde. Sein Schädel brummte wie ein Hochspannungstransformator und er brauchte ein paar Sekunden, bis ihm wieder einfiel, was passiert war.

„Also los jetzt, Alfons!“, sagte der Hellgraue in befehlendem Ton zu dem Riesen in Dunkelgrau neben Seebacher. Der packte ihn grob am rechten Arm und führte ihn den Weg entlang nach vorne zu der Abbruchstelle, wo der Pfad im Nichts endete. Es waren ungefähr zwanzig Meter zu gehen und Seebacher fing sofort an, an den Seilen um seine Handgelenke zu ziehen und zu zerren. Sie waren nicht sehr gut verknotet und er spürte gleich, dass er nicht lange brauchen würde um seine Hände frei zu bekommen. Ein paar Meter vor dem Abgrund gelang es ihm, die Fesseln zu lösen. Er hielt das Seil mit den Händen fest, damit die anderen hinter ihm nicht sahen, dass er sich befreit hatte. Dann erblickte er einen Stock, der genau vor ihnen quer auf dem Weg lag. Er stand auf Seebachers Seite ungefähr zehn Zentimeter in die Luft, während er auf der Seite seines Nebenmannes am Boden lag. Einer plötzlichen Eingebung folgend trat Seebacher auf den Stock. Der schnellte dadurch auf der anderen Seite hoch, was Alfons, dessen Sichtfeld durch die Kapuze eingeengt war, nicht sehen konnte. Folglich stolperte er nach vorne und wollte sich an Seebachers Oberarm festhalten, doch der riss den befreiten Arm blitzschnell nach oben, sodass er dem Fallenden keinen Halt mehr bot. Mit einem erschreckten Schrei stürzte Alfons in die Tiefe und Seebacher wirbelte herum. Die düsteren Figuren zogen sich zu einer bedrohlichen Front zusammen und bewegten sich erneut langsam, aber sicher und unaufhaltsam auf ihn zu. Er sah über die Schulter in die Tiefe – keine Chance, heil da hinunter zu kommen. Die Gestalten schnitten ihm bereits alle Fluchtmöglichkeiten ab. Seebacher ging noch ein paar Schritte vor, um nicht zu nah am Abgrund zu stehen, und nahm sich vor, seine Haut so teuer wie möglich zu verkaufen.

„Kommt nur, ihr Schwarzkappen! Ihr werdet euch noch wundern“, sagte er und sah den anderen grimmig entgegen.

Doch die hatten erkannt, dass er sich wehren würde, und fingen wieder damit an, Steine und Knüppel aufzusammeln. Seebacher wollte sich gerade ebenfalls nach einem Stein bükken, als eine der Gestalten aufschrie und zu der Bergspitze direkt neben der Senke hinauf deutete. Ein Raunen ging durch die düstere Gruppe und alle drehten sich von Seebacher weg in Richtung Osten. Er sah ebenfalls hinauf und glaubte zu träumen. Da oben auf der Felsspitze stand eine Gestalt in weißem Gewand und weißer Kapuze. Sie hatte beide Arme waagrecht nach den Seiten ausgestreckt und sah da oben im roten Licht der untergehenden Sonne aus wie die Jesusfigur in Rio de Janeiro. Die Schwarzmützen raunten ehrfürchtig „Maga“ und streckten ihr die Arme entgegen.

Ganz oben im Rucksack lag eine Plastikflasche mit Wasser, die Frau Oberegger ihr hineingelegt hatte. Sylvia freute sich jetzt sehr über diese Maßnahme der bergerfahrenen Frau, öffnete die Flasche und trank den halben Liter in einem Zug aus. Danach wurde ihr schlecht, denn sie hatte viel zu schnell getrunken. Trotzdem zwang sie sich weiterzumachen und zog ein weißes Leintuch aus dem Rucksack. In der Mitte hatte sie einen Schlitz hineingeschnitten, durch den sie jetzt den Kopf steckte. Das Tuch fiel wie ein Poncho über ihre Schultern. Sie griff ein zweites Mal in den Rucksack und holte einen weißen Kissenbezug hervor, in den zwei Augenlöcher und eine Mundöffnung geschnitten waren. Sylvia steckte sich den Bezug in den Gürtel und fing an, die Felsen hochzusteigen. Es ging eigentlich ganz leicht. Sie war noch nie geklettert und hatte es sich viel schwieriger vorgestellt. Nach einer Viertelstunde war Sylvia ganz oben und blickte vorsichtig über die Kante hinunter in die Senke. Da unten stand ihr Mann, nicht weit vom Abgrund, um ihn herum formierten sich fürchterlich aussehende schwarze Gestalten zu einem Halbkreis. Schnell ging sie in Deckung, lehnte sich gegen die Felsen und schloss die Augen. „Jetzt keine Panik, Frau Seebacher”, sagte sie zu sich.

In einer Spalte entdeckte sie einen Stein, etwa so groß wie ein Handball. Den wuchtete sie mühsam hoch und legte ihn auf die Spitze. Dann atmete sie noch einmal tief durch, zog sich den Kopfkissenbezug über den Kopf und kletterte vollends hinauf. Oben angelangt, suchte sie einen sicheren Stand, warf den Felsbrocken den Abhang vor sich hinab und blieb dann mit ausgebreiteten Armen so ruhig wie möglich stehen. Der Stein rollte lange hinab, bis er in der Nähe von der seltsam anzusehenden Gruppe in der Mulde liegen blieb. Offenbar hatte eine der Gestalten den Stein gehört, denn sie schaute jetzt den Berg hinauf und zeigte mit ausgestrecktem Arm auf Sylvia. Erst einen Augenblick später hörte Sylvia den Schrei, der tausendfach von den Felsen des Wildhorns widerhallte. Wie an einem Strick gezogen drehten sich alle Kapuzenfiguren gleichzeitig zu ihr um und streckten ihr die Arme entgegen. Es dauerte einige Sekunden, dann sah Sylvia, wie Bernd losspurtete. Er rannte auf die, von ihr aus gesehen, hintersten Figuren zu und versuchte den kleinen Weg zu erreichen. Das war der einzig sichere Ausweg aus der Mulde. Da alle gebannt zu ihr hinaufstarrten, sahen nur die drei letzten Kapuzenträger den Fliehenden und wollten sich ihm entgegenstellen, aber der eine kam zu spät und den beiden anderen versetzte Seebacher einen Hieb mitten auf die Kapuze, sodass sie zur Seite stürzten, bevor sie ihn packen konnten. Er rannte den Weg hinauf und die anderen verfolgten ihn jetzt. Aber der Abstand zwischen ihnen wuchs beruhigend. Plötzlich sah Sylvia weit unten ein Polizeiauto, das mit grellem Blaulicht um eine Ecke geschossen kam um gleich wieder hinter den Felsen zu verschwinden.

Penzberger und Rastl hatten den Parkplatz erreicht, an dem auch Alfons, wie schon am Vortag, seinen Jeep abgestellt hatte. „Schau, schau, der Alfons“, sagte Penzberger nur, als er die Wagentür zuwarf. „Bis zum Einstieg in die Felsen sind's normalerweise vierzig Gehminuten. Also, alles über dreißig Minuten wäre mangelnde Arbeitsmoral! Verstanden?“ Er drehte sich zu Rastl um.

„Ich bin kein guter Bergsteiger, das weißt du genau", antwortete Rastl aufgeregt.

„Ja, ja, ist ja schon gut. Zur Not geh' ich vor und du kommst halt, so schnell du kannst."

Aber schon nach zwanzig Minuten sahen sie einen Mann, der den Weg heruntergerannt kam wie ein Besessener.

„Sag' mal, spinnt denn der? Der will sich wohl alle Knochen brechen, oder wie?" Penzberger war stehen geblieben und sah mit einer Mischung aus Ärger und Verständnislosigkeit nach oben. Er hatte tatsächlich noch nie jemanden so schnell den Hang herunterrasen sehen. Dann verschwand der Mann hinter einer Kuppe und sah kurz darauf, als er um die Ecke schoss, genau in die Mündung von Penzbergers Dienstwaffe.

„Seebacher!", rief Penzberger.

„Sie sind hinter mir her!"

Penzberger schaltete schnell: „Dann ist das hier der beste Platz um sie zu pflücken. Einen nach dem anderen. Gehen Sie weiter bis Sie auf den Josef treffen. Er soll hinter einer Felsnase in Deckung gehen und die Truppe in sicherer Entfernung mit gezogener Waffe zum Anhalten zwingen. Sie werden versuchen umzudrehen, aber da komme dann ich von hinten. Ich klettere jetzt hier hinauf, warte in Deckung, bis der letzte Mann durch ist, und gehe dann in einigem Abstand hinterher." Mit diesen Worten bedeutete er Seebacher weiterzugehen und nahm die Kletterpartie in Angriff ohne eine Antwort abzuwarten.

Als sie die davonrennenden Gestalten sah, riss sich Sylvia den Kissenbezug vom Kopf und machte vor lauter Freude so eine heftige Bewegung, dass sie beinahe vornüber die Geröllhalde hinuntergestürzt wäre. Sie schaffte es gerade noch, sich wieder in einen stabilen Stand zu bringen und hielt mit rasendem Herzen inne.

„Jetzt ganz ruhig bleiben und nicht noch am Ende leichtsinnig werden und abstürzen", sagte sie beruhigend zu sich selbst und fing dann an vorsichtig die Halde hinunterzugehen, oder besser gesagt, zu rutschen. Nach einigen Metern hielt sie noch einmal inne und zog den weißen Umhang aus. So konnte sie sich sehr viel freier bewegen und kam schnell vorwärts.

Die Schwarzmützen jagten, angeführt von Sepp, hinter Seebacher her, während sich der Hellgraue zurückfallen ließ. Er hatte sich umgedreht und nach der weißen Frau Ausschau gehalten. Als er sie jetzt, in Jeans und blauem Sweatshirt, die Halde herunterkommen sah, überkam ihn eine unbändige Wut. Er ging zuerst langsam und dann rannte er zurück, ihr entgegen. In seinen Augen lag blanker Hass.

Die schmalen Wegverhältnisse machten es tatsächlich möglich, dass Penzberger, der eine sehr gefährlich Passage hinaufgeklettert war und die ganze Meute hatte passieren lassen, nach dem letzten Mann den Pfad betrat und damit den Übeltätern den Rückzug abschnitt. Unten wurden sie von Rastl gestoppt: „Halt, stehen bleiben! Polizei!", rief er, als der erste Vermummte noch ungefähr fünf Meter von ihm entfernt war. Erschreckt blieb die unheimliche Gestalt stehen und drehte sich um, um die anderen zu warnen. Die traten sofort eilig den Rückweg an. Der Rückzug aber dauerte nicht lange. Sie wurden weiter oben von Penzberger in Empfang genommen und schön langsam wie eine Schafherde wieder heruntergetrieben. Die dreiunddreißig Kapuzenmänner saßen in der Falle und konnten von nur zwei bewaffneten Männern auch darin festgehalten werden. Es gab nur diesen schmalen Weg und da konnten höchstens zwei Mann nebeneinander gehen. Sie hätten also einzeln oder höchstens zu zweit die Polizisten angreifen können und das trauten sie sich offensichtlich nicht angesichts der auf sie gerichteten Schusswaffen.

Seebacher sah, dass der Hellgraue fehlte, und machte sich daran, wie Penzberger zuvor, ein steiles Felsenstück hinaufzuklettern. „He, was soll das?“, rief Rastl. „Was willst du denn da oben?“

„Der Wichtigste fehlt noch! So ein Typ mit einem hellgrauen Umhang. Ich will versuchen ihn zu schnappen“, erwiderte Seebacher ohne sich umzudrehen. Er kam gut hinauf, war aber doch ziemlich geschafft, als er den schmalen Pfad wieder betrat. Nach oben blickend entdeckte er mitten in der Geröllhalde Sylvia, die sich auf dem schwierigen Untergrund langsam talwärts bewegte.

„Mensch, Sylvia war das! Sie hat mir das Leben gerettet!“ Erst jetzt erblickte er den Hellgrauen, der gerade über die Kuppe in die Mulde hinunterlief, genau auf Sylvia zu. „Oh nein!“, rief er nur und dann rannte er los, so schnell er konnte. Als er vorhin in halsbrecherischem Tempo hier heruntergerannt war, hätte er nicht gedacht, dass er schon so kurze Zeit später den ganzen Weg wieder würde hochjagen müssen. Er spürte seinen Herzschlag bis in den Hals. Als geübter Jogger wusste er, dass er viel zu schnell war, und drosselte ein wenig das Tempo, sonst würde er es nie bis da hinauf schaffen.

Sylvia sah die heraneilende Gestalt erst sehr spät und drehte sofort mit einem entsetzten Schrei um. Auch sie musste jetzt wieder da hinauf, wo sie eben heruntergekommen war. Auf allen Vieren kroch sie den Hang hoch, aber die dunkle Gestalt kam immer näher. Als sie sich nach ihrem Verfolger umsah, entdeckte sie auch Bernd, der ihm seinerseits immer mehr auf die Pelle gerückt war, ohne dass dieser es bemerkt hatte. Der Anblick ihrer Mannes nahm ihr die Panik. Sie hielt kurz inne, nahm einen Stein und warf ihn auf ihren Verfolger. Der blieb verdutzt stehen. Aus den Kapuzenlöchern starrten sie tiefblaue, fanatisch brennende Augen an. Sie warf weiter mit Steinen und so wich ihr Verfolger zum Wildhorn hin aus. Offenbar wollte er seitlich von ihr hochsteigen, damit sie nicht mehr nach ihm werfen konnte. Erst als er schon ein gutes Stück abseits von Sylvia war, bemerkte er, dass auch er einen Verfolger auf den Fersen hatte, und änderte seine Strategie. Er nahm die Felswand des Wildhorns in Angriff.

Seebacher sah das und bedeutete Sylvia herunterzukommen. Sie tat es und mitten in der Geröllhalde sank sie ihm erschöpft in die Arme.

Sie kamen gleichzeitig mit Penzberger und Rastl unten in der Senke an. Die hatten die Sektenmitglieder der mittlerweile eingetroffenen Verstärkung überlassen und waren sofort hinter Seebacher hergeeilt.

„Wo ist der Anführer?“, wollte der heranstürmende Penzberger wissen.

„Da oben“, sagte Seebacher und zeigte auf den mittlerweile zu einem winzigen Punkt geschrumpften hellgrauen Fleck in der von der untergehenden Sonne glühenden Felswand.

„Der ist verrückt“, sagte Penzberger nicht ohne Bewunderung in der Stimme. „Selbst die besten Bergsteiger trauen sich nicht an den Felsen heran. Und der ist schon halb oben, ohne Seil, und wahrscheinlich trägt er nicht einmal richtige Bergstiefel. Ich frag mich, wo der hin will. In einer halben Stunde ist es dunkel und dann hockt er irgendwo da oben mitten im Wildhorn. Das gibt eine lange Nacht. Josef, ruf sofort die Bergrettung!“

Rastl nahm sein Funkgerät und ging ein Stück zur Seite, während Penzberger sich an die Seebachers wandte: „So, und jetzt bitte mal in Kurzform, was das alles hier zu bedeuten hat!“

Seebacher fing an: „Letzte Nacht bin ich aufgewacht, und da ich nicht mehr einschlafen konnte, bin ich vor die Hütte gegangen. Ich hörte ganz weit weg ein Geräusch. Es klang wie ein Schrei. Meinem Gefühl nach kam es vom hinteren Talkessel und so bin ich die Wiese bei der Hütte hinaufgestiegen um über die Tannen hinweg etwas sehen zu können, entdeckte aber nichts. Ich hatte nur einen kurzen Moment lang den Eindruck, Feuerschein an den Wildhornfelsen zu sehen. Aber sicher war ich mir nicht. Also ging ich heute Nachmittag hier hoch, während Sylvia ...", er drehte sich zu ihr um, „... zu Frau Oberegger ging um noch etwas mehr über die Sekte zu erfahren, von der die Frau ihr schon erzählt hatte. Ich kam in diese Senke und sah sofort von da oben aus ...", er zeigte auf die Kuppe, „... ein riesiges Pentagramm und das verbrannte Gras in der Mitte. Ich hatte mich also nicht getäuscht. Es war wirklich Feuerschein gewesen, was ich in der Nacht gesehen hatte. Ich ging zu dem schwarzen Fleck hinunter und sah mich ein wenig um. Und dann fand ich in der Asche einen menschlichen Schädel."

„Einen was!?", rief Penzberger so laut, dass Rastl, immer noch ein Stück entfernt damit beschäftigt, die Bergrettung zu verständigen, erschrocken zu ihnen herumfuhr. Auch Sylvia schien erschüttert, obwohl es ihr eigentlich klar gewesen war, dass die Sekte wahrscheinlich einen Menschen geopfert hatte. Nur in dieser letzten Konsequenz war die Tatsache trotzdem ein Schock für sie.

„Einen menschlichen Schädel. Und das war der Moment, in dem mir klar wurde, dass ich in einer Falle saß. Ich war nämlich bereits von diesen Kapuzenmännern eingekeilt. Ich versuchte, wie der da oben, die Felswand zu erreichen und hochzuklettern, aber da traf mich etwas am Kopf und ich verlor das Bewusstsein. Davor hatte ich Sie über das Handy angerufen – die Szene haben Sie ja mitbekommen." Penzberger nickte. „Als ich wieder aufwachte, hatten sie mir mit einem groben Strick die Arme auf den Rücken gebunden und einer von den beiden Dunkelgrauen – es gibt viele Schwarze, das ist wohl das Fußvolk, zwei Dunkelgraue, das sind die linke und die rechte Hand vom Chef, und den Chef selbst. Der ist hellgrau und klettert gerade im Wildhorn herum – ich wurde also von einem der beiden Dunkelgrauen zu der Kante da vorne geführt. Er sollte mich in den Abgrund stürzen."

Penzberger sah ihn ungläubig an: „Und dann?", wollte er gespannt wissen.

„Der Strick war zum Glück nicht sehr gut gebunden. Als

wir noch ein Stück von dem Abgrund weg waren, hatte ich den Knoten so weit geöffnet, dass ich mich mit einer kurzen Bewegung befreien konnte. Und dann kamen mir zwei Dinge zu Hilfe: Erstens meine Frau, die plötzlich wie ein Engel da oben auf dem Berg in der Sonne stand. Das sah übrigens wahnsinnig aus", sagte er respektvoll zu seiner Frau gewandt. „Zweitens, auf dem Weg vor mir und meinem Henker, das war übrigens Alfons, ich habe ihn trotz der albernen Mütze sofort erkannt, lag ein Stock. Ich trat darauf, wodurch das Ende vor Alfons' Füßen in die Höhe schnellte. Alfons sah es nicht, oder jedenfalls zu spät, denn er stolperte und stürzte an meiner Stelle in den Abgrund hinab."

„Was?! Noch ein Toter?"

Seebacher nickte.

„Und dann? Wie ging's dann weiter?"

„Die anderen kamen alle auf mich zu und wollten mich wahrscheinlich hinter Alfons herjagen, als plötzlich da oben eine weiße Figur mit ausgebreiteten Armen stand. Das gab mir Gelegenheit zur Flucht, auf der wir uns zum Glück begegnet sind."

„Aha, und wie sind Sie um Gottes willen auf die Idee gekommen sich da oben hinzustellen?", wollte Penzberger von Sylvia wissen.

„Ich hatte von Frau Oberegger schon einiges über die Sekte erfahren. Sie ist der Meinung, die hätten ihren Mann umgebracht."

„Hab' schon mal davon gehört. Aber sie kam nie zu mir und ehrlich gesagt habe ich sie auch für eine Spinnerin gehalten – wie alle im Dorf."

„Auf jeden Fall erzählte sie mir heute Details und ich erfuhr, dass die Sekte für die Befreiung ihrer, sagen wir ‚Göttin', ein Opfer brauchte, einen bösen Menschen, der sich durch eine kleine, relativ harmlose aber durch ihre Bösartigkeit auffällige Tat zu erkennen geben würde. Und dann wurde es mir klar: Alfons hatte den gesuchten Menschen getroffen."

Sie sah Seebacher an und der rief: „Die Pilze! Das ist es! Ich wusste von Anfang an, dass mit diesen Pilzen etwas nicht stimmte!" Sylvia nickte und ihr Mann klärte den verdutzt dreinschauenden Penzberger auf: „Wiesel war Pilzsammler und hatte wohl eine von Alfons' Pilzstellen entdeckt. Ein vernünftiger Sammler nimmt nur die größeren Pilze mit, die kleinen lässt man normalerweise stehen. Aber Wiesel hat Alfons' Pilzstelle regelrecht geplündert. Vielleicht hat Alfons ihn dabei beobachtet, vielleicht hat er es auch nur geahnt und den Beweis gefunden, als er in die Hütte eindrang, denn die kleinen Pilze lagen mit den anderen in der Küche. In seiner Wut hat er alles vom Tisch gefegt. Das würde auch erklären, warum die Pfifferlinge auf dem Boden lagen."

„Und das war die kleine böse Tat, die anzeigte, dass Wiesel der Gesuchte war", fuhr Sylvia fort. „Irgendwoher müssen sie erfahren haben, dass sich seinetwegen in Freiburg eine Frau das Leben genommen hat. Genug Bekannte und Verwandte von ihr sind hier ja regelmäßig in Ferien. Die Bedingungen waren nämlich: Das Opfer musste wenigstens einen Menschen auf dem Gewissen haben und durch eine Tat seine Boshaftigkeit unter Beweis stellen. Als Frau Oberegger mir dann erklärte, dass dieser böse Mensch in einer Vollmondnacht geopfert werden sollte und genau zwei Tage davor ein bestimmter Planet, an den sie sich nicht mehr erinnern konnte, in Opposition zur Sonne stehen musste, da fand ich mit Hilfe ihres kleinen Mondkalenders heraus, dass Uranus das genau am siebenundzwanzigsten August getan hatte. So zählte ich eins und eins zusammen und wusste, dass Wiesel letzte Nacht geopfert worden war. Frau Oberegger erzählte mir dann, dass Maga, die vom Teufel gefangen gehaltene Göttin der Sekte, am Abend des darauf folgenden Tages bei Sonnenuntergang wieder zur Erde zurückkommen würde – genau an der Stelle, an der das Unterpfand bei Vollmond geopfert worden war. Und in diesem Moment wurde mir klar, dass Bernd in größter Gefahr schwebte. Diese Fanatiker hatten sehr wahrscheinlich Frau Oberеggers Mann und ganz sicher Rolf Wiesel umgebracht. Davon war ich überzeugt. Und jetzt lief ihnen Bernd genau da oben in die Arme. Zuerst wusste ich vor lauter Panik gar nicht, was ich machen sollte, aber dann hatte ich eine Idee. Wenn die schon an die Rückkehr ihrer Göttin glaubten, dann sollten sie sie auch haben. Vielleicht konnte ich meinem Mann ja so helfen. Ich erklärte alles Frau Oberegger und sie gab mir, was ich brauchte: ein altes Laken und einen alten weißen Kopfkissenbezug. Dann erklärte sie mir die Örtlichkeiten hier oben und ich fragte sie, wie man am schnellsten auf diesen Gipfel da hochkommt. Zum Glück war ich nicht zu langsam und konnte im richtigen Moment für die notwendige Ablenkung sorgen."

Wortlos schloss Seebacher seine Frau in die Arme.

Penzberger ging zu Rastl hinüber und fragte: „Und?"

„Die Bergrettung ist unterwegs. Kann nicht mehr lange dauern, dann sind sie hier."

20

Die Bergrettung suchte noch lange nach dem Entflohenen, was nach Einbruch der Dunkelheit ein höchst gefährliches Unternehmen war. Von dem Hellgrauen fehlte jedoch jede Spur. Er war wie vom Erdboden verschluckt.

Da die Seebachers auf jeden Fall in der Nähe bleiben wollten, die Hütte aber schon aufgeräumt und geputzt war, übernachteten sie in einer Pension im Tal. Die Großeltern freuten sich darüber, die Kinder noch einen Tag länger bei sich behalten zu können, und als Seebacher seinen Chef anrief um auch den Mittwoch noch frei zu bekommen, hatte dieser nichts einzuwenden. Er war zwar überhaupt nicht über den Ausgang des Falles Wiesel erfreut, um so mehr aber darüber, dass er geklärt war. Auch bei Daniele rief Seebacher an und bat ihn Frau Wiesel noch einmal aufzusuchen um Material von ihrem Mann zu bekommen, das sich für einen Gentest eignete. Es sollte als Vergleichsprobe zur Identifizierung der Knochenfunde herangezogen werden. „Aber sag‘ ihr noch nichts von meinem Verdacht. Wenn der Tote Rolf Wiesel ist, werde ich ihr die Nachricht selbst überbringen. Lass die Probe im Labor so schnell wie möglich analysieren“, wies er Daniele an.

„Klar, Chef!“, gab Daniele zurück, erfreut darüber, dass Seebacher bald wieder zurückkommen würde.

Am späten Dienstagvormittag – die Fahndung nach dem Sektenführer lief noch immer auf Hochtouren – verabschiedeten sich die Seebachers herzlich von den österreichischen Polizisten und fuhren in Richtung Ulm ab. Während der Fahrt sahen sie wehmütig in die Runde und waren sich einig, dass sie hier wieder herkommen würden.

Kurz vor Ulm kam Sylvia noch einmal auf die Maganiten zu sprechen: „Also eines ist mir noch nicht ganz klar. Die Sektenmitglieder konnten natürlich irgendwo nachschlagen, wann welcher Planet in Opposition zur Sonne steht und wann Vollmond ist. Offensichtlich haben sie dieses Ereignis ja schon vor Jahren als den Zeitpunkt definiert, an dem das Opfer gebracht werden müsste, damit Maga zurückkommen kann, denn das hat ja bereits Herr Oberegger seiner Frau erzählt. Die konnten nicht wissen, dass in dem fraglichen Zeitraum irgendjemand eine kleine Missetat begehen würde, die ihn als das gesuchte Opfer ausweist. Sie konnten auch nicht wissen, dass Wiesel zu diesem Zeitpunkt hier Urlaub macht. Und noch weniger konnten sie ahnen, dass er dann ein Menschenleben auf dem Gewissen haben würde. Also frage ich dich: Ist irgendetwas an der Sache dran, oder ist das alles Zufall? Jahre vorher sagen die voraus, dass in der Zeit vor einem ziemlich seltenen Ereignis ein Mensch auftauchen wird, der exakt ihren Kriterien entspricht! Meinst du, diese Maga gibt es wirklich und sie hatte wirklich die Fähigkeit, das alles vorauszusehen? Dann wäre sie ja tatsächlich so etwas wie eine Göttin oder zumindest eine Hellseherin."

Seebacher sah seine Frau kurz von der Seite an, richtete dann aber seinen Blick wieder fest auf die Straße.

„Du weißt, ich halte nicht viel von diesen Spekulationen rund ums Übernatürliche. Außerdem glaube ich weder an einen Gott noch an den Teufel. Ich glaube an den Teufel im Menschen, in Form eines schlechten Charakters und schlechter Taten. Ich glaube an eine höhere Logik im Kosmos, die wir Menschen nicht fassen können, aber das hat mit dem menschlichen Gottesglauben nichts zu tun. Ich glaube, dass der Mensch sehr große Angst vor dem Sterben hat und sich ständig die bange Frage stellt, ob es nach dem Tod weitergeht und wenn ja, wie. Ich bin bei Beerdigungen eigentlich auch nicht traurig. Es passiert mir zwar manchmal, dass ich heulen muss. Aber das kommt meistens, weil ich andere weinen und leiden sehe und mich dieser Schmerz einfach mitreißt. Ich habe mich schon dabei ertappt, dass ich mir vorstelle, ich selbst läge da in dem geschlossenen Sarg. Und das ist der Moment, wo ich anfange zu weinen. Ich trauere um mich selbst! Niemand kennt den Toten, den ich in dem Sarg sehe, so gut wie ich. Niemand weiß, was der Welt da verloren gegangen ist. Und dann erzählt der Pfarrer, dass da drüben Gott, Christus und alle meine Freunde auf mich warten. Es ist unglaublich leicht und erleichternd, das in so einem Moment zu glauben. Es mildert nämlich die Angst. Alle Religionen, ob Christentum, Judentum, Hinduismus, Buddhismus oder welche auch immer versuchen dem Menschen diese Angst zu nehmen. Das ist auf jeden Fall ein Unterfangen, von dem die Kirchen und mit dem die Menschen sehr gut leben können. Wenn das alles dazu beiträgt, dass der Mensch weniger Angst vor dem Tod hat, dann bitte. Jeder nach seiner façon. Und das ist so lange nicht tragisch, wie der Mensch die freie Wahl hat, ob er das alles mitmachen will oder nicht. Gefährlich und untragbar wird die Sache aber dann, wenn die Religion einen Menschen zu Diebstahl, Mord und ähnlichen Missetaten aufruft, ermuntert oder das zumindest billigend in Kauf nimmt. Dabei denke ich an die Kreuzzüge, Hexenverfolgungen und ganz aktuell an den Terrorismus. Das sind die schlimmsten Beispiele dafür, wie gefährlich Religion sein kann, wenn sie eigenwillig, eigennützig und falsch interpretiert wird. Außerdem finde ich – wie bereits der gute alte Spinoza es gefordert hat – dass der Staat dazu verpflichtet ist, das Individuum vor Übergriffen der Kirche zu schützen. Du musst nur

Berichte von ehemaligen Scientologen lesen um zu wissen, dass da Handlungsbedarf besteht.

Außerdem frage ich mich, wie groß eine Katastrophe sein muss, dass alle Menschen vergessen, dass sie Katholiken, Protestanten, Hindus oder sonst was sind. Dass ihnen endlich klar wird: Wir sind alle Bewohner eines Planeten, der morgen in die Luft fliegen kann, und dass ein Katholik dann nicht weiter fliegt als ein Protestant oder ein Moslem!" Seebacher hatte sich richtig in Rage geredet und er war noch nicht fertig: „Wie viele so genannte Gläubige machen unter der Woche ihren Mitmenschen das Leben zur Hölle um sich dann am Sonntag beim Gottesdienst die Sünden wieder vergeben zu lassen? Ich glaube nicht an den ganzen Hokuspokus! Diesen Leuten wird nur die Verantwortung für ihre Missetaten genommen und das bekommt ihnen schlecht. Das einzige, woran ich glaube, ist, dass ich im Lauf der Welt eine verschwindend kleine Rolle spiele, einen kurzen Auftritt habe und versuchen sollte, den anständig zu bringen. Jeder hat eine andere Art seinen Auftritt zu interpretieren und zu gestalten. Das macht das Leben ja so interessant. Vielleicht gibt es eine andere Lebensform, eine andere Dimension oder wie auch immer du das nennen magst, aber mit dem, was wir Gott, Teufel, Himmel und Hölle nennen, hat das für mich nichts zu tun! Ich würde mich nicht unbedingt als Atheisten bezeichnen, aber wenn ich höre, dass ein Theologe den Atheismus als kulturelle Form des Autismus, also als eine Krankheit, bezeichnet, dann fange ich an, innerlich zu kochen. Da wundert es mich auch nicht, wenn denen die Leute in Scharen davonlaufen. Wenn der Typ gleich noch zu einem Kreuzzug gegen die Atheisten aufgerufen hätte, hätte mich das nicht gewundert!"

Sylvia sah ihren Mann ein wenig beunruhigt an, denn normalerweise ereiferte er sich nicht so sehr bei diesem Thema. „Hallo, jetzt reg' dich doch nicht so auf! Ich weiß ja, dass du nicht gerade ein Aushängeschild des christlichen Glaubens bist, aber deshalb musst du dich nicht so aufregen. Sonst ist dein Auftritt im Lauf dieser Welt schneller vorbei, als uns lieb ist. Und das wäre doch schade, oder?“ Sie lächelte ihn an, aber der Ausbruch hatte ihr trotzdem ein wenig Angst gemacht. Sie hatten schon oft über das Thema diskutiert und doch hatte ihre Frage, ob etwas an dem Glauben der Sekte dran sein könnte, eine Reaktion ausgelöst, die sie in dieser Heftigkeit nicht erwartet hatte. Zu ihrer Erleichterung legte Seebacher die Hand auf ihr Knie und sagte beruhigend normal: „Entschuldige, ich wollte nicht so laut werden. Nur diese Scheinheiligkeit der einen und die Naivität der anderen gehen mir auf die Nerven.“ Seebacher lächelte jetzt auch wieder und sagte dann, auf die Maganiten zurückkommend: „Ich glaube jedenfalls nicht, dass da eine Weissagung eingetroffen ist, die den Glauben an diese Sekte rechtfertigen würde. Der Wiesel war ein übler Typ und wenn die ihn seit ein paar Wochen oder vielleicht sogar Monaten beobachtet haben, war es nicht schwer, irgendwann auf eine passende Missetat zu stoßen. Zumal eine kleine Untat ja schon reichte. Nach allem, was ich über Wiesel weiß, hat er mit solchen Nettigkeiten nicht gespart. Und dann war er, ganz alleine in der Hütte, natürlich ein gefundenes Fressen. So groß ist das Wunder also gar nicht. Die haben schon vor einigen Jahren genau dieses Datum ausgesucht. Wahrscheinlich sogar wegen der besonderen Planetenkonstellation, denn so konnten sie den Zeitpunkt mit geheimnisvollen astronomischen Gegebenheiten umschreiben.“

Sie fuhren gerade auf der Adenauerbrücke in Ulm über die Donau und Seebacher tat seinen üblichen Spruch, wie immer an dieser Stelle: „Schade um das schöne Stadtpanorama. Das war früher der schönste Blick auf Ulm. Die Stadtplaner hier sind noch schlimmer als unsere in Freiburg.“

Er meinte damit den Blick über die Stadtmauer, mit der Altstadt dahinter und dem alles überragenden Münster. Seit sie mitten in dieses, nach Seebachers Ansicht, wunderschöne Bild hinein eine gläserne Pyramide gesetzt hatten, stand seine Meinung über die Ulmer Stadtplaner fest, obwohl er immer selbst im Nachsatz an seine Kritik nachreichte, dass sich über Geschmack bekanntlich nicht streiten lasse.

Die Kinder freuten sich riesig ihre Eltern wiederzusehen, obwohl sie sehr viel erlebt hatten. Der Großvater war mit ihnen in die Wilhelma nach Stuttgart gefahren und mit Zoo und wilden Tieren waren die Mädchen natürlich immer zu begeistern. Außerdem waren sie reiten, Eis essen, mit der Kusine im Schwimmbad, im Kino, einen ganzen Tag bei der Tante und und und ...

Das alles erfuhren Sylvia und Bernd Seebacher in den ersten zehn Sekunden nach ihrer Ankunft.

Sie blieben noch eine Nacht und fuhren schließlich am Mittwoch nach Freiburg.

Zurück im Präsidium erstattete Seebacher am Donnerstagvormittag zuerst Daniele, dann notgedrungen auch Großkopf eingehend Bericht und fuhr anschließend zu Frau Wiesel.

„Guten Tag, Herr Seebacher", begrüßte sie ihn freundlich an der Tür.

„Guten Tag, Frau Wiesel. Darf ich reinkommen?"

„Ja, natürlich." Sie wies ihn in die Küche, wo er sich wie schon bei seinem ersten Besuch am Tisch niederließ.

„Möchten Sie einen Kaffee?"

„Ja, gerne."

„Diesmal habe ich Zwetschgenkuchen. Möchten Sie ein Stück?"

Seebacher erinnerte sich noch sehr gut an den Apfelkuchen und zögerte nicht zu nicken. Die Frau war ihm genau so sympathisch wie beim ersten Mal, nur dass sie diesmal besser aussah. Frischer, beinahe erholt. Der Kommissar fragte sich, ob ihr das Leben ohne ihren Mann so gut tat. Als er seinen Kaffee und ein Riesenstück Kuchen vor sich stehen hatte, fing er an: „Frau Wiesel, ich war in Argen."

„Oh! Und haben Sie etwas herausgefunden?“

Seebacher zögerte. Sollte er ihr jetzt schon davon erzählen, dass ihr Mann höchstwahrscheinlich tot war, oder sollte er warten, bis der eindeutige Beweis vorlag? Sie hatten am Morgen die DNA-Analyse Rolf Wiesels an Penzberger geschickt, damit er sie mit der des Schädels vergleichen lassen konnte. Er war sich aber hundertprozentig sicher, dass der Schädel, den er dort oben gefunden hatte, der traurige Überrest von Rolf Wiesel gewesen war. Gudrun Wiesel schien seine Gedanken zu lesen, denn ihre Augenbrauen zogen sich zu einer finsteren Miene zusammen.

„Schlimme Nachrichten?“, fragte sie nur. Er sah sie an und dann nickte er langsam.

„Es ist noch nicht bestätigt, aber ich bin mir sicher, dass wir ihren Mann gefunden haben – tot.“ Er sah sie an, aber in ihrem Gesicht konnte er überhaupt keine Reaktion ausmachen.

„Ich habe mir so etwas schon gedacht, als Ihr Kollege, Herr Dicasa, Haare von meinem Mann mitgenommen und nach seinem Zahnarzt gefragt hat. Können Sie mir Näheres darüber sagen?“

Seebacher erzählte ihr in groben Zügen von der Sekte, der Opferung ihres Mannes und der Festnahme aller Sektenmitglieder außer deren Anführer.

„Verbrannt? Als Opfer einer Sekte?“ Sie sah ihn mit weit aufgerissenen, ungläubigen Augen an und begann zu weinen. Doch sie fing sich sehr schnell wieder und fragte:

„Das heißt, dass der Hauptschuldige noch auf freiem Fuß ist?“ Dass ihr Mann tot war, hatte sie sehr schnell weggesteckt. Es schien sie nicht sehr zu treffen, was Seebacher doch ein wenig befremdete.

„Ja, aber wir bleiben ihm auf den Fersen.“

„Kann man denn nicht aus den Sektenmitgliedern etwas herausbekommen?“, wollte sie wissen.

„Nein, das einzige Mitglied, das den Anführer kannte, war Alfons, einer der beiden Adepten, und der ist tot“, erwiderte

Seebacher resigniert. „Nicht einmal der zweite Adept kannte seinen Namen. Er hat ihn, ebenso wie die anderen Sektenmitglieder, nie ohne Kapuze gesehen."

Am Freitagvormittag erhielt Seebacher von Penzberger inoffiziell eine Kopie des Berichtes per E-mail. Er und Sylvia wurden lediglich als Privatpersonen erwähnt, die zufällig vor Ort waren. Seebacher hatte das so mit Penzberger abgesprochen um die sonst unweigerlich anstehenden Komplikationen bürokratischer Natur zu vermeiden. Penzberger war zuerst nicht wohl dabei gewesen. Der Gedanke, einige Dinge unter den Tisch zu kehren, machte ihm Angst. Da aber so die Lösung dieses spektakulären Falles allein auf sein Konto ging und der deutsche Kollege ihm geraten hatte seinen direkten Chef ins Vertrauen zu ziehen, hatte er sich schließlich doch dazu überreden lassen.

Seebacher hatte gerade den Bericht zu Ende gelesen, als Großkopf ins Büro hereingerauscht kam: „Seebacher! Ich habe heute Morgen schon einen Anruf von meinem österreichischen Kollegen erhalten. Er hat sich überschwänglich bei mir bedankt! Er meinte, dass ich ja wohl über eine ausgezeichnete Mannschaft ... Dieses Lob möchte ich Ihnen natürlich nicht vor ... - saubere Arbeit! Wirklich saubere Arbeit! Bravo, Seebacher!"

Das „Seebacher" erscholl bereits nur noch vom Flur herein und dann war er weg. Daniele sah seinen Chef an. Der schüttelte den Kopf: „Nicht einmal ein Lob kann der Mann ganz bis zu Ende aussprechen."

„Besser ein halbes Lob als gar kein Lob, oder?" Daniele hatte natürlich Recht und Seebacher nickte. Nachdenklich sah er auf seinen Bildschirm, auf dem Penzbergers E-mail angezeigt wurde.

„Nur den Sektenführer haben wir immer noch nicht", murmelte er nachdenklich.

„Haben die Kollegen aus den Sektenmitgliedern eigentlich

etwas darüber herausbekommen, warum sie sich gerade Wiesel gegriffen haben?"

„Ja – er war vom Charakter her genau der, den sie suchten. Sie hatten noch zwei andere Kandidaten im Tal unter Beobachtung. Der eine hat im Rausch ein Kind überfahren und der andere seine Frau mit Kind sitzen lassen. Daraufhin tötete die verzweifelte Mutter erst das Kind und dann sich selbst. Aber Wiesel hat sich tatsächlich mit seiner unseligen Pilzaktion in der Rangliste ganz nach vorne geschoben. Es ist genau so abgelaufen, wie es Frau Oberegger Sylvia erklärt hat. Wiesel wurde übrigens von Alfons in der Hütte niedergeschlagen und dann mit dem Auto weggefahren. Deshalb haben ihn die Hunde auch nicht gefunden."

Wieder wurde Seebacher still und sah wortlos zum Fenster hinaus. Über die in der Morgensonne glänzenden Dächer hinweg sah er den Münsterturm und sein Blick wanderte wie immer von der Spitze langsam abwärts, um dann gewissermaßen weg zu „zoomen" und in der Betrachtung des ganzen von hier aus sichtbaren Teils des Turmes zu verweilen.

„Nur dass seine Frau die Nachricht vom Tod ihres Mannes so schnell verdaut hat, das ist seltsam – sehr seltsam. Entweder war der Typ wirklich so übel, dass selbst seine Frau aufatmete als sie von seinem Tod erfuhr, oder sie ..."

Er sprach nicht weiter, sondern ließ den letzten Satz in echter „Großkopf-Manier" unvollendet im Raum stehen.

Am Nachmittag erschien plötzlich Norbert in der Tür.

„Was machst du denn schon hier?", rief Daniele, der ihn zuerst gesehen hatte, erfreut aus. „War das Wetter nix, oder was? Sonst kommst du doch auch immer erst am letzten Urlaubstag nicht vor Mitternacht heim! Du hast doch noch zwei Wochen frei!"

Norbert schüttelte schmal lächelnd die Hände seiner Kollegen und Freunde und erklärte ernst: „Iris und ich – wir haben uns getrennt."

Er sah die anderen nicht an, als er das sagte, aber er wusste auch so, dass Daniele und Bernd ihn betroffen anstarrten.

„Wie, getrennt?“, wollte Daniele wissen.

„Schluss – aus! Es war schon seit einer Weile nicht mehr einfach. Und jetzt kam halt alles so richtig raus. Na ja, und da haben wir beschlossen, dass wir uns besser trennen. Wir sind nicht einmal mehr in den Urlaub losgefahren.“

„Ja, aber warum denn, um Gottes willen?“ Daniele war fassungslos.

„Ihr wisst ja selbst, wie oft wir in letzter Zeit unterwegs waren. Vor allem der ‚Dreisamwürger‘ hat uns sehr in Anspruch genommen. Zu der Zeit hat Iris einen Mann kennengelernt, der ihr anscheinend viel besser zuhören kann ...“

„Dann war sie es, die vorgeschlagen hat, dass ihr euch trennt?“, kam Seebachers Frage vorsichtig.

„Ja, sie sagte, sie könne nicht mehr mit mir unter einem Dach leben. Im gleichen Zimmer haben wir schon eine ganze Weile nicht mehr geschlafen. Es stimmt schon, ich hatte Schwierigkeiten mir ihre Probleme anzuhören, denn ich war müde und genervt. Aber das ist doch normal, wenn man zwar eine Frau, aber nichts mit ihr hat, oder?“, sagte er mit besonderer Betonung auf dem Wort „mit“.

„Auf jeden Fall ist das normal! Ich würde mir da ganz schnell eine Alternativlösung suchen, das ist klar!“ Für Daniele bestand überhaupt kein Zweifel an der Rechtmäßigkeit eines solchen Vorgehens. „Man kann einen Mann doch nicht permanent abweisen und dann von ihm erwarten, dass er aufmerksam und am besten noch verliebt glotzend da hockt und zuhört!“

„Wer ist ausgezogen?“, versuchte Seebacher das Gespräch in eine andere Richtung zu lenken.

„Ich – ich habe eine Bude in Merzhausen gemietet.“

„Seit wann?“

„Gestern.“ Norbert vermied es, die anderen anzusehen.

„Mensch, da hättest du mich doch anrufen können. Ich hätte

dir beim Umzug geholfen!", tönte Daniele, verstummte aber, als er zu Seebacher hinübersah und der für einen kurzen Moment die Augen schloss und fast unmerklich den Kopf schüttelte.

„Und die Kinder? Wie haben sie's aufgenommen?", erkundigte sich Seebacher behutsam weiter.

„War natürlich ein riesiger Schock für die beiden Jungs. Aber ich glaube, die haben das kommen sehen – früher als ich." Seufzend ließ sich Norbert auf seinen Stuhl fallen, der dabei noch mehr ächzte als er selbst.

„Aber jetzt fängt das normale Leben wieder an und ich kann euch gar nicht sagen, wie sehr ich mich auf die Arbeit freue!" Nun blickte er den Beiden zum ersten Mal in die Augen und lächelte. Er sah abgespannt und erschöpft aus. „Was gibt's denn bei euch so Neues?"

Seebacher nutzte die Gelegenheit Norbert auf andere Gedanken zu bringen und erzählte in aller Ausführlichkeit, was er im Bregenzerwald erlebt hatte. Sie waren nacheinander aufgestanden und hatten sich eine große Tasse Kaffee eingeschenkt und nun saßen sie, wie schon so oft, in alter Vertraulichkeit beieinander. Norbert genoss es sichtlich.

Als Seebacher mindestens eine Stunde später seinen Bericht beendet hatte, zeigte er Norbert die Bilder von der Hütte.

„Und der Oberguru ist spurlos verschwunden?", fragte Norbert noch einmal nach.

„Ja, er muss über den Gipfel des Wildhorns geklettert und auf der anderen Seite abgestiegen sein. Der Mann muss die Gegend sehr gut kennen, sonst wäre das in der Dunkelheit ohne Hilfsmittel nicht möglich gewesen", antwortete Seebacher bitter. „Außerdem ist er ein super Bergsteiger. Die Nachforschungen der Kollegen in Schönau haben nichts mehr ergeben. Der Kerl ist einfach verschwunden."

„Und aus den anderen Sektenmitgliedern ist nichts herauszubekommen?" Die gleiche Frage hatten Frau Wiesel und Daniele Seebacher schon gestellt.

„Nein, der einzige, der ihn persönlich kannte, war Alfons und der ist tot. Die anderen haben ihn nur während der Vollmondzeremonie gesehen. Die haben vorher immer irgendein Gebräu aus Kräutern, Schnaps und was weiß ich was gesoffen und waren dann völlig high. Außerdem haben sie ihren Priester ausschließlich mit Kapuze gesehen. Ich habe den Verdacht, dass der Mann aus Freiburg stammt. Ich weiß nur nicht, wo ich ansetzen soll“, spann Seebacher seine Gedanken weiter.

„Wie kommst du darauf?“, kam Norberts erstaunte Frage.

„Wiesel wurde in der Hütte überfallen und verschleppt. Als ich dort war, entdeckte ich einen Kreis unter dem Stuhl, auf dem er gesessen hatte, als seine Frau wegfuhr. Er wurde mit einem Stück Kohle auf die Unterseite des Stuhles gemalt.“

„Und wo ist da die Verbindung nach Freiburg?“

Jetzt schaltete sich Daniele ein: „Bernd hat mir das Bild per MMS zugeschickt und ich habe es ausgedruckt. Dann bin ich damit zu Frau Wiesel gefahren und jetzt halt’ dich fest – sie erzählte mir, dass letztes Jahr genau das gleiche Zeichen auf den Wagen ihres Mannes gesprüht wurde. Mit einer Spraydose hinten auf den Kofferraumdeckel.“

„Das ist allerdings seltsam“, murmelte Norbert, während Daniele ein Blatt Papier aus der Schublade zog und ihm über den Schreibtisch reichte.

Norbert warf einen kurzen Blick auf das Blatt mit dem Bild und sagte sofort: „Das habe ich schon mal irgendwo gesehen ...“ Er starrte das Bild an: „Nur wo?“ Die Blicke seiner Kollegen hingen gespannt an seinen Lippen, als mitten in die starrende Stille hinein das Telefon klingelte:

„Seebacher!“, rief Bernd aufgeregt in die Muschel. Er hörte eine ganze Weile zu, legte auf und stellte fest: „Das war Penzberger. Wir haben ihn.“

Daniele sprang auf: „Was? Wie das – jetzt auf einmal?“

„Penzberger hat herausgefunden, wie der Tourist hieß, der als Zeuge bei Josef Oberеggers ‚Unfall‘ auftrat?“

„Ich würde sagen, der hieß Heinrich Vogt", sagte Norbert, dem jetzt wieder eingefallen war, wo er das Bild gesehen hatte.

„So ist es", antwortete Seebacher.

Wie auf Kommando sprangen alle drei auf und strebten der Tür zu.

Im Wagen erzählte Norbert von seinem Besuch bei Vogt: „Da hing ein Bild an der Wand mit genau so einem Kreis. Ich dachte noch, das sieht aus wie naive Kunst aus Japan. Da vorne links. Der hat ein super Haus. Ein alter Schwarzwaldhof, komplett restauriert. Ein echter Traum, sag' ich euch."

Sie parkten den Wagen ungefähr hundert Meter von dem Haus entfernt und stiegen gerade aus, als hinter ihnen der Wagen mit dem Sondereinsatzkommando hielt. Norbert zeigte auf das Gebäude, in dem Vogt wohnte, worauf die schwer bewaffneten, vermummten Kollegen sofort ausschwärmten. Seebacher wartete einen Moment, ging dann mit Norbert und Daniele hinüber zum Gartentor und klingelte. Nichts rührte sich. Sie stiegen über die Mauer und schlichen, immer die Büsche in dem sehr gepflegten Garten als Deckung nutzend, auf das Haus zu. Bei der Terrasse stand ein SEK-Mann hinter einem Busch und winkte. Als sie bei ihm ankamen, flüsterte er: „Seht euch das an! Alle Vorhänge zu. Könnte eine Falle sein."

Seebacher schüttelte den Kopf. „Ich glaube nicht, dass der seit Dienstag oder Mittwoch hier in seinem Haus sitzt und auf uns wartet. Ich tippe mal, der hat sich umgebracht. Aber wir gehen auf Nummer sicher. Wir stürmen die Hütte."

Der Mann flüsterte ein paar kurze Anweisungen in sein Funkgerät und dann ging's los. Die anderen hatten die Haustüre aufgebrochen und drangen von der gegenüberliegenden Seite in das Gebäude ein. Sich der Glaswand auf der Terrasse zu nähern, wäre zu gefährlich gewesen, also blieben der Einsatzleiter, Seebacher, Norbert und Daniele noch in Dekkung. Doch dann kam schon sehr bald Entwarnung aus dem Funkgerät: „Wir haben ihn!"

Der Vorhang an den Terrassentüren wurde zurückgezogen und die Beamten gingen hinein. Sie sahen Vogt in einem hellgrauen Gewand. Er stand mit dem Gesicht zur Wand, die Hände mit Handschellen auf den Rücken gefesselt. Eine Zimmerwand war komplett frei geräumt worden. An ihr hing das Bild mit dem Kreis. Das einzige Möbelstück auf dieser Seite des Zimmers war ein Tisch, über den eine weiße Decke gebreitet war. Er stand wie ein Altar genau unter dem Bild. Links und rechts auf dem Tisch stand je ein großer, schwerer Leuchter mit einer brennenden Kerze darin. Von der Wand ausgehend, war der ganze Boden halbkreisförmig mit brennenden Teelichtern übersät. Nur eine Stelle in der Mitte war frei. Vogt hatte offensichtlich mitten in diesem Kerzenmeer gelegen.

„Der hat sich überhaupt nicht gerührt, als wir hereinkamen", erklärte einer der Beamten. „Er hat uns angesehen wie ein Pfingstochse, als wir ihm die Handschellen anlegten."

Seebacher ging hinüber zu Vogt. „Herr Vogt, erkennen Sie mich?"

Der andere drehte langsam den Kopf und sah ihn an. Seine Augen glühten hasserfüllt, als er Seebacher erkannte: „Oh ja, du Missgeburt des Satans!" Er wollte auf Seebacher losgehen, aber seine auf den Rücken gebundenen Arme hinderten ihn daran. Er tobte und schäumte vor Wut. „Du hast sie dem Teufel wieder in die Arme gespielt! Sie wäre frei gewesen!! Du hast alles zerstört! Du, du ... – du Satan!"

In Vogts Augen brannte der Wahnsinn und Schaum lief ihm von den Mundwinkeln herab. „Du hast mein Leben zerstört ...", klagte er und sank schluchzend in die Knie.

Seebacher gab den anderen ein Zeichen: „Abführen!"

Spät am Abend, Seebacher hatte Vogt noch direkt nach der Festnahme verhört, saßen die drei Kommissare im Büro und ließen den Tag, den Fall Wiesel, die Woche, den Urlaub und vieles andere gemeinsam ausklingen.

Daniele war rückblickend sehr froh, dass Gudrun Wiesel nichts mit dem Verbrechen zu tun hatte, er sagte: „Die arme Frau muss schon viel durchgemacht haben. Die ist richtig aufgeblüht, nachdem ihr Mann verschwunden ist. Ich glaube den nächsten Typ sucht sie sich sehr sorgfältig aus."

Als sie auf das Verhör zu sprechen kamen, berichtete Seebacher: „Vogt ist ein Fall für den Psychiater. Wir haben ein umfangreiches Geständnis. Er hat tatsächlich zusammen mit Alfons den Mann von Frau Oberegger umgebracht. Seine Welt ist komplett zusammengestürzt und jeder Widerstand in ihm gebrochen. Nur an seiner Geschichte von dieser Maga hält er eisern fest. Er habe sie nicht erfunden, nur um sich an Wiesel zu rächen, er sei sich ganz sicher, dass er sie eines Tages wieder treffen wird. Er sagte, er sei schon lange auf der Suche nach dem Richtigen gewesen, als die ganze Geschichte mit der Frau von Werner Michel passierte. Er hat Wiesel den Kreis, der übrigens den Vollmond symbolisiert, auf den Kofferraumdeckel gesprüht, denn er wusste plötzlich: ‚Das ist er!'."

„Das ist wer? – Wen haben diese Irren denn gesucht?", wollte Daniele wissen.

„Wen die gesucht haben?", wiederholte Seebacher und sah nachdenklich zum Fenster hinaus.

„Den Teufel in Menschengestalt."